논리적 글쓰기

논리적 글쓰기

초판 1쇄 발행 2024년 2월 29일

지은이 | 서울과학기술대학교 논리적 글쓰기 교재편찬위원회
펴낸곳 | (주)태학사
등록 | 제406-2020-000008호
주소 | 경기도 파주시 광인사길 217
전화 | 031-955-7580
전송 | 031-955-0910
전자우편 | thspub@daum.net
홈페이지 | www.thaehaksa.com

이 책에 직간접적으로 게재를 허락해주신 모든 분께 감사드립니다.
저작권자와 연락이 닿지 않아 부득이 허가를 구하지 못한 일부 자료에 대해서는
연락 주시는 대로 적법한 절차를 따르겠습니다.

값 15,000원

ISBN 979-11-6810-247-7 93810

논리적 글쓰기

서울과학기술대학교
논리적 글쓰기 교재편찬위원회

태학사

생성형 인공지능 시대에 글쓰기 교육은 큰 도전을 받고 있다. 일부 학생들은 이 기술을 무분별하게 사용하기도 하고, 글쓰기 교육은 더 이상 필요 없다고 주장하는 경우도 있다. 그러나 이러한 시각은 글쓰기 교육의 본질과 중요성을 간과한 오해에 불과하다. 글쓰기는 단순히 문장을 구성하는 행위를 넘어서, 생각을 정리하고 표현하는 근본적인 능력과 밀접하게 연결되어 있다.

본 교재는 이러한 관점에서, 전통적인 글쓰기 교육의 가치를 재확인하고, 동시에 현대 기술이 글쓰기 과정에 어떻게 통합될 수 있는지를 탐색했다. '글쓰기의 이해, 기초, 과정' 장에서는 좋은 글은 무엇인가부터, 문장과 단락 쓰기, 논리적 사고, 글을 쓰는 구체적인 과정 등 전통적으로 글쓰기 교육에서 중시했던 내용을 다룬다. 이는 학습자들이 자기 생각을 효과적으로 전달하는 능력을 기르는 데 중점을 두고 있다.

한편, '글쓰기의 표현 전략' 장에서는 시각 자료의 활용은 물론 생성형 인공지능과 같은 신기술이 글쓰기 교육에 어떻게 적용될 수 있는지를 탐구한다. 여기서는 기술을 글쓰기 과정의 보조 수단으로 활용하는 방법을 제시하며, 학습자들이 이를 통해 창의력과 비판적 사고를 더욱 발전시킬 수 있도록 하였다.

마지막으로 '글쓰기의 종류' 장에서는 일상에서 쓰는 이메일부터 대학생에게 꼭 필요한 서평, 자기소개서, 공모전 등의 글쓰기 방법을 구체적으로 설명했다.

이 교재의 필진은 다양한 경험과 배경을 가진 전문가들로 구성되어 있다. 30년 이상의 글쓰기 강의 경력을 가진 베테랑부터 현역 대학생까지. 다양한 배경을 지닌 이들이 모여서, 원숙함과 요즘 대학생들의 눈높이까지 아우르고자 하였다.

생성형 인공지능 시대의 글쓰기 교육은 과거의 전통을 바탕으로 하면서도, 새로운 기술의 흐름을 비판적으로 받아들이는 균형 잡힌 접근이 필요하다. 본 교재는 바로 이러한 균형을 추구하며, 독자 여러분의 글쓰기 능력 향상에 기여하고자 한다. 여러분의 깊은 관심과 지지를 부탁드리며, 이 교재가 여러분의 글쓰기 여정에 가치 있는 동반자가 되기를 바란다.

1장

글쓰기의 이해

단원 목표

- 지금 시대에 대학들이 공통적으로 지향하는 글쓰기 교육의 방향을 설명할 수 있다.

- 논리적 글쓰기의 개념과 목적을 설명할 수 있다.

- 상기 내용을 바탕으로 우리 수업에서 작성하게 될 글의 장르와 특성을 설명할 수 있다.

1. 좋은 글의 요건

학습 목표

• 좋은 글을 쓰기 위해 고려해야 하는 요소들이 무엇인지 설명할 수 있다.
• 글의 종류를 서술 방식과 목적에 따라 구분하여 예를 들어 설명할 수 있다.

우리는 '좋은 글'이라는 말을 들으면 저마다 특정 작가나 작품 혹은 시구 등을 머릿속에 떠올리게 된다. 하지만 그것을 떠올리는 것과는 별개로 좋은 글이 무엇이냐는 질문을 받으면 대답하는 것을 주저하게 된다. 이유는 좋은 글에 대한 절대적인 기준이 존재하지 않기 때문이다. 같은 작가의 동일한 글을 보더라도 사람마다 평가가 다르다. 어떤 독자가 감동적이라고 평가한 글을 다른 독자는 감흥이 없다고 평가할 수 있다. 또 어떤 독자가 정보 가치가 높다고 평가한 글을 다른 독자는 진부하다고 평가할 수도 있다. 사람마다 성향이나 취향이 다르기도 하고 배경지식이나 독서 경험의 정도에 따라 차이가 발생하기 때문이다. 결국 사람마다 다른 좋은 글의 기준을 가지고 있는 셈이다.

예를 들면, 다음 중에서 어떤 것이 좋은 글일까?

• 많은 독자들로부터 사랑받는 글

- 소수의 마니아층으로부터 열렬히 사랑받는 글
- 간결하고 담백하게 쓴 글
- 미사여구가 화려한 글
- 감동을 주는 글
- 읽을 때는 거부감이 들었지만 여운이 오래 남는 글
- 특정 시기(조선시대 혹은 80~90년대 등)에 많이 읽힌 글

사람마다 선호하는 유형이 다를 수는 있겠지만 위의 글들은 모두가 좋은 글이 될수 있는 글들이다. 많은 독자로부터 사랑을 받는 글은 베스트셀러나 스테디셀러가 되어 누구나 인정하는 좋은 글이 될 수 있을 것이다. 또 소수의 마니아층으로부터 열렬히 사랑받는 글 역시 그 담화 공동체 내에서는 지침 역할을 하는 일종의 바이블로 애독되는, 역시 좋은 글이다. 여기서 우리는 좋은 글도 그 유형이 매우 다양하며, 좋은 글이 되기 위해서는 다양한 조건이 필요한데, 그 조건에는 '독자'라는 요소가 포함될 수 있다는 것을 알 수 있다.

한편 감동을 주는 글, 그리고 미사여구가 화려한 글은 모두 좋은 글일까? 그렇지는 않을 것이다. 문학적·예술적인 글에서는 감동적이고 미사여구가 화려할 때 더 좋은 글이 될 수 있겠지만 감동이나 미사여구가 전혀 필요하지 않은 글도 있다. 논문이나 연구보고서 및 실험보고서 등이 여기에 해당한다. 물론 논문이나 실험보고서의 글에 미사여구를 보태어 독자로 하여금 정보나 지식을 함양하는 것을 넘어서서 감동케까지 할 수 있다면 더 좋은 글이 될 수는 있을 것이다. 하지만 논문이나 연구보고서라는 글의 장르나 목적상 미사여구의 존재가 필수가 아니다. 여기서 우리는 좋은 글이 되기 위해서는 글의 장르나 목적이라는 요소도 고려되어야 한다는 점을 알 수 있다.

그러면 특정 시기에 많은 사람들에게 많이 읽힌 글은 어떨까? 예를 들면, 조선시대 과거 시험에서 장원한 책문(策文)이나 80년대의 사회상이나 시대정신을 잘 담아내어 그 시대에 유행했던 소설이 여기에 속할 텐데, 이들은 특정 시기에 많은 독자들에게 읽히게 된다. 이 글들은 과연 좋은 글들일까? 좋은 글은 맞다. '지금 우리에게'가 아

니라 '그때', '그 시대 독자들에게'는 말이다. 이를 통해서 우리는 좋은 글이 되기 위해서는 시대나 환경이라는 요소도 고려되어야 한다는 점을 알 수 있다.

이상으로 좋은 글에 대한 절대적인 기준은 존재하지 않으며, 좋은 글이 유형이 매우 다양할 수 있음을 살펴보았다. 또한 좋은 글이 되기 위해서는 독자, 작문 환경, 장르, 글의 목적 등의 요소가 복합적으로 영향을 미치며 필자는 이런 요소들은 고려하면서 글을 써야 함을 알 수 있다.

한편, 글의 종류는 다양한 기준에 따라 구분할 수 있다. 서술 방식에 따라 설명·논증·묘사·서사 등으로 구분할 수 있고, 글의 목적에 따라 정보전달을 위한 글, 설득을 위한 글, 정서 표출을 위한 글 등으로 나눌 수 있다. 또한 용도에 따라 문학과 비문학으로 나눌 수 있으며, 비문학은 다시 실용적인 글과 학술적인 글로 구분된다. 이 장에서는 대학이라는 공간에서 학문 활동의 과정과 결과를 글로 작성하는, 이른바 '논리적 글쓰기'라는 장르가 어떤 특징과 목적을 가지고 있는지를 살펴볼 것이다.

장르 Genre

2. 대학 작문교육의 변천

학습
목표

• 대학 작문교육의 흐름을 세 가지로 구분할 수 있다.
• 각 시대별 작문교육의 특징을 비교하여 설명할 수 있다.

대학은 고등교육기관으로 국가 차원에서 수립한 교육과정을 충실하게 따르는 중등교육과는 다르게, 그 대학이 지향하는 인재상과 필요하다고 판단되는 능력을 배양할 수 있도록 교육과정을 수립하게 된다. 이런 이유로 대학별로 교양교육의 체계나 과정은 다르며, 교양교과로 개설되어 있는 작문 과목 역시 그 대학의 교양교육과정의 영향을 받아 나름의 독자적인 발전 과정을 겪게 된다. 따라서 교양교육으로서 모든 대학의 작문교육을 일반화하여 논하기는 쉽지 않은 일이다. 그럼에도 허재영에 따르면 거시적인 관점에서 우리나라의 대학 작문교육은 다음과 같은 세 가지 흐름을 갖는다고 한다(허재영, 「대학 작문교육의 역사와 새로운 방향」, 『어문학』 104, 한국어문학회, 2009, 3쪽.).

① 대학 작문 미분화기(광복~1960년대)
② 교양국어 시기(1970~1990년대)

③ 작문교과 독립기(2000년대 이후)

그에 따르면, 대학 작문 미분화기 때 대학 작문교육은 '국어의 회복' 또는 '국어 사용의 본질적인 문제 탐구'라는 거대 담론하에 처음에는 문학 중심의 글쓰기를 지향했다고 한다. 하지만 대학 교양 작문 과목은 전공과 무관하게 모든 대학생들이 듣는 기초 교과인 만큼 점차 대학 생활을 하는 데에 필요한 현실적인 글쓰기 교육을 실시해야 한다는 방향으로 작문관이 변화했다.

이런 흐름 속에서 1970년대 교양국어 시기에는 대학 국어과 교육과정에 대한 자기 반성과 성찰의 과정을 통해, 각 대학은 교양교육 과정을 개편하고 교양국어 과목의 문제점을 지적하면서 실용적 차원의 작문교육을 위한 교재 개발을 시도한다. 즉, 교양국어 시기에는 외국 학문을 수용하여 작문교육의 체계를 갖추려고 했고, 문학적인 글쓰기에서 벗어나 이해하고 표현하는 글쓰기 교육을 지향한 것이다. 하지만 전체 대학이 모두 그런 방향으로 교양 글쓰기 교육을 개편하지는 않았다.

대학 작문 미분화기와 교양국어 시기에는 모두 작문학 또는 작문교육학은 독립적인 학문으로 인정받지 못했고, 체계적인 작문교육의 연구 결과도 부족했으며 그 연구 결과가 교재나 수업에 반영되지도 못했다. 당시 대학 작문 수업은 교양선택 교과로 운영이 되었는데, 보통은 그 대학의 국어국문학과나 문예창작학과에서 강좌를 운영하는 형태였다. 따라서 교양 작문 과목을 전문적으로 연구하고 담당하는 전임교수가 부재했다. 또한 교양국어 시기에는 작문교과의 과목명 자체가 '교양국어'인 대학이 많았다. 순수한 작문 과목이 아니라 작문·화법 통합 과목이었던 것이다. 이런 이유들로 교양국어 시기에 문학적인 글쓰기에서 벗어나 이해하고 표현하는 글쓰기 교육의 지향은 시도로 그치게 될 수밖에 없었던 것이다.

그러던 대학 작문교육이 2000년 이후에는 획기적인 변화를 겪게 된다. 많은 대학들이 국어국문학과나 문예창작학과에서 '대학 작문' 교과를 분리하여 독립 교과로 재편하게 된다. 교양대학 혹은 교양학부 내에 '글쓰기 분과'를 따로 설립하여 작문 수업을 전문적으로 기획, 설계, 운영하는 대학들이 나타나게 된 것이다. 그 결과 작문 교재는 대학별로 전문화와 세분화의 과정을 겪는다. 대학별로 그 대학이 추구하는 인재상이나 그 대학의 상황에 맞는 교재를 직접 제작하게 되는데(전문화), 경우에 따라서는 글쓰기 수업 분반을 학습자의 전공이나 계열로 나눠서 개설하면서 전공 계열에 따른 맞춤형 교재로 수업을 하는 것이다(세분화). 예를 들면 같은 대학 내에서도 '인문학 글쓰기', '사회과학 글쓰기', '자연과학 글쓰기'로 분반 및 교재의 내용을 달리하여 수업을 실시하기도 한다(윤철민, 「대학 글쓰기 교재 분석 연구」, 『한국어문교육』17, 고려대학교 한국어문교육연구소, 2015, 178쪽.).

2000년대 이후, 작문교과 독립기의 변화는 4차산업혁명을 맞이하는 시점에서 창의적이고 유연한 인재를 육성해야 한다는 시대적 요구에 대학이 부응한 결과라고 할 수 있다. 이런 사회적 분위기 속에서 대학 작문교육은 확대 및 발전될 수 있었는데, 2012년 기준으로 4년제 대학 214곳 중 글쓰기 또는 말하기 과목을 운영하는 대학은 100여 곳에 달했다(허재영, 「대학 작문교육의 현실과 정체성에 관한 연구」, 『교양교육연구』6, 한국교양교육학회, 2012, 109쪽.). 10여 년이 지난 지금은, 교양필수든 교양선택이든 글쓰기 교과를 운영하고 있는 4년제 대학은 필자가 추산하기로 180곳 이상이며, 전문대학 역시 글쓰기 교과 개설을 확대되고 있는 실정이다. 이를 통해 최근 10년 동안 대학 글쓰기 교육은 비약적으로 발달한 것을 확인할 수 있다.

대학들마다 작문 교재의 전문화 및 세분화를 꾀했고 그 결과는 작문교과의 과목명에 반영되기 마련이다. 주요 대학들의 대학 작문교과의 과목명을 살펴보면 다음과 같다.

① 글쓰기, 글쓰기 기초, 글쓰기 심화
② 사고와 표현, 성찰과 표현, 사고와 글쓰기
③ 창의적 글쓰기, 비판적 글쓰기, 논리적 글쓰기, 학문적 글쓰기
④ 국어, 교양국어

과목명에는 그 대학에서 실시하고 있는 글쓰기 교육의 목표나 내용이 암시되어 있

는 경우가 많다. ①은 과목명이 너무 포괄적이라 알 수 없지만 ②는 생각을 글로 표현하는 글쓰기 수업을 지향한다는 것을 알 수 있으며 ③은 글쓰기 수업에서 배우는 글의 특성이나 장르를 암시한다. 그리고 ④는 교양국어 시기의 명칭을 그대로 사용하는 대학으로 글쓰기 교육을 전문적으로 담당하는 기구나 부서가 따로 존재하지 않을 가능성이 높다.

이렇게 대학마다 작문교과의 전문화 및 내실화를 추구하다 보니 대학 작문교과가 교양필수 과목임에도 불구하고 공통의 교육과정이나 교재가 존재하지 않는다는 지적도 있다(정희모, 「대학 글쓰기 교재의 분석 및 평가 준거 연구」, 『국어국문학』 148, 국어국문학회, 2008, 249쪽.). 대학은 고등교육기관으로 국가 차원에서 수립한 교육과정을 충실하게 따르는 중등교육과는 다르게 그 대학이 지향하는 인재상과 필요하다고 판단되는 능력을 배양할 수 있도록 교육과정을 수립하게 된다.

그럼에도 불구하고, 어떤 과목명을 사용하든 거의 대부분의 대학들이 대학 작문교과에 필수적으로 포함시키는 요소가 바로 '논증(論證)'이다. 대학마다 작문교육의 목표는 저마다 다르지만, 공통적으로 지향하는 바는 학생들로 하여금 논증적인 글 한 편을 제대로 작성하게끔 하는 데에 있다. 우리 대학에서는 '논증' 그리고 '논증적 글쓰기'를 포괄하는 개념으로 '논리(論理)'라는 용어를 사용하였고 과목명을 '논리적 글쓰기'로 명명하였다. 논증이 무엇인지는 2장에서 자세하게 다루게 될 것이다. 이번 장에서는 '논증적 글쓰기'를 포괄하는 의미로서 '논리적 글쓰기'의 개념 및 목적이 무엇인지를 다루게 될 것이다.

3. 논리적 글쓰기의 목적

흔히들 대학은 학문을 하는 공간이라고 말한다. 그랬을 때, 대학생들은 대학이라는 공간에서 저마다 학문 활동을 하는 셈이다. 하지만 대학에서 학문 활동을 하고 있는 대학생들에게 '학문'이 무엇이냐고 물어보면 선뜻 대답하지 못하는 경우가 많다. '학문'에 대한 정의는 다양할 수 있겠지만 여기서는 한자의 훈으로 풀이하고자 한다.

■ 학문이란?

① 學文 ② 學問 ③ 學聞 ④ 學門

실제로 대학생들에게 질문을 해 보면 의외로 ①이라고 대답하는 학생이 대다수이다. 하지만 ①을 국어사전에서 찾아보면 놀랄 만한 결과를 발견하게 된다.

〈국립국어원 표준국어대사전〉

　　우리는 『서경(書經)』이나 『시경(詩經)』 혹은 『주역(周易)』, 『춘추(春秋)』 등을 공부하기 위해 대학에 다니지는 않는다. 이는 과거 조선시대 서원(書院)에서나 행했던 활동이다. 따라서 지금 우리가 대학에서 하는 학문 활동은 학문(學文)이 아니라 학문(學問)이다.

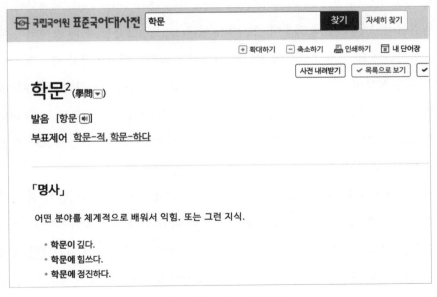

〈국립국어원 표준국어대사전〉

사전을 찾아보아도 학문(學問)이 우리가 대학에서 하는 학문 활동에 해당되는 것임을 확인할 수 있다. 사전에서는 주로 아리스토텔레스가 제안한 '유(類)'와 '종차(種差)'에 따른 정의를 사용한 일반적인 의미를 제시하기 때문에 여기서는 한자의 훈과 어원을 가지고 새로 개념을 정립해 보고자 한다.

■ 학문이란?

① 學文 ② **學問** ③ 學聞 ④ 學門

학문(學問)은 '배울 학(學)' 자와 '물을 문(問)' 자로 이루어져 있다. 그대로 풀이하면 배우고 묻는 행위를 학문이라고 할 수 있다. 하지만 여기에는 '누가'에 해당하는 주어와 '누구에게'에 해당하는 대상, 그리고 '무엇을'에 해당하는 목적어가 생략되어 있다. 생략된 곳에 무엇을 넣느냐에 따라 다양한 개념의 생성이 가능한데, 일단 배운 것을 교수자에게 물어보는 행위를 생각할 수 있을 것이다. 이 역시 학문(學問) 활동이라고 할 수는 있는데, 학문은 기본적으로 스스로 하는 행위이며(자발성), 체계화의 과정이 필요하며(연속성), 실제 적용이 가능해야 한다(실천성). 그랬을 때 해당 행위는 배운 것을 확인하는 데 그치기 때문에 엄밀한 의미에서의 학문 활동이라고 하기에는 부족하다. 학문 활동이 자발성과 연속성, 그리고 실천성을 가지는 행위라고 했을 때 '배우고 묻는[學問]' 행위의 주체나 대상은 '나'가 되어야 할 것이다. 그렇다면 학문(學問)은 '공부하는 과정에서 내가 무엇을 할 수 있는지 혹은 해야 하는지를 스스로에게 묻는 행위'라고 정의할 수 있다.

우리는 대학에서 저마다 다양한 전공을 가지고 배움의 과정을 거치면서 결국 내가 무엇을 해야 할지를 고민하는 학문(學問) 활동을 하고 있다. 중등교육에서는 맞는 것 혹은 틀린 것을 고르는 선다형 문제를 푸는 것이 학습의 주요 활동이었다면 대학에서는 맞고 틀리고보다는 그것을 고민하는 과정에서 도출한 자신만의 결론을 글로 써서 대학에서 함께 학문 활동을 하는 담화 공동체 구성원들을 상대로 설득할 수 있도록 하는 게 중요하다. 이렇게 자료와 근거를 제시하여 증명을 통해 상대를 설득하는 언어적·사회적 추론(reason) 활동을 논증(論證)이라고 한다(Van Eemeren et al., *Fundamentals of Argumentation Theory: A Handbook of Historical Backgrounds and Contemporary Developement*, NJ: LEA, 1995, 5.; 민병곤, 「신문 사설의 논증 구조 분석」, 『국어국문학』 127, 국어국문학회, 2000, 134~135쪽, 재인용.). 논증의 핵심 요소는 증명과 설득인데 이것이 가능하려면 논리적인 사고가 필수이다.

논리(論理)는 '논할 논(論)' 자와 '다스릴 리(理)' 자가 결합된 단어이다. 논(論)과 리(理)를 다시 파자하면 논리라는 단어가 가지는 의미를 다채롭게 살필 수 있다. 일단 논(論)은 言(말씀 언)과 亼(모일 집), 그리고 冊(책 책)이 결합된 글자이다. 여기서 책(冊)은 자료나 근거를 가리킨다. 그랬을 때 논(論)은 자료나 근거[冊]를 모아서[亼] 주장[言]을 하는 행위라고 할 수 있다.

그리고 리(理)는 玉(구슬 옥)과 里(마을 리)가 결합된 글자이다. 중국 최초의 자전(字典)인 허신(許慎, 30~124)의 『설문해자(說文解字)』에 따르면 옥(玉)은 왕이라야 가질 수 있는 존귀한 보물이며, 리(里)는 옥의 결을 뜻하기에 리(理)는 '옥을 다스리는 것(治玉也)'을 의미한다고 했다. 결국 리(理)는 '옥의 결'과 같이 아름답고 이상적이고 완전무결한 것을 뜻한다. 이상 논(論)과 리(理)를 구성하고 있는 글자들을 조합해 보면, 논리는 자료나 근거[冊]를 모아서[亼] 이상적인 혹은 결점이 거의 없는[理] 주장[言]을 펼치는 행위라고 정의할 수 있다.

그런데 작문교과 독립기(2000년대 이후)의 가장 큰 특징은 많은 대학들이 글쓰기 수업을 교양필수 교과로 운영하면서 신입생으로 하여금 1학년 동안 반드시 이수하게끔 하고 있다는 점이다. 여기에는 본격적인 학문 활동을 하기 전인 신입생 기간에 논리적 혹은 논증적인 글쓰기를 수업을 실시해야 교육적 효과가 크다는 인식이 전제되어 있다.

앞서 좋은 글의 요건에서 살펴보았듯이, 좋은 글이 되기 위해서는 독자, 작문 환경, 장르 등의 요소가 충분히 고려되어야 한다. 먼저 작문 환경을 살펴보면, 대부분의 대학들은 1학년 신입생들로 하여금 전공 학문을 천착(穿鑿)하게 하기보다는 기초 교양 수업을 통해 학문 활동을 하는 데 필요한 역량을 갖추게 하는 데 집중한다. 예를 들면, 동서양의 고전 철학이나 외국어, 그리고 글쓰기/말하기 수업 등이 기초 교양에 포함되며, 해당 기초 교양 수업을 통해 학생들은 다양한 문화적 경계를 경험하고 다양한 관점을 공유하면서 사고력을 키울 수 있게 되는 것이다.

특히 이렇게 형성된 학문 역량은 글을 통해 표현되기도 하고, 표현된 글을 통해 학문 역량에 대한 평가가 이루어지기도 한다. 또한 대학의 거의 모든 과목들은 학생들에게 글로 써서 제출하는 보고서나 리포트류의 과제를 부여한다. 따라서 글쓰기 능력은 대학에서 학문 활동을 하는 데 필수적으로 요구되는 기초 역량에 해당하며, 신입생을 대상으로 하는 대학 작문교과는 학생들로 하여금 대학에서 학문 활동을 하는 데에 필요한 기초 역량을 함양토록 하는 데에 목적을 둔다.

하지만 1학년 때 대학 작문 수업을 기 이수한 학생들을 대상으로 논증이 가능한 주제에 대한 레포트 과제를 부여하면, 안타깝게도 대부분의 학생들은 사안에 대한 여러 사람들의 관점을 그저 나열한 설명문을 작성해 오거나 혹은 다른 사람들의 주장이나 근거를 정리한 요약문을 작성하여 제출한다. 대학 과제물로서의 레포트는 잘 쓴 한 편의 설명문이 되어서는 안 된다. 그 분야 학문 권위자인 담당 교수님을 상대로 설득력 있는, 다시 말하면 논리적으로 쓴 글을 제출해야 하며, 그 글을 읽은 담당 교수님은 필자의 관점이나 결론을 수용할 수 있어야 한다.

그런 의미에서 우리 수업은 학생들이 어떻게 하면 자신만의 새로운 관점을 발견할 수 있는지, 그리고 그것을 어떻게 구조화하여 글로 표현했을 때 보다 설득력 혹은 수용력이 높은 글을 쓸 수 있는지에 대한 과정과 방법을 이론과 쓰기 실습을 통해 공부하는 과목이라고 하겠다.

해당 목적에 따라 본 교재에서는 1장에서는 대학 글쓰기 수업에 대해 개관을 했고, 2장에서는 문장론과 단락론, 그리고 논증을 다루며, 3장에서는 쓰기의 과정과 절차에 대해 공부하고, 4장에서는 글쓰기의 표현 전략을 다룬다. 5장에서는 논리적 글쓰기 외의 실용문을 추가로 다뤄서 학술적인 글과 실용적인 글의 균형을 꾀하였다. 우리 수업을 통해 학생들이 배우고 묻는 학문 활동 과정에서 내가 무엇을 해야 하는지에 대한 고민이 잘 담긴 논리적인 글을 작성할 수 있기를 바란다.

4. 글쓰기의 윤리

학습
목표
• 글쓰기 윤리의 필요성과 중요성을 예를 들어 설명할 수 있다.
• 표절. 자기표절. 중복게재. 위조. 변조를 구별하여 예를 들어 설명할 수 있다.

현대사회는 인터넷을 비롯한 매체의 발달로 정보에 대한 접근성이 용이해졌다. 매체를 통해 정보는 급속히 공유되고 확대 재생산되어 널리 퍼진다. 현시대를 일컫는 용어 중 '집단지성의 사회'라는 용어는 이런 매체의 순기능을 긍정하는 표현이라고 할 수 있다. 하지만 '정보의 홍수 시대'라는 상반된 성격의 표현 역시 현시대의 사회상을 정확히 표현한 용어라고 할 수 있다. 정보의 공유, 재생산 과정에서 왜곡과 변형이 불가피해진 것이다. 범람하는 정보 속에서 옥석을 가리고 진위 여부를 판단하는 일은 필자의 몫이 되어 버렸다. 따라서 정보의 가치는 신뢰도에 달려 있으며, 정보가 지식이 되려면 역시 신뢰가 바탕이 되어야 한다고 할 수 있다.

글쓰기 윤리가 강조되는 이유 중 하나는 바로 정보의 신뢰도와 관련이 있다. 내가 작성한 글의 옳고 그름, 그리고 정보의 정확성을 판단할 수 있는 근거가 바로 출처이기 때문이다. 저명한 학자의 연구 결과나 공신력 있는 기관에서 제공한 통계 데이터를 사용하면서 출처를 명시하면, 그 학자가 가지고 있는 학문적 권위나 해당 기관이

가지고 있는 공신력을 내 글도 어느 정도 획득하게 된다. 그런 측면에서 출처를 명시한다는 것은 곧 내 글의 정보 가치나 신뢰도를 높이는 일이다. 한편으로 출처를 명시하는 것은 내 글을 보는 독자를 향한 일종의 배려이기도 하다. 출처는 주석으로 표시하며 기본적으로 문장 단위로 달게 되어 있는데, 독자는 주석 표시의 유무를 가지고 필자가 작성한 문장과 인용한 문장을 시각적으로 구분할 수 있기 때문이다.

그런데 실제로 학생들에게 보고서나 레포트를 받아 보면 본문에는 아무런 주석 표시가 없는데 글의 마지막 부분 참고문헌에만 가나다/ABC 순으로 수많은 학술 자료를 나열해 놓은 경우가 있다. 엄밀히 말하면, 연구 윤리 위반 행위로 표절에 해당한다. 그리고 본문에 주석 표시가 없기 때문에 학생의 문장과 인용 문장을 구분할 수 없다. 이러면 교수자 입장에서 자기가 전공한 분야의 글이 아니라면 정확한 채점은 불가능하다. 그런 의미에서 주석을 단다는 것은 내 글과 남의 글을 구분하는 행위이면서 표절을 범하지 않는 방법인데, 무엇보다도 독자를 배려하는 행위라고 할 수 있다. 주석은 독자가 내 글의 가치, 내가 제시한 정보의 신뢰도를 판단할 수 있는 근거가 되면서, 한편으로는 독자가 더 필요로 하는 자료를 직접 찾아볼 수 있게끔 하기 때문이다.

글쓰기 윤리가 강조되는 다른 이유는 대학은 학문 활동을 하는 공간으로 대학생은 예비 학자의 신분이기 때문이다. 따라서 올바른 글쓰기 윤리의 실천은 바로 '자료 사용 능력'에 해당한다. 글을 쓰는 사람은 정보의 홍수 속에서 수많은 자료들 가운데 정보 가치가 높은, 혹은 학술적 가치가 높은 자료를 선별해야 하고, 그것을 자신의 글 안에 녹여 넣으면서 출처를 형식에 맞게 남길 줄 알아야 한다(이윤진, 『글쓰기 윤리와 자료 사용』, 경진, 2015.). 이런 '자료 사용 능력'은 대학에서 필요로 하는 학문적 글쓰기 능력의 근간이 된다.

물론 글쓰기 윤리를 지키지 않았을 경우 윤리의식 결여에 대한 도덕적 질책은 물론 저작권법 위반의 경우 법적인 소송에 이를 수도 있다. 문제는 대학생들의 경우, 글쓰기 윤리 위반 행위를 저지르고서도 잘못을 인지하지 못하는 경우가 많다는 점이다. 예를 들면, 자기표절의 경우가 그렇다. 대부분의 경우, 일반 표절보다 자기표절의 처벌 수위가 더 심하다. 그만큼 자기표절은 윤리적으로도 법적으로도 엄중한 사안임에도 불구하고 많은 학생들에게 자기표절에 대한 지적을 하면, 내 것을 내가 사용하는데 왜 문제가 되느냐고 당당하게 항변한다. 이런 이유들로, 이번 절에서는 대학생들이 범하는 대표적인 글쓰기 윤리 위반 행위인 표절, 자기표절, 중복게재, 변조, 위조에 대해 논하기로 한다.

1) 표절(剽竊)

아래는 표절 검증프로그램 중 하나인 카피킬러(Copy Killer)에 소개되어 있는 표절에 대한 내용이다.

□ 표절(剽竊)

▶ 타인의 저작물을 자신의 것처럼 사용하는 것
▶ 출처를 밝히지 않고 타인의 단어나 아이디어를 그대로 복사하여 사용하는 것
▶ 타인의 것을 인용하면서 인용부호를 달지 않는 것
▶ 인용된 출처에 대하여 정확하지 않은 정보를 제시하는 것
▶ 출처를 밝히지 않고 타인으로부터 가져온 단어를 바꾸었지만 원문의 문장 구조를 복사하는 것
▶ 출처를 밝혔어도 타인의 저작물로부터 가져온 단어나 아이디어가 자신의 글보다 많은 것

― Hermann Maurer, Frank Kappe, and Bilal Zaka, "Plagiarism-A Surevey", *Journal of Universal Computer Science*, Vol.12, No. 8, 2006, pp.1050-1051; 이인재(2017.05.30.), 「표절을 판단하는 기준은 무엇인가」, Copy Killer EDU, 재인용. http://edu.copykiller.com/edu-source/faq/?category1=%ED%91%9C%EC%A0%88&mod=document&pageid=1&uid=29(2023.02.09.).

일단 표절(剽竊)을 어원적으로 살펴보면, 표(剽)는 형성자로, 표(票)는 음을 나타내

고 ⺉(칼도방=刀)은 뜻을 나타낸다. 즉, 부분을 떼어 낸다는 의미다. 한편 절(竊)은 훔치다는 의미로 둘을 합치면 '부분을 훔친다'는 뜻이 된다. 즉 전체를 그대로 가져오는 것이 모방이라면, 표절은 부분을 훔치는 행위인 것이다. 이것을 글쓰기에 적용하면 표절은 타인이 수립한 아이디어나 문구를 사용하면서 출처를 명시하지 않아 이미 타인에 의해 수립된 아이디어나 성과를 새로운 것으로 하여 그것이 자신에 의한 성과로 남을 속이는 행위이다(이일호·김기홍, 「역사적 관점에서 본 표절과 저작권」, 『법학연구』 19, 연세대 법과대 법학연구소, 2009, 309~310쪽.). 정리하면 다음과 같다.

□ 표절(剽竊)

▶ 다른 사람이 쓴 글을 이용하면서 원글의 출처를 밝히지 않는 경우
▶ 독자는 글 내용을 글쓴이의 독창적인 생각이나 이론으로 받아들이게 됨
▶ 남의 것을 내 것으로 보이게 하는 것으로, 남을 속이는 행위

표절은 부분을 훔치는 행위인데, 출처를 명시하지 않아서 남의 것이 내 것처럼 보이는 것으로 독자를 속이는 행위인 것이다. 대부분의 경우, 표절은 출처만 제대로 명시하면 표절이 아닌 게 된다. 그래서 필자가 주의를 하면 충분히 예방할 수 있는 사안이다. 그렇다고 출처 명시가 만능은 아니다. 가끔 졸업 후 취직을 한 학생들로부터 업무 차원에서 작성한 글이나 홍보물에 출처를 명시했음에도 저작권법 위반으로 신고가 들어오는 이유가 궁금하다는 연락이 오곤 한다. 표절은 학문적 절도 행위로(리처드 앨런 포스너, 정해룡 옮김, 『표절의 문화와 글쓰기의 윤리』, 산지니, 2009, 147쪽.), 표절은 법률상 또는 저작권법상의 근거를 가지고 있지는 않다(계승균, 「표절과 유사개념」, 『법학연구』 59, 부산대학교 법학연구소, 2018, 5쪽.). 즉, 표절과 저작권법은 다른 차원의 문제인 것이다. 해당 졸업자는 원저자에게 허락을 받고 출처까지 명시하면서 해당 자료를 사용했어야 했다.

그렇다고 여러분이 걱정할 필요는 없다. 학술 자료나 교육 자료로 활용하는 경우에는 저작권법보다 상위에 있는 교육법의 보호를 받기 때문이다. 따라서 학생들이 작

성하는 발표문, 보고서, 학위논문 등에서는 저작권법 위반을 걱정할 필요는 없다. 표절을 조심하면 되는데, 문장 단위로 주석 형식에 맞게 출처를 명시하면 대부분은 표절에서 자유롭게 된다. 하지만 출처 명시가 만능은 아닌 만큼 출처를 명시했음에도 표절이 되는 경우도 있다. 주석 표기 방법 그리고 출처를 명시했음에도 표절이 되는 경우(예 : 간접인용), 그리고 표절 검증 프로그램 등의 사용 방법에 대해서는 3장에서 다시 자세하게 다루게 될 것이다.

미국 대학의 표절에 대한 처벌 수위	
공식 경고 (Formal Warning)	학생이 표절 방지 방법을 잘 몰라 실수로 범했다는 사실을 교수가 인정할 때
성적 감점 (Lowering the Grade)	표절이 실수로 이뤄졌다고는 해도 정도가 조금 심한 경우
근신 (Probation)	의도적으로 표절했거나 수정 지시를 어겼을 경우
지도성 제재 (Disciplinary Sanction)	표절로 경고를 한 번 받은 학생이 다시 표절했을 때
사회 봉사 (Community Service)	실질적인 반성 유도를 위해 추가로 다른 벌칙이 필요하다고 판단될 때
졸업 지연 (Delay of Degree Conferral)	4학년 학생으로, 졸업이 다가와 다른 마땅한 처벌이 없을 때
정학 (Suspension)	두 과목 연속 표절 등 의도적으로 표절을 심하게 저질렀을 때
퇴학 (Expulsion)	표절을 숨기기 위해 증거를 조작하는 등 사안이 중대할 때
학위 취소 (Revocation of Degree)	졸업한 뒤 학위논문에서 심한 표절이 밝혀진 경우

(자료 : 조제희 교수, https://www.donga.com/news/article/all/20090703/8751254/1)

위는 미국 대학의 표절에 대한 처벌 수위이다. 위에서 아래로 내려갈수록 처벌 수위가 강해지는 것을 알 수 있는데, 기준은 '의도성'이다. 표절은 실수에 해당하는, 법적인 처벌이 없는 사소한 표절이 있는가 하면, 학위가 취소될 정도로 강력한 조치가 취해지는 심각한 표절도 있다. 처벌 수위의 기준은 '의도성'에 있다. '공식 경고'에서

'지도성 제재'로 내려갈수록, 그리고 '정학'에서 '퇴학'으로 내려갈수록 의도성의 정도가 강해지는 것을 알 수 있다. 앞서 정리한 표절의 개념은 부분을 훔치는 행위인데, 출처를 명시하지 않아서 남의 것이 내 것처럼 보이는 것으로 독자를 속이는 행위였다. 그랬을 때 '의도성'은 '독자를 속이는 행위'와 관련이 있는 것으로 표절이 윤리적으로 문제가 되는 부분이 바로 여기에 있다. 부분을 훔치는 것도 문제지만, 그보다 더 큰 문제는 독자를 '의도적'으로 속이는 것에 있고 그 결과 걷잡을 수 없는 상황이 초래된다. 예를 들면, A저자의 자료를 B가 표절했을 경우, 독자들은 B가 원자료의 저자인 줄 알고 인용할 때 출처에 B를 명시하게 된다. 그리고 나면 해당 자료는 A라는 원저자가 있음에도 버젓이 B의 자료로 공유되고 확산되게 되는 것이다. 그 과정에서 왜곡, 변형까지 이루어지면 사안은 더 심각해진다.

2) 자기표절(自己剽竊)

표절이 다른 사람이 쓴 글을 이용하면서 원글의 출처를 밝히지 않아서 발생하는 일이라면, 자기표절은 이전에 자신이 작성한 글의 일부를 새로 작성하는 글에 이용하면서 출처를 밝히지 않아서 발생한다. 정리하면 다음과 같다.

□ **자기표절(自己剽竊)**

▶ 이전에 자신이 작성한 글의 일부를 새로 작성하는 글에 이용하면서 출처를 밝히지 않는 경우
▶ 이전 것을 새것으로 보이게 하는 것으로, 역시 남을 속이는 행위

표절과 비슷한데, 과거 자신이 작성했던 글을 이용한다는 점과 남의 것이 아니라 내 것을 재사용하면서 새로 창작한 것으로 속인다는 점에서 차이가 있다. 대학생들이 자주 범하는 자기표절의 사례는 다음과 같다.

□ **예** : 1학기에 수강했던 '한국문학의 이해' 과목에서 제출한 보고서의 일부를 2학기 때 수강하는 유사 과목인 '한국문학사' 수업에서 제출하는 보고서에서 인용하고 출처를 밝히지 않는 경우

자기표절

※ 이전 것을 새것으로 보이게 하면 안 돼요.

문제는 대다수 대학생들에게 자기표절을 지적하면, 나의 것을 내가 사용하는데 무슨 문제가 있냐고 반문한다는 점이다. 아까 표절에 대한 설명에서, 표절 처벌 기준은 '독자를 속이는 행위'와 관련이 있고 처벌 수위는 '의도성'의 정도에 달렸다고 했다. 일단 자기표절은 자기표절물을 읽는 독자에게 그것을 원작(original work)으로 믿도록 속였으므로 표절에 해당하는 행위이다 (남형두, 『표절론』, 현암사, 2015, 199쪽.). 그리고 자기표절은 결코 실수로 빚어지는 행위가 아니다. 내가 과거에 작성한 글의 존재를 현재 내가 모르는 상태에서 새 글에 이용하지는 않기 때문이다. 따라서 의도성이 무조건 성립하며 그 정도는 심하다고 보는 게 일반적이다. 이런 이유로 자기표절은 '의도적으로 표절을 심하게 저지른 상황'으로 보아 미국 대학에서는 정학 이상의 처벌을 받게 된다. 앞서 살펴보았던 조제희 교수가 제공한 '미국 대학의 표절에 대한 처벌 수위' 중 '정학' 부분을 참고하길 바란다.

3) 중복게재(重複揭載)

현재 학계에서는, 중복게재는 자기표절과 용어가 혼용되어 사용되고 있다. 자기표절의 범주 안에 중복게재가 포함된다고 보는 관점도 있고 둘을 동일한 개념으로 보아 구분하지 않고 사용하는 경우도 있다. 이와 관련해서 국내 표절 관련 연구의 권위자로 2008년 교육인적자원부가 개발한 논문 표절 가이드라인 작성에 참여했던 이인재 교수에 따르면, 중복게재란 원저자에 의해 이미 게재된 내용의 일부 또는 모든 것이 적절하게 출처 표시 없이 반복되어 사용되는 출판의 한 형태를 의미한다고 한다(이인재, 「중복게재의 유형과 판단 기준」, 『감정평가학논집』 20, 한국감정평가학회, 2021, 220쪽.). 이 정의에는 내용의 '일부' 또는 '모든 것'이라는 표현에서 두 가지 관점을 모두 수용했음을 알 수 있다.

후자인 '모든 것', 즉 중복게재가 내용의 모든 것을 출처 없이 표시, 반복되었다고 했을 때, 중복게재의 정의는 다음과 같다.

> □ **중복게재**(重複揭載)
>
> ▶ 한 편의 글을 두 곳 이상에 발표하는 경우
> ▶ 둘을 모두 새것인 것처럼 보이게 하는 행위로, 역시 남을 속이는 행위

자기표절이 표절의 한 유형으로, 표절이 부분을 훔치는 행위라고 했을 때, 중복게재는 부분이 아니라 전체에 해당하는 한 편의 글을 두 곳 이상에 발표하는 것이다. 분명 부분(문장, 아이디어 등)을 훔치는 표절과는 차이가 있다. 대학 글쓰기 상황에서는, 다른 수업에서 작성한 보고서를 그대로 이번 수업 과제물로 작성한 것이 여기에 속한다.

반면 전자인 '일부', 즉 중복게재가 자기표절의 범주에 포함된다는 관점은 대부분 미국의 유명한 출판학자인 로이그(M. Roig)의 견해를 따르고 있다. 로이그의 자기표절의 범주는 다음과 같다.

이인재,『연구윤리의 이해와 실천』, 동문사, 2015, 263~264쪽.

로이그의 자기표절의 하위 범주들은 중복게재를 비롯해서 모두 자신의 이전 글 일부를 재활용하는 형태이다. 하지만 표절은 부분을 훔치는 것이라고 했을 때, 어디까지를 부분이라고 정의할 수 있는지에 따라서 표절에 해당하는 범위가 달라질 수 있다. 부분은 말 그대로 극히 일부분도 부분이고, 마찬가지로 거의 대부분도 부분이라고 할 수 있다. 이인재 교수의 중복게재 정의 중 '일부' 또는 '모든 것'이라는 표현은 바로 이런 상황을 염두에 둔 것이다. 내 글 거의 대부분을 다시 사용하면서 출처를 명시하지 않은 것은 중복게재이면서 자기표절이기도 하기 때문이다. 이런 이유 때문에 자기표절과 중복게재를 굳이 구분하지 않는 관점도 존재하는 것이다.

사실 자기표절과 중복게재 간에는 미묘하지만 분명한 차이가 있기 때문에 구분은 가능하다. 표절이 부분을 가져오면서 출처를 명시하지 않은 것이고, 중복게재는 동일한 글을 중복해서 사용하는 것이다. 따라서 출처 명시 없이 글의 조각이라고 할 수 있는 완결성이 결여된 부분(아이디어, 문장 등)을 재사용했을 경우에는 표절로, 글이라는 완결된 형태라는 부분(장절 단위 이상)을 재사용했을 경우에는 중복게재라고 할 수 있는 것이다. 이렇게 구분하는 게 가능하면서도 중복게재는 자기표절의 하위 범주에 속한다는 로이그의 견해를 따르면, 중복게재든 자기표절이든 이들 모두를 자기표절이라 불러도 무방한 것이 된다.

이렇게 학계에서도 복잡하게 혼용되고 있는 자기표절과 중복게재를 대학 신입생들이 굳이 구분해서 사용할 필요는 없을 것 같아 더 이상의 자세한 설명을 생략한다.

중요한 점은 자기표절과 중복게재 모두 출처를 명시하지 않아서 발생한다는 점이다. 그렇다면 자기표절 또는 중복게재를 범하지 않으려면 어떻게 해야 할까?

> □ **예** : 1학기에 수강했던 '한국문학의 이해' 과목에서 제출한 보고서의 일부를 2학기 때 수강하는 유사 과목인 '한국문학사' 수업에서 제출하는 보고서에서 인용하고 출처를 밝히지 않는 경우

위의 예는 앞서 자기표절 때 언급한 사례이다. '일부'의 범위를 무엇으로 하느냐에 따라 자기표절 또는 중복게재가 될 수 있는 사안이다. 위 사건이 자기표절 또는 중복게재가 되지 않기 위해서 학생은 어떻게 해야 할까?

답은 간단하다. 출처를 명시하면 그만인 것이다. 내가 내 것을 사용하는데 무엇이 문제냐고 하면서 출처 없이 적으면 자기표절이나 중복게재가 성립하지만, 주석을 달고 당당하게 출처와 사유 및 내용을 언급하면 글쓰기 윤리를 훌륭하게 지킨 것이 된다. 다음의 내용을 주석에 넣으면 된다. 과거 '한국문학의 이해' 과목에서 유사한 주제로 보고서를 작성했다. 그때 어떤 내용이나 관점, 결론을 수립했는데 그것의 연장선에서 어떤 내용을 심화해서 이 보고서를 작성하겠다고 말이다. 이러면 담당 교수 입장에서도 글쓰기 윤리를 준수한 정직한 학생이라 인정할 것이며, 그 심화된 내용의 수준을 집중적으로 평가할 수 있기 때문에 채점하기도 용이할 것이다. 결과적으로 더 좋은 점수를 받을 확률이 높다.

대부분의 대학들은 온라인 기반 LMS(Learning Management System)를 구축하고 있고 과제 역시 LMS상에서 온라인으로 제출하는 경우가 대부분이다. 학생들은 모르겠지만 LMS가 교수자에게는 학생들 간 과제물의 모사율이 얼마인지 % 단위로 알려 주며, 누구의 것과 유사한지도 대상을 콕 집어서 알려 준다. 지금 시대에 과제물의 자기표절 혹은 중복게재는 매우 위험한 행위이다. 따라서 위험을 안고 자기표절 혹은 중복게재에 해당하는 과제물을 제출하기보다는 주석을 통해 출처와 사유를 명시할 것을 간곡히 제안하는 바이다.

4) 변조(變造)

변조는 말 그대로 변화를 주어 만든다는 뜻이다. 다른 사람의 글을 통해서 알게 된 내용 혹은 자신이 직접 조사하여 알게 된 내용을 의도적으로 수정하거나 가감하는 행위를 말한다. 예를 들면 데이터, 통계수치 등의 숫자를 원하는 결과값으로 수정한다거나, 원하는 설문조사 결과를 얻기 위해 수집된 설문지의 일부를 버리거나, 특정 성향의 설문지들만 제외하는 행위 등이 여기에 속한다.

대학생들의 경우, 자신의 주장을 지지할 수 있는 자료나 근거를 찾다가 해당 자료가 없거나 찾기 힘들 때 쉽게 변조의 유혹에 빠지게 된다. 하지만 실험 오류나 연구 실패는 학자들도 자주 경험하게 되는 일이다. 대학생은 예비 학자 신분으로 학문 활동을 하는 과정 중에 있다. 당연히 실수할 수 있고 실패할 수 있다. 따라서 이 경우에는, 변조를 통해서 상황을 모면하기보다는 왜 자신이 찾는 자료가 없는지를, 학자들은 왜 이런 연구를 하지 않았는지를 고민해 보고, 그 고민에 대한 과정과 결과를 보고서에 담아서 과제로 제출하는 게 바람직하다.

5) 위조(僞造)

위조는 말 그대로 가짜로 만드는 행위이다. 글쓰기에서 없는 내용 혹은 경험하지 않은 일을 사실처럼 쓰는 것을 말한다. 예를 들면, 설문조사나 실험을 하지 않고서 원하는 결과값이 나왔다고 보고하면서 글을 쓰는 경우나, 가 보지도 않고 쓰는 기행문이나 읽지 않고 쓰는 독후감, 보지 않고 쓰는 영화 감상문 등이 이에 해당한다. 모두 허구로 글 자체가 성립할 수 없는 상황이다. 대부분의 경우, 대학생들은 과제 제출 마감일에 임박하여 시간이 촉박할 때 위조를 범하게 된다. 위조를 하지 않기 위해서는, 위조는 나와 독자를 모두 속이고 기만하는 비윤리적인 행위라는 점과, 글쓰기 과제물의 경우 글감은 글을 쓰기 전에 미리 준비해 놓아야 한다는 점을 명심할 필요가 있다.

▶ **연습문제 1 (부록 239쪽)** ◀

2장

글쓰기의 기초

단원 목표

· 올바른 문장과
단락의 구성 요소를
이해하고, 이를
바탕으로 올바른
문장과 단락을 쓸 수
있다.

· 논증과 논증의
오류를 이해하고,
이를 바탕으로
논증을 검증할 수
있다.

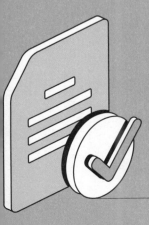

1. 문장과 단락 쓰기

1) "잘 지내세요?"와 "잘 지내세요."의 차이

친구가 며칠 전 소개팅을 했다네요.
상대편 여자(남자)가 맘에 들긴 했지만 소심해서
우물쭈물 다음 약속을 못 하고 헤어졌답니다.
며칠 지나 아쉬움에 문자로 안부를 물었답니다.
그런데,
"잘 지내세요?" 할 것을, "잘 지내세요." 했답니다.
잠시 후 답장이 왔는데,
"그쪽도 잘 지내세요."

위 예는 물음표(?)와 마침표 온점(.)의 차이가 얼마나 큰 결과를 낳았는지 보여 준다. 문장부호 하나도 문장의 구성요소이다. 내 뜻을 제대로 표현하는 수단으로서 어휘 하나가 얼마나 중요한지 생각하게 된다. 사소한 것 같지만 "말 한마디에 천 냥 빚을 갚는다."는 말은 빈말이 아니다. 일상생활을 하면서 가장 힘든 일이 자기 자신을 드러내는 때다. 내 본뜻이 아닌데도 남에게 오해를 불러일으켜 낭패를 본 적이 있지 않을까? 어쩌면 계약서 한 장 잘못 써 소송에 걸려 재판정에 서야 하는 무서운 일이 벌어질지도 모른다. 이때 내 생각을 정확히 전달하지 못한다면 오래도록 후회를 남길 것이다. 물론 사랑을 얻기도 쉽지 않다. 그만큼 정확하고 좋은 문장을 쓰는 일은 우리 삶의 바탕이다.

(1) 어휘 하나도 구별해 쓰자

바른 문장을 쓰려면 문장을 구성하는 기본 단위인 어휘를 적절하게 선택해야 한다. 전달하고자 하는 의도나 상황에 맞는 어휘를 선택해야 자기 생각을 제대로 표현할 수 있기 때문이다. 올바른 어휘의 사용을 위해서는 일상 회화라든가 독서 활동에서 국어사전을 활용하는 것이 가장 좋다.

(2) 정확한 문장을 쓰자

아무리 미사여구를 동원하더라도 정확하지 않으면 좋은 문장이라 할 수

정확한 표현

※ 붕짜 후 그릇 회수 방식은 각 업체와 상의하세요.

없다. 정확하게 문장을 쓰기 위해서는 간결해야 한다. 간결한 문장을 서술하기 위해서는 먼저 자신이 하려는 말이 무엇인지를 분명히 해야 한다. 그리고 이를 명확히 표

현하기 위해 어떤 종류의 문장이 유용할지에 대해 고민해야 한다.

(3) 일관된 내용과 형식을 갖춰 문단을 만들자

문단은 하나의 내용을 담고 있는 문장들의 집합이다. 문단 쓰기는 일관된 내용과 형식을 갖춘 글을 쓰기 위한 기초 작업이다. 또한 하나의 문단은 전체 글의 내용과 긴밀하게 연결되어 있어야 한다. 문단은 먼저 자신이 쓰려고 하는 글의 내용이 무엇인지를 정하고 논리화하는 능력이다. 더불어 남에게 쉽게 글의 내용과 주제를 이해시키는 능력이기도 하다. 따라서 일관된 내용을 담고 있는 좋은 글을 쓰기 위해서는 문단 쓰기가 중요하다.

2) 문장 다듬기 8가지 원칙

(1) 풀어쓰자

우리말이 첨가어라는 소리는 들어봤을 것이다. 또 영어가 굴절어라는 말도. 간단히 말하면 단어에 조사를 붙여(첨가) 쓰는 것이 우리말이고, 단어 자체를 변형(굴절)시켜 쓰는 것이 영어다. 요즘 영어식으로 문장을 쓰다 보니 명사형을 자주 사용하고 있다. 그렇게 되면 말은 압축된다.

- 영어식 표현을 우리말로 풀어쓰자 : 명사형, 관용구, 복문 등

> **예)** 명사절 대신에 부사형을 사용하자.
> "진리 안에서 자유함을 결심해야 한다."
> "자유 있음에 나는 행복합니다."

→ "진리 안에서 자유롭게 살 것을 결심해야"

"자유가 있어서 나는 행복하다."

설명)

– '자유함'처럼 명사형보다는 부사형 '자유롭게'로 쓰자. 특히 '자유하다'는 표현은 어색함.

– 명사형보다는 부사형으로 표현.

(2) 생명 있는 것을 앞세우자

이 세상에 생명을 가장 소중히 여기는 말이 있다면 우리말이 아닐까. 왜냐하면 항시 생명 있는 것이 주어가 되기 때문이다. 우선 사람을 먼저 주어로 삼아 문장을 쓰자. 한 문장에 여러 사람이 있다면 먼저 앞세울 사람을 따지자. 만약 사물과 사물이 함께 있으면 그중 중요한 것을 주어로 삼으면 된다.

• 사람(생명)을 주어로 하자. 물주(物主) 구문, 수동태를 쓰지 말자.

예) 누가 더 위대한가?

"이 작품은 나에게서 나온 것이 아니라, 영감을 받아 탄생한 것입니다."

→ 나는 이 작품을 스스로 만든 것이 아니라, 영감을 받아 창작했습니다.

설명)

– 작품이 주어가 되지 않게 사람 주어를 사용

(3) 번역하지 말자

우리말이 외래어에 심각하게 오염되고 있다. 영어나 한문, 일어는 우리말과 분명히 다른데도 우리말을 외래 문장 직역하듯 쓰고 있다. 번역한 듯해서 어색하기 짝이 없다. 우리가 전통적으로 한자문화권에 속해 있었기 때문이며, 일제강점기를 지낸 불행한 역사의 산물이라 할 수 있다. 오늘날 미국을 비롯한 서양 문화가 여과 없이 우리 생활 속에 스며든 결과이기도 하다.

- 영어, 일어, 한문을 직역하듯 쓰지 말자.

> **예)** 'have'를 그냥 가져다 쓰지 말자.
> "소서노는 아이 둘을 갖고 있었는데, 하나는 형인 온조이고 다른 하나는 동생인 비류이다."

모범 답안

→ 소서노에게는 아이 둘이 있었다. …

설명)
- 사람은 소유하기보다 존재하는 것으로 이해하는 태도임. 또 한편 문장을 짧게 쓰는 것이 좋음.

(4) 일치되게 하자

주어와 목적어와 서술어를 일치시키는 것이 중요하다. 문제는 문장이 길어질 때다. 우리말에서 주어가 생략되는 경우가 많기 때문에 문장이 길어지면 어느 주어가 어느 서술어와 어울리는지 헷갈릴 수가 있다. 그리고 문장을 길게 쓰다 보면 주어와 목적어의 호응이 이루어지지 않는 경우도 있다. 그러므로 문장을 계속 연결해서 쓸 때, 주체가 불분명하거나 목적어가 생략되어 있다면 이어진 문장을 쓸 때 한 번 더 밝혀 쓰는 것이 좋겠다. 가장 중요한 문제 해결 방법은 문장을 짧게 끊어 쓰는 것이다.

• 주어와 술어가 일치되게 짧게 쓰자.

예) 주어부와 서술부를 나누어 호응 관계 일치시키자.
"경찰은 노동자 시신을 지켰던 학생들을 강제징집시키겠다고 협박하여 노동자의 시신을 노동조합원들이 훔쳐 갔다는 거짓 소문을 퍼뜨려 노동자의 분신을 듣고 몰려든 군중들을 해산했다."

→ 경찰은 … 소문을 퍼뜨려 … 해산시켰다.
→ 노동자 시신을 지켰던 … 군중들을 경찰이 해산했다.

설명)
– 주어와 동사가 일치되도록 호응 관계를 살펴보자. 이를 생각해 수식하는 것과 수식받는 것을 가까이 놓는 것이 좋음.

(5) 가까이 놓자

문장을 쓸 때 항시 주어와 목적어를 서술어 가까이 놓도록 하자. 주어와 서술어가 멀리 떨어져 있으면 어느 서술어가 어떤 주어와 호응되는지 알 수 없기 때문이다. 목적어도 마찬가지다. 물론 여러 개의 문장이 겹칠 때 흔히 일어나는 일이다. 주어를 먼저 쓰고 다른 문장을 연결한 후 서술어를 붙이는 경우다. 그래서 서술어의 대상, 즉 주어와 목적어를 가까이 놓자는 것이다. 방법은 문장을 짧게 쓰는 게 최고다.

• 주어와 목적어를 서술어 가까이에 놓도록 하자.

예) 주어를 서술어 곁으로 보내자.
"우리는 갑용과 희연이 누가 더 강마에 가까이 앉을까 다투었다는 얘기를 들었다."

→ 누가 더 강마에 가까이 앉을까 갑용과 희연이 다투었다는 얘기를 (우리는) 들었다.

설명)

– 수식하는 것과 수식받는 것을 가까이 놓으면 뜻이 분명해짐. 이 경우 군이 '우리'를 넣지 않아도 됨. 주체를 밝히지 않아도 말하는 사람이 분명하니 그러함.

(6) 부사어를 바로 쓰자

부사어 하나가 서술어와 호응을 이루지 못하면 뜻이 이상하게 될 수 있다. 평소 쓰던 말버릇처럼 그대로 글을 쓸 때가 대부분이다. 대화할 때는 언어 외에도 비언어적 요소가 있기 때문에 의사소통에 큰 장애가 있을 수 있다. 그러나 문어 투는 그렇지 않다.

• 특정 부사어와 서술어가 짝을 이루게 하자.

예) 특정 부사어와 특정 서술어의 어울림(구조어)
  "A는 바라지도 않아요. 다만 B만 주세요."

→ A는 바라지도 않아요, 오직 B만 주세요.

설명)

– 통상 부사어 '다만' 뒤에는 부정적 뜻이 따르니 호응이 안 됨. 그러므로 아예 삭제하든지 '오직' 정도로 교체.

(7) 간단하게 쓰자

어느 때 문장은 장황하게 되는가? 먼저 한 문장 구조를 계속 반복할 때다. 글의 변화를 주든지, 아예 간결하게 쓰도록 하자. 또는 의미 전달에는 관심이 없고 멋있게 쓰는 데만 신경 써서 문장을 억지로 만드는 경우다. 의미를 중복해서 쓰는 경우도 그렇다. 요즘 자신의 주장을 앞세우고 자신의 뜻을 강조하다 보니 '~것', '~것이다'와 같이 명사화된 문장을 남용하고 있다. 역설적이게도 여기에는 자신의 주장을 강조하는 듯하면서도 남의 말을 하듯 하는 모순이 있다.

• 멋 내지 말고, 장황하게 중언부언 말고, 중복해 쓰지 말자.

예) '~것', '~것이다'와 같은 명사화된 문장을 남용하고 있다.
"우리는 넓은 관용을 보이신 김구 선생이 우리의 구원자라는 것과 인도자라는 것을 믿는 조선인이라는 것입니다."

모범 답안

→ 김구 선생은 널리 관용을 보이셨습니다. 우리는 그를 우리의 구원자이며 인도자로 믿는 조선인입니다.

설명)
– 예측이나 미래의 경우가 아니라면 '것이다'는 영어의 강조 관용구임. 문장이 여러 개 겹침. 그러므로 '것'이 나오는 곳에서 문장을 끊어 쓰는 것이 좋음.

(8) 입에서 나오는 대로 쓰지 말자

말버릇대로 글을 쓰게 되면 글의 흐름이 단조롭고 가벼워진다. 오히려 웅변조의 글이 되어 독자를 감동하게 하지 못할 것이다. 이처럼 말버릇대로 쓰는 문장 중에 '~

이다'로 끝나는 것이 가장 많다. 딱딱한 명사문으로 일관하지 말고 '무엇이 어찌한다'라든지, '무엇이 어떠하다'라고 다양하게 쓰도록 하자.

- 말버릇대로 쓰지 말자. 특히 '~이다' 식으로 일관하지 말고 다양하게 쓰자.

예) 말버릇대로 쓰는 '~이다'

"고대 왕국이 멸망한 후, 그 백성들은 세 부류로 나뉘었다. 첫째는 외국으로 추방되어 간 지도층이다. 둘째는 침략을 피해 여러 지역을 떠돌아다니는 유랑민이다. 셋째는 전쟁의 파고를 피할 수도, 다른 곳으로 이주할 여력도 없었던 일반 민중들이다."

모범 답안

→ "무엇이 어찌한다."라든지, "무엇이 어떠하다."

→ 고대 왕국이 멸망하고 백성들은 셋으로 갈리게 된다. 첫째, 지도층은 외국으로 추방되었다. 둘째, 지도층은 아니더라도 능력 있는 사람들은 유랑자가 되어 피신하였다. 셋째, 일반 민중들은 전쟁의 공포를 피하지도 못하고 다른 곳으로 피신할 여력도 없이 갖은 고초를 겪었다.

설명)

– 서술어 종지법을 다양하게 표현하기. '~이다' 식은 말하듯이 하는 것이기도 하지만 표현이 다양하지 않음.

3) 문장과 문단 연습하기

정확한 문장의 중요성

ㄱ. 문장은 모든 의미 전달의 기본 단위

ㄴ. 좋은 문장은 정확한 문장

ㄷ. 문법적 요소는 물론 상황적 요소까지 고려

어휘, 낱말은 선택이다.

(1) 어휘를 잘못 골라 쓰는 경우

예문 1) 우리 집은 아들만 둘인데, 첫째가 20살, 그리고 2살 차이의 동생이 있다.

모범 답안

20살→스무 살 2살→두 살 차이→터울
→ 우리 집은 아들만 둘인데, 첫째가 스무 살, 두 살 터울 동생이 있다.

설명)

- 우리말이 우선이고 아라비아숫자 쓰기가 그다음이다. 특히 아라비아숫자의 경우 단위 명사는 '세'로 한다. '차이'보다는 우리말 '터울'이 훨씬 정확하다. 문장부호 쉼표, 접속사는 함부로 쓰지 말자.

예문 2) 불경기와 정국 불안으로 연일 주가가 하락세로 치닫고 있다.

모범 답안

→ 불경기와 정국 불안으로 연일 주가가 하락세를 보이고 있다.
→ 불경기와 정국 불안으로 연일 주가가 하락세로 내리닫고 있다.

설명)

- '치닫고 있다'는 어감을 생각하자. '상승세'임. '하락세'와 어울리지 않는다.
- '내리닫고 있다'는 하락세 표현 쓰기.

(2) 의미상 중복되는 어휘

"생일날 동해 바다에서 처갓집 양념치킨을!"

→ 이 표현은 생일(生日)과 '날'이, 동해(東海)와 '바다'가, 처가(妻家)와 '집'이 중복됨.

예문 3) 우리나라의 젊은 가수들이 외국에서 아주 좋은 호평을 받고 있다.

모범 답안

→ 우리나라의 젊은 가수들이 외국에서 아주 좋은 평가를 받고 있다.

→ 우리나라의 젊은 가수들이 외국에서 호평을 받고 있다.

설명)

- 한자어에 익숙하지 않은 점도 있고 과도하게 의미를 강조하려는 말 습관 때문이기도 하다.

  호평(好評) : 좋을 호 + 평론할 평 → 좋게 평함

  좋다 = 호평 → 동의 중복

(3) '와중' 뜻 바로알기

예문 4) 수업이 진행되고 있는 와중에 들려오는 전화벨 소리.

모범 답안

→ 수업이 진행되고 있는 (도중에, 가운데) 들려오는 전화벨 소리

설명)

- 와중(渦中) : 흐르는 물이 소용돌이치는 가운데.

  일이나 사건 따위가 시끄럽고 복잡하게 벌어지는 가운데.

- 와중은 몹시 시끄러운 상황, 환경에 쓰임. 그러므로 수업시간에는 어울리지 않음.

예문 5) 이번 패션은 블랙과 화이트의 스트라이프로 엘레강스한 분위기를 강조하여 워킹 우먼의 활동성이 돋보이도록 했습니다.

모범 답안

→ 이번 옷맵시는 흑백의 줄무늬로 우아한 분위기를 강조하여 일하는 여성의 활동성이 돋보이도록 했습니다.

설명)

- 우리말이 장식처럼 쓰였음. 우리말은 토씨나 서술어로만 쓰이고 있음. 되도록 우리말을 쓰도록 하자. 그렇다고 지나치게 우리말만 뜻으로 풀어쓰면 생경할 수 있음. 외래어는 우리말이므로 허용. 외국어는 우리말로 대체.

▶ **연습문제 2 (부록 241쪽)** ◀

문장은 글쓰기의 출발이다.

(4) 주어-술어의 호응이 정확해야 한다

예문 6) 잊지 말아야 할 점은 오늘날 국제관계가 이데올로기보다 자국의 실리를 기준으로 형성된다.

모범 답안

→ 잊지 말아야 할 점은 오늘날 국제관계가 이데올로기보다 자국의 실리를 기준으로 형성된다는 사실이다(것이다. 점이다).

설명)

- 주어가 연이어 있음. 그런데 서술어는 '형성된다' 하나임. 짝을 이루는 것은 '국제관계가' 임. 그러므로 '잊지 말아야 할 점은'과 어울리는 서술어를 만들어야 함.

예문 7) 사람들이 많은 도시를 여행하다 보면 재미있는 일이 많이 생긴다.

- 사람들이 많은 도시 → 사람들이 많이 사는 도시를 여행하다 보면 재미있는 일이 많이 생긴다.
- 사람들이 많은 도시 → 사람들이 도시를 많이 여행하다 보면 재미있는 일이 많이 생긴다.
- 사람들이 많은, 도시를 여행하다 보면 재미있는 일이 많이 생긴다.

설명)
– 중의적인 뜻을 담고 있는 문장. 뜻을 명확히 하기 위해 수식 관계를 따져 서로 가까이 놓는 것이 우선. 아니면 문장부호를 사용해 명확히 하는 것은 차선.

주어–술어 호응(X) / 몸–안테나 호응(O)

(5) 구와 절

- 구 : 주술 관계가 나타나지 않은 두 단어 이상의 통합체
- 절 : 주어와 서술어를 갖춘 두 개 이상의 단어가 통합된 단위
- 구와 절은 병치되어서는 안 된다.
  - → 구는 구끼리, 절은 절끼리.
  - → 구로 통일하거나 절로 통일하거나 둘 중 하나의 방식으로 서술해야 함.

예문 8) 아파트에서는 동물을 데리고 다니거나 심야 악기 연주를 삼가 주십시오.

→ 아파트에서는 동물 동반과 심야 악기 연주를 삼가 주십시오.

→ 아파트에서는 동물을 데리고 다니거나 심야에 악기 연주하는 것을 삼가 주십시오.

설명)

- 동물을 데리고 다니거나 → 절

  심야 악기 연주 → 구

- 구와 절을 서로 맞춰 쓰자. 구를 만들 때 '동반'처럼 한자어 사용을 생각해 보자.

(6) 좋은 문장 쓰기

• 간단하게 하자 : 주어, 동사가 나오면 끊자 / 접속사, 지시어가 있으면 끊자 / 쉼표 있으면 끊자

① 안은문장 나누기 : 연속된 관형절 나누기

예문 9) 지난 7월 한 달 동안 전남 신안군 지도면 도덕도 앞바다에서 벌여 온 해저 유물 인양 작업 결과 인양된 5천 점에 가까운 유물들은 국립중앙박물관에 옮겨져 최종적인 정리 작업을 앞두고 있다.

→ 지난 7월 한 달 동안 전남 신안군 지도면 도덕도 앞바다에서 벌여 온 / 해저 유물 인양 작업 결과 / 인양된 5천 점에 가까운 유물들은 / 국립중앙박물관에 옮겨져 / 최종적인 정리 작업을 앞두고 있다.

→ 지난 7월 한 달 동안 전남 신안군 지도면 도덕도 앞바다에서 해저 유물 인양 작업을 벌였

52

다. (그 결과) 5천 점에 가까운 유물들이 인양되었다. 국립중앙박물관에 옮겨져 최종적인 정리 작업을 앞두고 있다.

설명)

- 우선 문장이 너무 긺. 짧게 끊어 쓰기. 주어·동사가 갖춰지면 일단 끊고, 그 외 지시어·접속사가 있는 경우 끊으면 됨.

② 이어진문장 나누기 : 대등적 관계절 끊기 / 연속된 연결어미 끊기

예문 10) 오늘날 영국인은 당시 잉글랜드와 네덜란드 사이의 경쟁이 대등했다고 생각하지만, 사실 잉글랜드가 네덜란드와 대등해지기 시작한 것은 17세기 말에 들어서였고 네덜란드를 추월한 것은 18세기였는데, 그것은 잉글랜드의 자원이 훨씬 많았기 때문에 장기적으로는 그렇게 될 수밖에 없었다.

→ 오늘날 영국인은 당시 잉글랜드와 네덜란드 사이의 경쟁이 대등했다고 생각하지만, / 사실 잉글랜드가 네덜란드와 대등해지기 시작한 것은 17세기 말에 들어서였고, / 네덜란드를 추월한 것은 18세기였는데, / 그것은 잉글랜드의 자원이 훨씬 많았기 때문에 장기적으로는 그렇게 될 수밖에 없었다.

→ 오늘날 영국인은 당시 잉글랜드와 네덜란드 사이의 경쟁이 대등했다고 생각한다. (하지만) 사실 잉글랜드가 네덜란드와 대등해지기 시작한 것은 17세기 말에 들어서였다. 네덜란드를 추월한 것은 18세기였다. (그것은) 잉글랜드의 자원이 훨씬 많았기 때문이다. 장기적으로는 그렇게 될 수밖에 없었다.

설명)

- 끊어야 할 곳이 있음. 접속사와 문장부호 쉼표, 지시어가 있는 곳.

(7) 사동과 피동의 잘못된 쓰임

> • 당하는 말과 시키는 말의 구분 : 피동, 사동

① 당하는 말의 경우

> 접사 '-이-, -히-, -리-, -기-'
> 보조동사 '-아(어)지다'
> 일부 명사 뒤에 '-당하다, -되다, -받다' 등

예문 11) 열차가 곧 도착될 예정입니다.

모범 답안

→ 열차가 곧 도착할 예정입니다.

설명)

- 짧은 문장이지만 '될'보다는 '할'이 우리말다움.

예문 12) 양측의 노력 결과, 분규 사태가 조금씩 진정되어지고 있다.

모범 답안

→ 양측의 노력 결과, 분규 사태가 조금씩 진정되고 있다.

설명)

- '되어지고'는 영어의 분사 구문. 어떤 상황이 진행되고 있다는 식으로 어색.

② 시키는 말의 경우

접사 '-이-, -히-, -리-, -기-, -우-, -구-, -추-'
보조동사 '-게 하다'

예문 13) 이제 남은 것은 다시 기계를 가동시키는 일이다.
- 가동 + '-시키다' : 사람이나 기계 따위가 움직여 일함. 또는 기계 따위를 움직여 일하게 함.
- 가동하다 : (…을) 사람이나 기계 따위가 움직여 일하다. 또는 기계 따위를 움직여 일하게 하다.

→ 이제 남은 것은 다시 기계를 가동하는 일이다.
→ 이제 남은 것은 다시 기계를 움직이는 일이다.

설명)
- '가동(稼動)'은 일본식 한자. 굳이 어려운 말을 쓸 필요는 없음. 그러므로 '움직이다' 정도로 쓰기.

(8) 쉼표의 올바른 사용 방법

쉼표는 언제 쓰는가

① 문장의 연결 관계를 분명히 하고자 할 때 절과 절 사이에 쓴다.
　예) 콩 심은 데 콩 나고, 팥 심은 데 팥 난다.
② 같은 말이 되풀이되는 것을 피하기 위하여 일정한 부분을 줄여서 열거할 때 쓴다.
　예) 여름에는 바다에서, 겨울에는 산에서 휴가를 즐겼다.
③ 바로 다음 말과 직접적인 관계에 있지 않음을 나타낼 때 쓴다.
　예) 갑돌이는, 울면서 떠나는 갑순이를 배웅했다.

① 쉬어 가야 할 때

예문 14) 하루 종일 힘들게 일하고 밤늦은 시간이 되어서야 그들을 찾았다. 지친 몸에도 나를 쳐다보는 주민들의 빛나는 눈을 보고 있으니 피곤함이 한순간에 달아났다.

→ 하루 종일 힘들게 일하고 밤늦은 시간이 되어서야 그들을 찾았다. 지친 몸에도, 나를 쳐다보는 주민들의 빛나는 눈을 보고 있으니 피곤함이 한순간에 달아났다.

설명)
- '지친 몸에도'의 주체가 불분명. 맥락상 화자가 되어야 하니 쉼표를 써서 뜻을 분명히.

② 쉬면 안 될 때

예문 15) 시민단체는 잘못을 사과하고, 재발방지책을 마련하라고 정부에 촉구하였다.

→ 시민단체는, 잘못을 사과하고 재발방지책을 마련하라고 정부에 촉구하였다.
→ 잘못을 사과하고 재발 방지책을 마련하라고 시민단체는 정부에 촉구하였다.

설명)
- '사과하는' 주체가 부정확. 시민단체가 사과를 촉구해야 하는데 오히려 사과하고 있음.

(9) 명료한 문장 쓰기

불필요한 부분 지우기, 의미상 핵심만 남기기

예문 16) 2002년 월드컵을 치른 후 우리가 분명 어떤 아쉬움을 느낀 것은 비단 나뿐만이 아니었으리라 믿고 싶다.

→ 2002년 월드컵을 치른 후 아쉬움을 느낀 것은 나뿐만이 아니었으리라.

설명)
- 불필요한 어휘 표현 삭제. '분명', '비단' 등은 말하듯이 쓸 때 사용하는 경우. '~싶다'는 '생각하다', '인 것 같다'처럼 번역 투. 서술어를 다양하게.

(10) 습관적 표현 바로잡기

① 좋은 것과 나쁜 것

예문 17) 지금 우리가 명심해야 하는 것은 한 달 내에 이 모든 과제를 완성해야 한다는 것을 잊지 말아야 한다는 것이다.

→ 명심하자. 한 달 내에 이 모든 과제를 완성해야 한다. 잊지 말아야 한다.

설명)
- 강조하는 복문을 쓴 것. '것'에서 문장을 끊고 세 개 문장으로 만들 수 있음.

② 상투적 종지법 : 같다, 생각하다, 좋다, 싶다 등

예문 18) 오늘 본 영화는 그동안 볼 수 없었던 새로운 이야기를 다루고 있어서 매우 좋은 것 같습니다.

→ 오늘 본 영화는 그동안 볼 수 없었던 새로운 이야기를 다루고 있어서 매우 좋습니다.

설명)

- '같다'라는 표현은 비주체적. 단정적으로 뜻 밝혀 쓰기.

▶ **연습문제 3 (부록 243쪽)** ◀

세 문단이면 한 편의 글이 된다.

(11) 문단의 통일성

- 하나의 문단은 하나의 생각으로 통일해야 한다.
- 하나의 문단은 한 문장으로 요약할 수 있어야 한다.

예문 19) 나는 신문기자 일에 관심이 많다. 신문기자는 정보를 수집하고 취재하며 이를 바탕으로 기사를 작성, 편집하는 일을 한다. 기자가 송고한 기사들을 편집부에서 편집하고 나면 제작 부서에서 인쇄, 감리를 거쳐 신문으로 만든다. 기자가 된다면 다양한 사회현상들을 바라보는 나의 관점을 심화, 확장시킬 수 있을 것이다.

→ 나는 신문기자 일에 관심이 많다. 신문기자는 정보를 수집하고 취재하며 이를 바탕으로 기사를 작성, 편집하는 일을 한다. 기자가 송고한 기사들을 편집부에서 편집하고 나면 제작 부서에서 인쇄, 감리를 거쳐 신문으로 만든다. 기자가 된다면 다양한 사회현상들을 바라보는 나의 관점을 심화, 확장시킬 수 있을 것이다.(밑줄 친 부분 삭제)

– 핵심 논지가 잘 파악되지 않는 글이다. 문단의 통일성에 위배

– 이 문단은 '신문기자 일에 대한 자신의 관심 표현/신문기자의 업무에 대한 소개

　신문의 편집과 제작 과정'에 대한 이야기로 구성됨. 이 중 편집, 제작 과정 통일성 위배

예문 20) 이분법적 사고란 어떤 대상을 양립할 수 없는 두 개의 대립항으로 나누어 한 쪽을 택하고 다른 쪽을 버리는 사고방식이다. '흑백 논리'라고도 알려진 이 사고방식은 흑과 백 사이에 다른 색이 존재할 수 있는데도 오로지 흑과 백만이 있을 뿐 다른 색들을 인정하지 않겠다는 태도이다. 이런 이분법적 사고는 잘못된 것이다. 우리는 이분법적 사고를 배격해야 한다.

모범 답안

→ 이분법적 사고란 어떤 대상을 양립할 수 없는 두 개의 대립항으로 나누어 한쪽을 택하고 다른 쪽을 버리는 사고방식이다. '흑백논리'라고도 알려진 이 사고방식은 흑과 백 사이에 다른 색이 존재할 수 있는데도 오로지 흑과 백만이 있을 뿐 다른 색들을 인정하지 않겠다는 태도이다. 이런 이분법적 사고는 잘못된 것이다. 우리는 이분법적 사고를 배격해야 한다.(밑줄 친 부분 삭제)

설명)

– 이 문단은 '이분법적 사고에 대한 정의/흑백논리에 빗대어 '이분법적 사고' 표현/가치판단 부분'으로 구성됨. 가치판단 부분은 문단의 통일성에 위배. 다른 문단에서 새롭게 시작하거나 삭제.

(12) 문단의 긴밀성

• 문단을 이루는 여러 문장이 긴밀한 결합력을 보이는 성질

• 문단을 긴밀하게 만드는 방법

- 핵심 문장과 뒷받침문장의 논리적 결합이 이루어진 단락을 만든다.
- 문단 내의 모든 문장도 서로 긴밀하게 관련을 맺어야 한다.

예문 21)

① 아침에 들어선 그의 화실은 너무나 어수선했다.

② 물감이나 붓, 이젤 같은 화구들이 바닥에 어지럽게 널려 있었고, 한쪽에 방으로 사용하는 공간에는 내의며 외출복들이 정리되지 않은 채 나뒹굴고 있었다. 먹다 만 라면이 우동처럼 불어 있었다.

③ 어제 늦게까지 술을 마신 듯 화실 안은 온통 술 냄새로 가득하여 정신을 차리기 어려울 정도였다.

④ 벽에는 비뚤게 걸린 시계가 죽어 있었다. 말라서 먼지를 뽀얗게 뒤집어 쓴 장미가 아무렇게나 걸려 있었다.

⑤ 책이 꽂혀 있는 책장에는 만화책과 무협지들이 가득하여 이 방 주인의 얄팍한 취미를 말해 주는 듯했다.

모범 답안

→ 아침에 들어선 그의 화실은 너무나 어수선했다. 물감이나 붓, 이젤 같은 화구들이 바닥에 어지럽게 널려 있었고, 한쪽에 방으로 사용하는 공간에는 내의며 외출복들이 정리되지 않은 채 나뒹굴고 있었다. 먹다 만 라면이 우동처럼 불어 있었다. 벽에는 비뚤게 걸린 시계가 죽어 있었다. 말라서 먼지를 뽀얗게 뒤집어 쓴 장미가 아무렇게나 걸려 있었다.

설명)

- ③ 후각적 감각, ⑤ 정돈된 상태, 평가를 담고 있음. 논리적 긴밀성에 위배됨.

예문 22)

① 대학은 학문의 전당이다.

② 대학은 예로부터 세계 각국에서 모여든 사람들이 배우고 연구하는 학문의 집이었다.

③ 이러한 전통이 이어져 1809년에 세워진 베를린 대학의 초대 총장이던 훔볼트도 대학을 '학문 연구의 상아탑'이라고 정의했던 것이다.

④ 12세기에 이탈리아의 볼로냐 대학, 프랑스의 파리 대학 등으로부터 비롯된 대학은 13세기부터 '세계의 학문 장소'라는 이름으로 알려졌다.

→ 대학은 학문의 전당이다. 대학은 예로부터 세계 각국에서 모여든 사람들이 배우고 연구하는 학문의 집이었다. 12세기에 이탈리아의 볼로냐 대학, 프랑스의 파리 대학 등으로부터 비롯된 대학은 13세기부터 '세계의 학문 장소'라는 이름으로 알려졌다. 이러한 전통이 이어져 1809년에 세워진 베를린 대학의 초대 총장이던 훔볼트도 대학을 '학문 연구의 상아탑'이라고 정의했던 것이다.

설명)

– 시간적 순서대로 다시 정렬해야 긴밀성 확보

(13) 문단의 완결성

- 하나의 문단은 그 자체로 하나의 내용을 끝맺어야 한다.
- 핵심 문장의 내용은 뒷받침문장들에 의해 충실히 채워져야 한다.

예문 23) 2월 말 현재 구내 스포츠센터의 수영 강좌는 주 3일 기준으로 월 7만 원의 수강료를 받고 있으며 헬스는 주 5일 지도에 월 9만 원을, 골프 강좌는 주 5일 지도에 월 14만 원을 받고 있다. 수영 강좌의 수강료 7만 원은 인근 지역의 구민 스포츠센터 수강료보다 같은 조건에서 1만~1만5천 원가량 비싼 가격이다. 헬스의 경우도 다른 지역 구민 스포츠센터에 비해 1만 원 이상 비싼 가격이다.

→ 2월 말 현재 구내 스포츠센터의 수영 강좌는 주 3일 기준으로 월 7만 원의 수강료를 받고 있으며 헬스는 주 5일 지도에 월 9만 원을, 골프 강좌는 주 5일 지도에 월 14만 원을 받고 있다. 수영 강좌의 수강료 7만 원은 인근 지역의 구민 스포츠센터 수강료보다 같은 조건에서 1만~1만5천 원가량 비싼 가격이다. 헬스의 경우도 다른 지역 구민 스포츠센터에 비해 1만 원 이상 비싼 가격이다. <u>골프의 가격은 우리나라 평균 수강료에 비해 2만 원 이상 비싼 가격이다.</u>(밑줄 친 부분 추가)

설명)

- 논란을 일으키고 있는 종목 중 '골프'에 대해 설명이 없음. 이에 대해 언급하든지 아예 내용을 삭제.

예문 24) 저는 고등학교 때 독서반 활동을 통해 글 쓰고 토론하는 일을 많이 해 보았습니다. 매달 한 권의 책을 정해 읽은 후 모여 책과 관련된 주제의 토론을 했습니다. 이 활동을 통해 책을 읽으며 깨닫게 된 내용을 사회의 실질적인 문제와 연결하여 사고하는 법을 읽혔습니다. 또 토론 사회를 여러 차려 맡아봄으로써 다양한 의견을 하나의 흐름으로 정리하는 법도 읽힐 수 있었습니다.

→ 저는 고등학교 때 독서반 활동을 통해 토론하는 일을 많이 해 보았습니다. 매달 한 권의 책을 정해 읽은 후 모여 책과 관련된 주제의 토론을 했습니다. 이 활동을 통해 책을 읽으며 깨닫게 된 내용을 사회의 실질적인 문제와 연결하여 사고하는 법을 읽혔습니다. 또 토론 사회를 여러 차려 맡아봄으로써 다양한 의견을 하나의 흐름으로 정리하는 법도 읽힐 수 있었습니다.(글쓰기 관련 언급 삭제)

설명)

- 글쓰기에 대해 언급이 없음. 그에 대해 언급하든지 아예 삭제.

4) 마무리

　문장은 포도나무와 같다. 그러므로 문장이 온전치 못하다는 것은 포도나무가 썩는 것과 같다. 포도 열매가 열릴 가능성이 사라지는 것이다. 문장을 사용할 때 독자를 배려해야 한다. 그리고 우리가 평소 문장을 쓸 때 자기확신이 있었는지 생각해 보자. 겸손하기보다는 비주체적이었으며, 자기확신보다는 남에게 의존하기 일쑤였다. 이제 겸손과 자기 확신에서 한 걸음 더 나아가 지혜롭게 생각하자.

▶ **연습문제 4 (부록 249쪽)** ◀

문단 구성의 원리 3형제

2. 논리 추론과 오류

1) 논증의 정의

우리는 일상생활 속에서 다양한 논증과 마주한다.

> **예)** 나는 오늘 민트초코 아이스크림이 먹고 싶어. 왜냐하면 어제 내가 좋아하는 연예인이
> TV에서 민트초코 아이스크림을 먹었기 때문이야.

우리는 위 예문과 같이 자신의 주장과 이것을 정당화시키기 위한 근거를 제시하는 데, 이와 같은 구조로 이루어진 글을 논증이라고 정의한다.

∴ 논증 = 주장 + 근거

논증은 논리적 추론을 위한 필수적인 요소이다. 왜냐하면 자신의 주장이 참이라는 것을 설득하기 위해서는 합리적인 이유가 반드시 제시되어야 하기 때문이다. 따라서 논증은 어떤 명제가 참이라는 것을 정당화하기 위해 사용된다. 그러므로 논증은 단순히 주장만 나열된 글이나, 개념 또는 현상을 설명하는 글, 감정적으로 호소하는 글과는 구분된다.

논증이 아닌 것

2) 논증의 구분

논증은 형식에 따라 연역논증과 귀납논증으로 구분된다. 연역논증과 귀납논증의 근본적인 차이는 주장에 대한 근거의 지지 강도이다. 우선 연역논증은 근거가 주장의 참을 필연적으로 지지할 수 있다. 그러나 귀납논증은 근거가 주장의 참임을 개연적으로밖에 지지할 수 없다.

연역논증의 예

모든 인간은 죽는다.　　　　(전제 1)
소크라테스는 인간이다.　　　(전제 2)
따라서 소크라테스는 죽는다.　(전제 3)

위 논증에서 (전제 1)과 (전제 2)가 참일 경우 결론은 반드시 참일 수밖에 없다. 왜

냐하면 결론의 의미가 이미 전제 안에 포함되어 있기 때문이다.

▶ **연습문제 5 (부록 253쪽)** ◀

이러한 연역 논증은 다음과 같은 방식으로도 구성된다.

① 전건긍정논증
- 만약 p이면 q이다.　　　　$p \rightarrow q$
- p이다.　　　　　　　　　p
- 따라서 q이다.　　　　　$\therefore q$

② 후건부정논증
- 만약 p이면 q이다.　　　　$p \rightarrow q$
- p가 아니다.　　　　　　　$\sim p$
- 따라서 q이다.　　　　　$\therefore q$

③ 조건삼단논증
- 만약 A이면 B이다.　　　$A \rightarrow B$
- 만약 B이면 C이다.　　　$B \rightarrow C$
- 따라서 만약 A이면 C이다.　$A \rightarrow C$

전건긍정논증의 예

눈이 오면 길이 미끄럽다.
눈이 왔다.
따라서 길이 미끄럽다.

후건긍정논증의 예

눈이 오면 길이 미끄럽다.
길이 미끄럽지 않다.
따라서 눈은 오지 않았다.

조건삼단논증의 예

만약 내가 상상력이 뛰어나다면, 타인의 감정에 쉽게 공감할 수 있을 것이다.
만약 내가 타인의 감정에 쉽게 공감할 수 있으면, 많은 친구들을 사귈 수 있을 것이다.
따라서 내가 상상력이 뛰어나다면, 나는 많은 친구들을 사귈 수 있을 것이다.

귀납논증 예

A시의 백조는 흰색이다.
B시의 백조는 흰색이다.
C시의 백조는 흰색이다.
따라서 백조는 흰색이다.

위 논증은 지금까지 발견된 모든 백조가 흰색이라는 사실에 근거하여, 백조가 흰색이라고 주장한다. 그러나 여전히 흰색이 아닌 검정색 또는 핑크색인 백조의 가능성이 존재한다는 점에서 필연성을 갖지 못한다.

이러한 귀납논증은 다음과 같은 방식으로도 구성된다.

① 단순 일반화

예) A시 백조는 하얗다. B시 백조는 하얗다. …… 모든 백조는 하얗다.

② 통계적 일반화

예) 조사 대학생들의 약 80%는 연애 중이다.

따라서 전체 대학생의 약 80%는 연애 중이다.

③ 통계적 삼단논증

예) 조사 대학생들의 약 80%는 연애 중이다.

A는 대학생이다.

따라서 A는 연애 중일 확률이 크다.

④ 유비논증

예) P는 a, b, c, d라는 속성을 가지고 있다.

Q는 a, b라는 속성을 가지고 있다.

따라서 Q는 c라는 속성을 갖고 있을 확률이 크다.

▶ **연습문제 6 (부록 255쪽)** ◀

3) 오류의 정의

오류는 기본적으로 잘못된 추론이나 논증을 의미한다. 이것은 전제를 내세운 후 결론을 주장하는 논증의 형식을 갖추고 있어서 그럴듯해 보이지만 실제로는 그렇지 못한 경우이다. 이러한 오류를 추리하는 일은 우리에게 많은 이익을 가져다 줄 수 있다. 특히 자신의 논증이 갖고 있는 오류를 제거함으로써 사고의 올바른 방향성을 가질 수 있다.

4) 오류의 종류

오류에는 크게 형식적 오류와 비형식적 오류로 구분된다.

(1) 형식적 오류

형식적 오류는 보통 연역적 관점에서 잘못된 논리적 형식으로 인해 기인된 오류이다.

① 후건긍정의 오류 (↔ 전건부정의 오류)
후건긍정의 오류는 가언적 삼단논법의 규칙을 위반한 것으로, 가언적 삼단논법은 전건을 긍정해서 후건을 긍정하거나, 후건을 부정해서 전건을 부정하는 결론만이 참이 된다.

- 만약 p라면 q이다.
- q이다.
- 따라서 q이다.

> **예)** 만약 민수가 이 약을 먹는다면, 민수의 병은 치료될 것이다.
> 민수의 병이 완치되었다.
> 따라서 민수는 이 약을 먹은 것이다.

② 전건부정의 오류 (↔후건부정의 오류)

가언삼단논법에서 후건을 부정하여 전건의 부정을 결론으로 이끌어 내는 '후건부정식'을, 전건을 부정하여 후건의 부정을 결론으로 이끌어 냄으로써 생기는 오류다.

- 만약 p라면 q이다.
- P가 아니다.
- 따라서 q가 아니다.

예) 만약 민수가 이 약을 먹는다면 민수의 병은 치료될 것이다.

(민수는) 이 약을 먹지 않았다.

따라서 민수의 병은 치료되지 않을 것이다.

③ 선언지긍정의 오류

선언지긍정의 오류는 선언 삼단논법에 위배되는 오류로, 대전제의 선언지 중 어느 하나를 부당하게 긍정할 때의 오류를 말한다.

예) 민수는 여름을 좋아하거나, 겨울을 좋아한다.

민수는 여름을 좋아한다.

따라서 민수는 겨울을 좋아하지 않는다.

(2) 비형식적 오류

비형식적 오류란 논증의 형식상 잘못이 아니라, 심리적 요인에 의해 근거하여 주장을 뒷받침하는 경우(①~⑬) 또는 언어의 구조적 문제 또는 언어적 사용으로부터 생기는 오류(⑭~⑯)를 의미한다. 비형식적 오류의 예는 다음과 같다.

① 무지에 의한 논증 오류

어떤 명제가 참이라는 것을 구체적이고 논리적인 증거를 들어서 증명하지 못할 때 발생하는 오류이다.

> **예)** 나는 이번 학기에 모든 과목을 A+ 받을 것 같아. 첫 시간부터 느낌이 아주 좋아.

② 권위에 호소하는 오류

자기의 주장을 보다 설득력 있게 하기 위해 사람들은 종종 그 방면의 권위자의 견해를 이용할 때 발생하는 오류이다.

> **예)** 오늘 회식은 반드시 참석하셔야 합니다. 곧 인사 평가 기간이라는 것을 상기하시기 바랍니다.

③ 군중에 호소하는 오류

주장에 대한 합리적 근거가 없을 때 군중의 감정에 호소함으로써 주장의 근거를 제시하는 오류이다.

> **예)** 촉법소년 연령 기준은 기존보다 하향되어야 합니다. 왜냐하면 청와대 청원 게시판에서도 대다수의 사람들이 이를 찬성하고 있기 때문입니다.

④ 연민에 호소하는 오류

어떤 결론을 상대방의 동정심에 호소를 통해 발생하는 오류이다.

> **예)** 교수님, 제가 학사경고를 받지 않기 위해서는 C+ 이상의 학점이 필요합니다. 부디 학점을 정정해 주시기 바랍니다.

⑤ 논점 일탈의 오류

논증의 본래적 목적을 생각하지 못하고 주장과 관계없는 주장을 하는 오류이다.

> **예)** 나는 ○○산 터널 건설을 적극적으로 찬성한다. 왜냐하면 ○○산 터널 건설을 반대하는 환경단체의 비리를 목격했기 때문이다.

⑥ 우연의 오류

일반적인 원리나 법칙을 적용될 수 없는 특수한 사례에까지 적용하는 경우에 발생하는 오류이다.

> **예)** 모든 거짓말은 사회에 큰 혼란을 야기한다. 따라서 시한부 환자에게 건네는 응원의 말도 사회에 큰 혼란을 야기한다.

⑦ 성급한 일반화 오류

너무 적은 수의 사실을 근거로 하여 도출해 낸 결론을 일반화시키거나, 사실의 부분적인 것들에서 공통점을 일반화해 규칙을 끌어내는 데서 나타나는 오류이다.

> **예)** 내가 본 대다수의 남자들은 온라인게임을 경험했어. 그러니 우리 분반의 모든 남자들도 온라인 게임을 경험해 보았을 거야.

⑧ 거짓 인과의 오류

두 가지 사건이 우연히 일치할 때, 앞에 발생한 사건이 뒤에 발생한 사건의 원인이

라고 생각하거나, 결과의 원인이 될 수 없는 것을 원인으로 삼는 경우 발생하는 오류
이다.

> **예)** 나는 고양이만 보면 좋은 일이 생기더라. 그런데 오늘 아침 고양이를 보았어. 그러니 오
> 늘 시험은 준비한 것보다 잘 볼 것 같아.

⑨ 선결문제 요구의 오류

어떤 명제가 참이라는 것을 증명하기 위해 제시하고 있는 전제가 그 논증의 결론을
가정하게 되어 나타나는 순환적 논증 때문에 발생하는 오류이다.

> **예)** 안락사는 금지되어야 한다. 왜냐하면 살인은 금지되어야 하기 때문이다.

⑩ 허수아비 공격의 오류

상대방의 주장에 대해 논리적 반박이 어려울 경우, 상대방의 주장과 유사한 내용의
허수아비를 만들어 놓고 그것을 공격함으로써 상대방의 주장을 반박할 때 범하게 되
는 오류이다.

> **예)** A : 나는 비가 오는 날을 좋아해.
> B : 네가 수혜를 입은 사람들을 생각하면 어떻게 그런 말을 할 수 있니?

⑪ 우물에 독 뿌리는 오류

어떤 논증을 하기 전에 그 논증을 비난하기 위한 다른 일체의 행동은 나쁜 것 또는
건전하지 못한 것이라고 말함으로써 반박의 가능성을 사전에 차단함으로써 생겨나
는 오류이다.

예) 지식인이라면 어느 누구도 나의 주장을 반박하지 않을 것이다.

⑫ 인식공격의 논증

어떤 주장이나 결론은 구체적 증거를 토대로 반박해야 함에도 불구하고 그 주장을 한 사람 자신을 직접 공격함으로써 주장을 부정하려 하는 오류이다.

예) 저 국회의원의 공약은 거짓일 거야. 왜냐하면 저 국회의원이 어젯밤 무단횡단을 하는 것을 목격했기 때문이야.

⑬ 흑백 사고의 오류

우리가 어떤 것을 결정하려고 할 때 다른 대안들을 고려하지 않고 이것 아니면 저 것이라고 판단하는 경우 발생하는 오류이다.

예) 신의 존재를 믿지 않는다면, 당신은 무신론자이다.

⑭ 애매어의 오류

개념이나 단어가 둘 이상의 의미를 가진 것을 한꺼번에 사용함으로써 범하게 되는 오류이다.

예) 인간은 모두 죄인이다. 그러므로 인간은 모두 교도소에 가야 한다.

⑮ 결합의 오류

부분의 속성들이 결합되어 이루어진 전체도 그것의 부분과 같은 속성을 가졌을 것 이라고 추론함으로써 범하게 되는 오류이다.

예) 1과 3은 홀수이다. 그러므로 1과 3의 합인 4도 홀수일 것이다.

⑯ 분해의 오류

전체의 속성을 그것의 부분도 가진다고 추론함으로써 범하게 되는 오류이다.

예) 4는 짝수이다. 4는 1과 3으로 되어 있다. 따라서 1과 3은 짝수일 것이다.

▶ **연습문제 7 (부록 257쪽)** ◀

3장

글쓰기의 과정

단원 목표

- 글쓰기의 과정이 어떻게 구성되고 전개되는지 인식하고 성찰하면서 글을 쓸 수 있다.

- 글쓰기의 각 단계에 해당하는 과정들을 직접 연습해 보며 그 과정을 설명할 수 있다.

- 상기한 바탕 위에서 한 편의 탄탄한 글을 작성할 수 있다.

처음 글을 시작할 때는 누구나 막막함을 느낀다.
어디서부터 손을 대야 할지, 어떤 순서로
써 내려가야 할지 좀처럼 자신이 서지 않을
것이다. 그러나 집을 짓는 데도 정해진 순서가
있듯이, 한 편의 글을 쓸 때도 일련의 단계를
잘 따르기만 한다면, 어떤 종류의 글이더라도
상대적으로 수월하게 완성할 수 있다.
이 과정은 일반적으로 다섯 단계로 구분된다.
첫째, 글 쓸 대상과 문제의식을 마련하는 주제
선정 단계, 둘째, 글을 쓰는 데 필요한 자료를
수집하고 선별하는 자료 찾기와 정리 단계,
셋째, 정해진 주제를 바탕으로 글의 구체적인
순서와 흐름을 계획하는 개요 작성 단계, 넷째
실제로 글을 쓰는 본문 작성 단계, 다섯째,
초고를 일단락 지은 후 글을 고쳐 쓰며 글의
세부를 정교화 해나가는 퇴고 단계가 그것이다.
이 순서에 따라 글을 쓰는 것은 가장
이상적이라고 할 수 있지만, 실제 글쓰기 과정이
언제나 이 순서대로만 착실하게 진행되는 것은
아니다. 예컨대, 주제를 선정하고 자료를
모으는 단계에서 주제가 바뀌게 되는 일도 있고,
집필 중에 새로운 자료를 발견하거나, 개요
작성 단계에서는 떠오르지 않았던 아이디어가
추가되면서 처음의 개요가 수정되는 일도
다반사다. 그러한 경우에는 어느 정도는 유연한
태도로 글을 수정하고, 생각을 다시 가다듬어
나가는 과정이 필요하다. 중요한 점은 각 단계의
순서는 글을 실제로 쓰는 과정에서 조금씩
변경되거나 조정될 수 있어도, 어느 한 단계라도
생략되어서는 결코 좋은 글을 쓸 수 없다는
것이다. 그렇다면 이제부터 글쓰기의 과정을
이루는 각 단계를 좀 더 구체적으로 살펴보자.

1. 주제 선정

- 관심 있는 화젯거리로부터 뚜렷한 문제의식을 도출할 수 있다.
- 문제의식이 분명하게 드러난 글의 주제를 선정할 수 있다.

1) 주제를 정하는 원칙

(1) 글쓰기는 문제를 푸는 것이 아니라 문제를 찾는 것이다

주어진 문제를 푸는 것에 익숙해진 학습 풍토로 인해 많은 학생이 스스로 문제를 발견하고 주제를 선정하는 글쓰기에 어려움을 느낀다. 글을 쓸 주제를 찾는 과정에서 가장 먼저 해야 할 일은 문제 찾기 능력, 즉 비판적인 문제의식을 키우는 일이다. 익숙한 문제를 다른 방향에서 새롭게 접근해 보거나, 세분화해 살펴보거나, 당연해 보이는 일들의 원인과 숨겨진 의도를 분석하는 등의 작업이 도움이 될 수 있다.

(2) 하고 싶은 말이 있어야 한다

문제의식은 평소에 고민하던 일, 앞으로 알아보아야겠다고 생각했던 일, 나의 발전에 꼭 필요하다고 생각하는 일 등 흥미와 책임감을 느끼는 화젯거리에서 찾는 것이 가장 좋다. 그랬을 때 문제의식을 좋은 주제로 발전시키는 것이 수월해진다. 관심도 없고 별로 할 말도 없는 화제에 대해서는 글을 잘 쓸 수 없을 뿐 아니라 써서도 안 된다. 가짜 글이 되기 쉽기 때문이다.

(3) 생각을 심화하면서 구체화하는 과정이 필요하다

쓰고 싶은 화젯거리를 찾았다면, 관련된 생각들을 정리하면서 문제의식을 심화하

굳이 말할 필요 없겠지

는 과정이 필요하다. 이때는 확장과 집중의 방식을 사용해 보자. 먼저 여러 관점에서 화제와 연관된 문제들을 다양하게 나열해 보고 생각을 확장해 본다. 그 이후, 그중에서도 내가 가장 다루고 싶고, 잘 다룰 수 있는 문제에 집중해 문제의 범위를 좁히는 작업을 거친다. 이렇게 확장과 집중의 과정을 거치면, 내가 쓰고자 하는 글의 주변을 잘 이해하면서도, 구심력 있는 글을 쓸 수 있게 된다.

2) 주제를 확정하는 과정

(1) 가주제

글의 중심 내용이지만, 아직은 범위가 넓고 포괄적이며 막연한 주제를 가리킨다. 글의 대체적인 내용으로, 어떤 대상에 대해 글쓴이가 가진 일반적인 문제의식을 가리키는 개념이다. 글의 핵심적인 주장이나 견해가 완전히 드러나지 않은 상태로, 가제 단계를 연상하면 된다.

(2) 참주제

대상에 대한 생각의 범위를 좁혀 들어가 명확한 주장과 관점이 드러나게 된 주제를 말한다. 글을 쓸 때는 대개 가주제로부터 참주제로 사고의 방향을 다듬는다.

(3) 주제문

주제를 완결된 문장으로 진술한 것을 말한다. 주제문 작성을 통해 필자의 태도, 신념, 의견이 드러난다. 참주제는 주제문의 주어부에 해당할 뿐이다. 주제만으로는 결론 부분이 나타나지 않으므로, 반드시 주제문을 작성하여 글의 방향을 설정하도록 한다.

(4) 가제

주제문이 완성된 뒤에는 그에 걸맞은 가제를 붙여 보는 것이 글의 방향성을 명료화하는 데 도움이 될 수 있다. 물론 가제이기 때문에 글을 쓰는 과정이나 글을 다 쓴 후에 얼마든지 변경될 수 있다. 그럼에도 글의 주제를 압축하고 대표하는 가제를 짓는 과정에서 훨씬 더 글의 인상을 구체화하고, 글쓰기 과정에서도 탄력을 받을 수 있다.

(5) 주제 설정의 단계별 예시

① 가주제

- **원칙** : 평소 관심이 있던 화젯거리로부터 문제의식을 찾는다.

- **활동** : 많은 학생들이 교내에서 이동할 때 전동 킥보드를 사용한다. 그런데 그에 대한 구체적인 안전 규칙이나 관리 인력이 없어서 종종 위험한 상황들이 발생하곤 하는 문제에 주목했다. 이와 관련해 학교 차원의 본격적인 대책이 필요하다는 생각이 들었다.

  → "교내 전동 킥보드 사용에 문제가 많다."

- **평가** : '교내 전동 킥보드 사용 문제'와 관련된 여러 주제 중에서 '안전' 부문에 한정해 글을 써 보자.

② 참주제

- **원칙** : 화젯거리와 연관된 문제들을 나열하고 생각을 확장해 나가며 문제의식을 심화하고 구체화한다.

• **활동** :

- 현재 교내에 대략 몇 대의 전동 킥보드가 운행되고 있을까? 이것들은 어떻게 관리되고 있을까?

- 학생들이 교내에서 전동 킥보드를 사용하기 시작한 것은 언제부터이며, 그 이유는 무엇일까?

- 교내 전동 킥보드와 관련해 가장 많이 일어나는 사건, 사고의 유형은 무엇일까? 우리 학교뿐 아니라, 최근 다른 학교에서 발생한 주목할 만한 사건, 사고는 없을까?

- 일반 도로에서 전동 킥보드 사고가 일어났을 때는 어떤 원인으로 인한 사고가 가장 많이 발생하는가? 이를 관리하고 해결하는 주체는 누구인가?

- 교내에서 전동 킥보드를 사용하는 과정에서 안전사고가 발생했을 때, 이를 관리하고 해결하는 주체는 누구인가?

- 현시점의 관리와 사고 처리 및 해결, 안전사고 예방 대책 면 등에서 문제는 없을까?

- 학생들이 교내 킥보드 사용에서 가장 위험하다고 여기고, 시급하게 제도적 보완이 필요하다고 생각하는 측면은 무엇일까?

- 그와 같은 문제들이 발생하지 않기 위해서는 구체적으로 어떤 대책이 필요할까?

- 해당 대책은 누가 만들어야 할까? 어떻게 현실화할 수 있을까?

- 해당 대책을 현실에 적용하는 과정에서 발생할 수 있는 문제들은 무엇일까?

- 비슷한 문제들을 원만하게 해결한 다른 학교(국내, 국외)의 좋은 사례는 없을까?

- 전동 킥보드 사용의 편의성을 유지하고 개선하면서도, 좀 더 많은 학생의 안전을 위해서는 어떤 점을 추가적으로 고민해야 할까?

→ "교내 전동 킥보드 사용에서 발생하는 안전 문제를 방지할 수 있는 대책이 필요하다."

• **평가** : 우선, '교내 킥보드 사용 및 관리 실태'를 조사함으로써 구체적인 문제점을 파악할 필요가 있다. 다음으로, 해당 문제를 해결하기 위한 대책을 고민해 보는 한편, 이를 현실에 적용하는 과정에서 발생할 수 있는 문제점에 대해서도 함께 생각할 필요가 있다. 이와 관련해서 우리 학교 외의 다른 학교, 또는 학교 바깥의 사례들을 찾아보고 제시하는 것도 좋다. 다만 이 과정에서 주제가 지나치게 넓어지지 않도록 주의할 필요가 있다. 주제와 직접적으로 연관되지 않는 요소들의 경우 가지치기하면서 주제를 심화하고 한정하는 것이 좋다.

③ 주제문 및 가제 작성

• **원칙** : 글쓴이의 주장과 관점을 구체화한 주제를 완결된 문장으로 명확하게 표현한다.

• **활동** :

– 가제 : "서울과학기술대 캠퍼스 내 전동 킥보드 사용 실태 및 안전 제고 방안 연구"
– 주제문 : "안전하고 편리한 캠퍼스 교통 환경 조성을 위해 대학 본부는 교내 전동 킥보드 사용 및 관리 실태를 조사하고 안전 규칙을 제정해 공유할 필요가 있다."

• **평가** : 해당 주제문을 세부적으로 구체화하고 뒷받침하는 내용을 통해 주제문을 논증하는 방향으로 본문을 구성해 보자.

▶ **연습문제 8 (부록 259쪽)** ◀

2. 자료 찾기와 정리

• 글을 쓰는 데 필요한 양질의 자료를 찾을 수 있다.
• 선별한 자료를 효율적으로 정리하고 요약할 수 있다.

1) 자료의 중요성

관심이 있는 화젯거리로부터 글의 주제를 도출하는 과정이나, 막연하고 광범위한 주제를 좀 더 명확하게 가다듬어 나가는 과정에서 꼭 필요한 것이 자료 조사이다. 글을 쓰고자 하는 화제나 주제와 관련된 자료들을 찾아보고, 정리하며, 비판적으로 읽는 과정에서 자신이 하고 싶은 말을 훨씬 더 구체화할 수 있기 때문이다. 이를 위해서는 자료를 찾아보고 참조하는 습관을 들이고, 좋은 자료를 찾는 방법 및 수집한 자료들을 효과적으로 선별하는 방법에 대해 잘 알고 있는 것이 중요하다.

2) 자료 수집 방법

좋은 글은 좋은 자료에서 나온다. 그리고 좋은 자료를 찾기 위해서는 무엇보다 제대로 된 경로를 통해 자료를 수집하는 것이 중요하다.

먼저, 오프라인 자료 찾기 방법부터 살펴보자. 오늘날은 많은 자료가 데이터베이스화되어 있는 만큼 온라인과 분리된 오프라인에서의 자료 찾기는 특수한 분야를 제외하고는 드물다. 예컨대, 오프라인의 대표적인 경로로 도서관이 있는데, 도서관에 방문해 자료를 찾으려 해도, 우선 도서관의 온라인사이트에서 검색어를 입력해 해당 자료가 보관되어 있는 서가를 찾아야 하기 때문이다. 그럼에도 온라인으로 검색한 자료들을 오프라인에서 직접 찾고 열람하는 과정에서 온라인으로 미처 발견하지 못했던 자료들을 발견하게 된다거나, 해당 분야와 관련된 자료들의 경향 및 흐름을 일별할 수 있는 등의 부수적인 성과를 얻을 수 있다. 따라서 오프라인에서 직접 자료를 찾는 경험은 여전히 큰 도움이 된다.

학생들이 오프라인에서 가장 편리하게 양질의 자료를 구할 수 있는 곳은 대학도서관이다. 대학도서관은 매 학기 초 또는 학기 중에 도서관 시설 이용 및 학술DB, 정보 서비스 활용과 관련한 이용자 교육을 진행한다. 해당 프로그램을 신청해 들어 두면 좀 더 유용하게 도서관을 이용하는 방법에 대해 배울 수 있다. 이와 함께 대학도서관을 통해서는 국립중앙도서관과 국회도서관, 그리고 각종 타 대학 도서관의 자료들을 열람하거나, 상호대차와 원문 복사 등의 서비스도 이용할 수 있다. 대학도서관에 소장되어 있지 않은 자료들도 위와 같은 경로를 통해 확인하는 것이 가능하다.

온라인에서 가장 다양하게 학술정보를 이용할 수 있는 곳은 RISS(한국교육학술정보원), KISS(한국학술정보), 구글 스콜라 등이다. 해당 사이트들을 통해 논문, 학위논문, 단행본, 연속간행물 등의 자료를 검색하거나, 그 일부를 열람하는 것이 가능하다. 소속된 대학도서관이 구매한 학술지라면, 기관 이용자의 자격으로 논문 전체를 무료로 열람하는 것이 가능하다. 그렇지 않은 경우에는 개별적으로 비용을 지불하고 이용할 수 있다.

이외에 각종 포털과 검색 사이트들에서도 자료를 찾을 수 있다. 공신력 있는 백과 사전류, 공공기관의 보고서·자료집·통계자료·연구자료·정책자료 등을 활용하는 것은 권장하지만, 개인 블로그 내지 사용자 참여 형태의 온라인 백과사전의 경우, 검증되지 않은 자료나 주장을 포함하고 있는 경우가 많으므로 가볍게 확인만 할 뿐 실질적으로 글을 쓰는 과정에서는 활용하지 않는 편이 좋다.

3) 자료 선별 과정

오프라인과 온라인으로 최대한 많은 자료를 수집한 뒤에는 그중에서 옥석을 가리는 과정이 필요하다. 자료들을 하나하나 차근히 읽어 보기 이전에 기초적인 서지사항을 점검하는 단계에서도 어느 정도 자료를 선별하는 것이 가능하다. 필자, 발표 연대, 발표지 및 출판 기관을 중심으로 다음의 사항들을 확인하는 작업이 이에 해당한다.

(1) 필자

해당 분야의 전문가인지 확인할 필요가 있다. 이름이 대중적으로 잘 알려지고 유명세가 있는 필자더라도, 정작 해당 자료와 연관된 분야의 전문가가 아닐 때가 있다. 따라서 현 소속 기관 등을 포함한 간단한 저자 약력이나 여타 저술 활동을 확인하면서, 해당 주제와 관련해 전문적으로 활동해 온 필자인지 검증하는 단계를 거치는 것을 권장한다. 이 과정에서 해당 분야의 다른 논저에서 자주 언급되고 피인용된 논문의 필자인지도 함께 확인해 보자.

(2) 발표 연대

자료의 발표 연대를 확인하는 습관을 들이자. 시기적 맥락은 자료의 내용과 성격을 파악하는 데 중요한 도움을 준다. 자료를 볼 때는 항상 책의 맨 앞쪽이나 뒤쪽에 서지 사항을 표시한 간기 부분을 살펴보면서, 해당 자료가 몇 년에 간행되었는지, 초판인지, 재판인지, 개정판 여부 등을 확인하라.

목록에 발표 연대가 다양한 자료들이 섞여 있다면, 일반적으로는 가장 최근에 발표된 자료부터 확인하는 것이 좋다. 최신 논의를 반영하고 있다는 점뿐만 아니라, 해당 논저에서 중요하게 검토하거나 인용한 이전 시기의 자료들을 수집하는 데도 도움을 받을 수 있기 때문이다. 특히 학위논문의 경우, 다른 논저들에 비해 관련된 연구사 및 자료들을 풍부하게 제시하므로, '참고문헌' 또는 '연구사 검토' 부분을 훑어보는 작업을 통해 해당 분야의 자료의 흐름을 일별해 볼 수 있다.

물론, 최신 자료 중에서도 과거에 나왔던 논의를 되풀이하거나, 오히려 논의의 수준이 퇴보하는 경우도 종종 있다. 따라서 반드시 이전 시기의 오랜 자료들도 함께 참조하며 논의의 흐름과 성과를 점검할 필요가 있다.

(3) 발표지 및 출판 기관

발표지의 경우 피어 리뷰가 없는 일반 학술지나 간행물보다는 피어 리뷰를 거치는 학술지일 경우 좀 더 공신력이 높다. 또한 해당 분야에서 권위가 있다고 알려져 있거나 피인용 지수가 높은 학술지에 실린 글도 중요하게 참고할 필요가 있다. 학술지의 등급이나 피인용 지수가 해당 학술지에 실린 글의 질을 전적으로 담보하는 것은 아니지만, 일반적으로 국내 저명 학술지(KCI 등재지) 또는 국제 저명 논문 인용 색인(SCIE, SSCI, A&HCI)에 등재된 학술지에 실린 논문은 신뢰도가 높다고 간주해도 좋다.

단행본의 경우 출판사를 확인해 보는 것이 좋다. 출판사 사이트에는 해당 출판사에서 출판하는 도서들에 대한 정보를 제공하는데, 유관 분야의 책을 다수 출판한 출판사에서 나온 책일 경우 중요하게 참고해 볼 수 있다.

이상의 서지 정보 확인 단계를 거치며 자료들을 일차적으로 선별한 뒤에는 자료의 내용을 읽으면서 이차적으로 선별하는 작업이 필요하다. 이때도 처음부터 모든 내용을 꼼꼼히 읽으려 하기보다는 초록과 목차, 장·절 제목, 표나 그림 등의 데이터, 서론과 결론을 위주로 훑어보면서 자료의 전반적인 성격과 흐름을 파악하는 단계가 필요하다. 이 단계만으로도 제목이나 서지사항을 보고 처음 예상했던 것과는 다른 내용인 자료들을 제외하고, 꼼꼼하게 읽어야 할 주요 자료들의 목록을 추리는 것이 가능하다. 나중에 글에서 직접 인용하거나, 참고문헌으로 정리할 때 두 번 작업하지 않도록 해당 목록에는 '필자, 자료명, 발표지 또는 출판사, 출판연도, 게재 면수'가 포함된 자료의 서지사항을 꼼꼼히 정리해 두자.

1차 자료와 2차 자료

※1차 자료는 연구 대상을 직접 조사한 자료,
2차 자료는 그에 대한 해석을 제공해 주는 자료라고 이해하면 된다.

4) 자료의 정리 및 요약

상기한 과정을 통해 주요 자료들의 목록을 추렸다면, 이제 자료를 정독하면서 핵심을 정리하고 요약하는 단계에 돌입하게 된다. 자료의 정리 방법은 크게 발췌와 요약으로 나뉜다.

발췌는 원 글의 구조와 흐름을 그대로 유지하면서, 원저자의 말 가운데 중요한 부분을 가려서 뽑아내는 방식이다. 자료의 문장과 표현을 그대로 사용하고, 전반적으로 자료의 분량만 축약한 방식이라고 생각하면 좋다. 여기에는 자료를 읽고 발췌하는 사람의 견해나 표현이 개입될 여지가 없다. 발췌문은 글을 작성하는 단계에서 직접인용의 방식을 통해 활용될 수 있다. 직접인용에 대해서는 추후 자세히 다룰 것이다.

반면, 요약은 자료의 원문을 요약자의 언어로 바꾸어 정리하는 방법을 말한다. 글의 주제나 중심어, 개념어는 그대로 유지하되, 요약자가 파악한 논점을 위주로 중요한 내용을 가려서 정리하고 재진술 하는 작업이 여기에 해당한다. 글의 구조나 문단의 흐름 등은 비교적 자유롭게 바뀔 수 있지만, 원래의 논지를 왜곡하거나 비약해서는 곤란하다. 또한 요약문 자체도 완결성을 갖출 필요가 있다. 요약문은 글을 작성하는 단계에서 간접인용 방식을 통해 활용될 수 있다. 간접인용에 대해서는 직접인용과 함께 이후에 다룰 것이다.

아래 보기는 읽기 자료를 각각 발췌와 요약의 형식으로 정리한 것이다. 주요 문장에 해당하는 부분에는 밑줄을 그어 두었고, 해당 부분을 중심으로 작성된 발췌문과 요약문의 예시이다.

읽기 자료

냉전은 글로벌한 충돌이었다. 그렇다고 세계 전역에서 똑같은 방식으로 겪은 충돌이란 뜻은 아니다. 냉전의 포괄적이면서 가변적인 정치적 실체에 접근하는 한 방식은 명칭 자체에 암시되어 있다. '냉전'이란 용어는 글로벌한 양극 간의 충돌에 대한 일반적 호칭이기도 하며, 그러한 충돌을 특정 지역의 관점에서 일컫는 말이기도 한 것이다. 각 사회는 냉전의 정치사를 서로 다르게 겪었다. 상상의 전쟁으로든 그와 다른 것으로든, 대대적인 폭력과 고난을 겪든 아니하든, 각기 다르게 시대를 감내해야 했던 것이다.

냉전의 정치는 선진사회와 저개발사회, 서구 국가와 비서구 국가, 식민 강대국과 피식민 약소국을 가릴 것 없이 각 사회에 침투했으며, 그런 의미에서 그야말로 전지구적인 현실이었다. 하지만 서구와 탈식민 세계 사이의 냉전에 대한 역사적 경험과 집단적 기억은 너무나 큰 차이를 보인다. 오랜 평화로 경험한 냉전과, 전면전으로 경험한 냉전은 같은 틀로는 설명할 수 없다. 경험상 상반되는 측면들을 함께 수용하면서, 냉전이라는 개념에 포함되어 있는 의미상의 모순을 감당할 수 있는 틀이 아닌 한 말이다.

냉전의 정치사는 주로 외교사와 국제 관계 분야의 관심사였다. 그러나 냉전을 내전으로, 또는 사회세력 간의 극단적이고 폭력적인 분열로 치른 곳들에서는 냉전의 역사를 그런 학문 분과의 전공 문제로만 국한할 수 없다. 그런 곳들에서는 양극화의 정치가 국가사회만이 아니라 전통사회, 가족관계, 개인 정체성에도 두루 침투했던 것이다. 그런 맥락에서는 외교사만으로 정치적 대결의 복잡다단한 현실을 다 담아 낼 수 없다. 외교사를 사회사와 창조적으로 결합하여 시도하지 않는 한 불가능할 것이다.

양극 간의 충돌은 초강대국인 주역들의 의도 때문에만 점차 확대되었던 것은 아니다. 예전부터 존재해 온 지역 특유의 구조적·규범적 조건과 성향도 영향을 미쳤다. 2차세계대전이 끝나고 그리스에서 공산주의 파르티잔이 인기를 끌었던 것은, 전쟁 동안 독일 및 이탈리아 점령군에 적극적으로 저항한 민족주의자였다는 도덕적 강점과 관련이 있다. 베트남과 한국의 공산 세력도 마찬가지였다. 그들 역시 각각 프랑스와 일본의 식민 지배에 저항했던 것이다.

양극 간의 충돌이 인명의 대량 살상을 초래했을 경우, 그 상처는 초강대국들의 세력 경쟁이 명실공히 끝났다고 하더라도 지역민들의 생활 속에 엄연히 살아 있을 수 있다. 그런 지역사회에서 이와 같은 역사적 상흔은 의식적인 반공 국가나 혁명 국가 치하의 공적인 공간에서는 눈에 잘 띄지 않다가, 지정학적 각축으로서의 냉전이 끝나고 정치사회 내부의 권력 구조도 그만큼 변하기 시작함에 따라 인정을 받기 시작했다.

이렇게 냉전을 '세력의 균형'보다는 '공포의 균형'으로 겪은 특정한 역사의 경우, 국가 및 국가 간의 관계에만 주안점을 두는 서술 전략은 적절치 않다. 우리는 대안적인 서술 기법을, 즉 국가 차원의 관점과 기능을 포괄하긴 하되 그것에만 국한되지 않는 방식을 개발할 필요가 있다.

— 권헌익·이한중 역, 『또 하나의 냉전』, 민음사, 2013, 27~28쪽.

　냉전은 글로벌한 충돌이었다. 그렇다고 세계 전역에서 똑같은 방식으로 겪은 충돌이란 뜻은 아니다. 서구와 탈식민 세계 사이의 냉전에 대한 역사적 경험과 집단적 기억은 너무나 큰 차이를 보인다. 냉전을 내전으로, 또는 사회세력 간의 극단적이고 폭력적인 분열로 치른 곳들에서는 냉전의 역사를 학문 분과의 전공 문제로만 국한할 수 없다. 그런 곳들에서는 양극화의 정치가 국가사회만이 아니라 전통사회, 가족관계, 개인 정체성에도 두루 침투했던 것이다. 양극 간의 충돌은 초강대국인 주역들의 의도 때문에만 점차 확대되었던 것은 아니다. 예전부터 존재해 온 지역 특유의 구조적·규범적 조건과 성향도 영향을 미쳤다. 양극 간의 충돌이 인명의 대량 살상을 초래했을 경우, 그로 인한 상처는 초강대국들의 세력 경쟁이 명실공히 끝났다고 하더라도 지역민들의 생활 속에 엄연히 살아 있을 수 있다. 그러한 지역의 냉전사를 기술할 때는 대안적인 서술 기법을, 즉 국가 차원의 관점과 기능을 포괄하긴 하되 그것에만 국한되지 않는 방식을 개발할 필요가 있다.

요약문 예시

　냉전은 전 지구적으로 벌어졌던 충돌이지만, 충돌의 양상은 지역적으로 제각각 달랐다. 특히 냉전을 전면전이자 폭력적인 내전의 형태로 치른 지역들의 현실은 외교사와 국제 관계에 치중해 온 지금까지의 냉전 연구의 접근 방식으로는 충분히 설명되지 못한다. 이 지역들에서 전개된 냉전에는 해당 지역에 존재해 온 오랜 구조적·규범적 조건이나 성향 등의 요소들이 영향을 미쳤으며, 대량 살상이 발생한 경우 냉전이 끝났다고 말해진 뒤에도 지역과 공동체 내에서 그 상흔의 영향이 오랫동안 지속되었다. 이처럼 서구에 국한되지 않는 다양한 지역에서의 냉전의 현실과 경험을 설명하기 위해서는 국가 차원의 관점을 포괄하되, 그것을 넘어서는 다른 형태의 대안적인 서술방식을 고민할 필요가 있다.

▶ **연습문제 9 (부록 261쪽)** ◀

5) 자료 인용 방법

　자료의 인용은 크게 원문을 그대로 가져오거나, 자신의 말로 요약하여 가져오는 방법으로 나뉜다. 전자를 직접인용, 후자를 간접인용이라고 부른다.

　직접인용은 원저자의 말을 그대로 옮겨 적는 방법으로, 원저자의 말 자체가 중요한 의미를 지니고 있거나, 그대로 옮겨놓지 않으면 그 의미가 왜곡되기 쉬운 경우에 사용한다. 인용하는 양이 많지 않을 경우, 본문 안에서 큰따옴표를 사용해 표시해 준다. 인용하는 내용이 길거나 중요하다고 판단해 독자의 눈에 좀 더 잘 띄게 하고 싶으면 단락을 따로 설정하여 쓴다.

　　교양교육의 지향점은 거개의 대학이 대동소이하다. 다양한 지식과 사유를 통합하여 총체적 인식을 하고, 이를 토대로 지금의 문제를 해결하고, 이를 다른 사람과 공유할 수 있는 능력 배양에 교양교육의 목적이 있다 하겠다. 여기서 다양한 지식과 사유를 하기 위한 대상 텍스트 중 하나가 '고전'이다. '고전'은 "개성이나 시대성이나 지역성이라는 한계를 벗어나 영원하고 무한한 바다의 언어로 확대된 것"[1]이라고 정의되곤 한다.

---

1) 정병욱·이어령,『고전의 바다』, 현암사, 1970, 12쪽.

　　고전은 우리에게 현실에 대응하는 능력을 배양하고 또 새로운 생명을 얻어 재생의 길을 찾는 데 방향키 역할을 한다. '법고창신'의 정신을 구현하자는 것이다.

　　　나는 지난 학기 국어 시간에 고전문학을 주로 강의하였다. 학생들의 표정을 살필 수 없고 학생들의 질문을 직접 받지 못했기 때문에 학생들이 내 강의를 듣고 무엇을 배우고 느꼈는지 궁금하다. 뿐만 아니라 고등학교 이후로 따분하다는 고문 시간으로 알려져 온 그런 고전 강의를 듣기 원했는지조차도 궁금하다.[1]

1975년 5월 12일 〈대학신문〉에 실린 정병욱의 글이다. 거의 반세기 가까운 시간이 지난 지금도 사정은 그리 달라지지 않았다. 교양교육의 강화가 새로운 추세로 대두되고 있는 지금, 그 주된 텍스트를 고전으로 삼고 있는 지금, 그럼에도 고전은 여전히 고리타분한 것으로 치부되고 있는 지금이다. 이 모순된 상황이 고전을 대상으로 하여 구체적이면서 실효성 있는 교육 방안을 모색해야 하는 이유의 하나이다.

―――――――――――

1) 정병욱, 『고전탐구의 뒤안길에서』, 신구문화사, 1982, 84쪽.

간접인용은 원문의 의미는 그대로 전달하되, 이를 인용자 자신의 말로 바꾸어 표현하여 인용하는 방식이다. 즉, 원문을 요약하여 인용하는 방식을 말한다. 원문의 표현이나 글의 구조 등을 그대로 발췌해서 옮기면 안 되고, 반드시 자신의 표현으로 재진술해야 하며, 원문에 대한 자신의 평가를 덧붙이는 작업이 필요하다. 또한 간접인용을 하는 경우에도 직접인용과 같이 꼭 주석을 달아 출처를 밝혀야 한다.

교양은 의사소통으로 정립되어야 한다. 교양은 의사소통을 어렵게 해서는 안 되며, 풍성하게 만들어야 한다. 교양은 억압적 표준, 불쾌한 과제, 경쟁의 형식, 심지어 자신을 거룩하게 만들려는 교만이 되어서는 안 된다.

독일의 영문학자 슈바니츠의 견해에 따르면, 교양은 억압적 성격을 띠거나 불쾌한 대상이 되어서는 안 된다. 자신을 포장하기 위한 도구가 되어서도 곤란하다. 교양은 의사소통으로 정립될 때 진정한 의미가 있다고 말할 수 있기 때문이다.[1]

―――――――――――

1) 디트리히 슈바니츠, 인성기 외 옮김, 『사람이 알아야 할 모든 것, 교양』, 들녘, 2001, 693쪽.

▶ **연습문제 10 (부록 265쪽)** ◀

(1) 주석 작성법

인용문의 출처를 주석을 통해 밝히는 방식은 위치에 따라 내주(內註)와 외주(外註)로 나뉜다. 한 편의 글 또는 책 안에서는 둘 중 하나의 방식을 택해야 하고, 통일성을 지켜야 한다.

내주는 인용문의 출처를 본문 안에 괄호를 활용해 약식으로 표시하는 방식이다. 괄호 안에는 인용문의 필자명(영문 논저의 경우 필자의 성)과 해당 논저의 연도를 표시해 준다. 생략된 인용문의 전체 서지사항은 참고문헌에서 정확하게 밝혀 주어야 한다.

반면, 외주는 본문의 바깥에 표시하는 방식으로, 본문 아래쪽에 배열하는 각주(脚註)와 본문의 맨 끝에 배열하는 미주(尾註)로 나뉜다. 외주의 경우 내주와 달리 출처를 표시할 공간이 충분하므로 인용문과 관련된 모든 서지사항을 제대로 표시해 주어야 한다.

내주 예시

저작권과 쓰기 윤리에 대한 공동체 전반의 인식 수준과 그 잣대가 더욱 엄격해질 것으로 예상된다. ChatGPT와 같은 생성 인공지능 기술이 보편화됨에 따라 원래 글(original writing)로 가정되던 것과 기계로 인해 생성된 글 사이에 경계가 모호해지고, 이로 인해 저작권과 쓰기 윤리에 대한 새로운 도전과 논쟁을 마주할 수 있다. 예상 가능한 하나의 장면은, 인공지능 기술에 의해 생성된 콘텐츠와 대비되는 인간 고유의 지적재산권 보호를 옹호하는 목소리가 더욱 높아질 것이라는 점이다(차상육, 2020; 홍대운·이주연, 2021; Hedrik, 2018; Zurth, 2021).

— 장성민, 「챗GPT가 바꾸어 놓은 작문교육의 미래: 인공지능 시대, 작문교육의 대응을 중심으로」,
『작문연구』 56, 한국작문학회, 2023, 24쪽.

• 참고문헌
차상육, 「인공지능 창작물의 저작권법상 보호 쟁점에 대한 개정 방안에 관한 연구」, 『계간

저작권』, 2020 봄호, 5~69쪽.

홍대운·이주연, 인공지능 생성물에 대한 중국에서의 논의: Feilin Law Firm v. Baidu 사건과 Tencent Dreamwriter 사건을 중심으로, 『문화·미디어·엔터테인먼트법』 15(1), 2021, 67~125쪽.

Hedrick, Samantha Fink, "I think, therefore I create: claiming copyright in the outputs of algorithms," *Journal of Intellectual Property & Entertainment*, 8(2), 2018, pp. 324-374.

Zurth, Patrick., "Artificial Creativity? A Case Against Copyright Protection for AI-Generated Works," *UCLA Journal of Law & Technology*, 25(2), 2020, pp. 1-22.

외주 예시

버틀러는 기본적으로 애도가 공적이고 정치적인 차원과 접속해 있는 영역이라고 본다. 그에 따르면, 누가 애도될 수 있는가 라는 물음은, 누가 인간으로 인정받는가, 누구의 삶이 삶으로 간주되는가의 문제와 연관된다.[1] 애도되지 않는 존재들이란 인간으로 인정되고 식별되지 않는 자들이자, 그에 따라 상실 또한 실재적인 사건으로 받아들여지지 않는 자들이다. 버틀러는 이들이 단순히 담론으로부터 배제되었을 뿐만 아니라, 담론에 앞서 이미 상실된 상태거나 아예 존재했던 적이 없던 것처럼 취급되는 '탈실재화'의 폭력을 당한 이들이라고 본다.[2]

---

1) 주디스 버틀러, 윤조원 역, 『위태로운 삶: 애도의 힘과 폭력』, 필로소픽, 2018, 47쪽.
2) 주디스 버틀러, 위의 책, 67쪽.

외주에 서지사항을 밝히는 방식은 학문 분야 또는 학술지, 출판사 등에 따라 다르다. 일반적으로는 '저자, 논저명, 출판사, 출판연도, 인용 면수' 등의 항목을 포함하지만, 배열 순서, 사용부호 등의 세부적인 부분은 다양하다. 일례를 들면 다음과 같다.

〈단행본〉

필자, 『도서명』, 출판지: 출판사, 출판연도, 인용 면수.

김종욱 외 9인, 『횡보, 분단을 가로지르다: 염상섭연구 2022』, 서울: 역락, 2022, 118쪽.

조르주 비가렐로, 정재곤 역, 『깨끗함과 더러움: 청결과 위생의 문화사』, 파주: 돌베개, 2007, 37~39쪽.

Sonia Ryang, *Eating korean in America: Gastronomic ethnography of authenticity* (*Food in Asia and Pacific*), Hawai'i: University of Hawai'i Press, 2015, p. 40.

〈편집서〉

필자, 「글제목」, 편집자 편, 『도서명』, 출판지: 출판사, 출판연도, 인용 면수.

권보드래, 「평민의 딸, 길 위에 서다」, 오혜진 편, 『문학을 부수는 문학들』, 서울: 민음사,

2018, 27쪽.

Paul R. Pintrich, "The role of goal orientation in self-regulated learning," in Monique Boekaerts, Paul R. Pintrich, Moshe Zeidner eds., *Handbook of self-regulation*, San Diego: Academic Press, 1999, pp. 452-502.

〈학술지 논문〉

필자, 「논문명」, 『게재지명』 권호수, 출간 학회, 출판연도, 인용 면수.

강성현, 「전향에서 감시, 동원, 그리고 학살로: 국민보도연맹 조직을 중심으로」, 『역사연구』 14, 역사학연구소, 2004, 3쪽.

유상희·옥현진·서수현, 「상황 기반 리터러시 평가를 위한 시론: 리터러시 평가에서 '상황'을 고려한다는 것은 어떤 의미인가?」, 『교과교육학연구』 22(4), 이화여자대학교 교과교육연구소, 2018, 21쪽.

Kellogg, Ronald T., "Training writing skills: A cognitive developmental perspective," *Journal of Writing Research*, 1(1), 2008, pp. 25-26.

〈학위논문〉

필자, 「논문명」, 학위 수여 기관 및 학위 종류, 출판연도, 인용 면수.

김승주, 「딥러닝 자연어처리 기법을 활용한 논증적 글쓰기 자동 채점 방안 연구: 교사 채점자와 기계 채점자의 협업적 채점 수행 모델을 기반으로」, 한국교원대학교 박사학위논

문, 2022, 97~100쪽.

So-Rim Lee, "Performing the self : Cosmetic surgery and the political economy of beauty in Korea," Ph D. diss., Stanford University, 2018.

〈신문 기사〉

필자, 「기사명」, 「신문명」, 간행 연월일.

박은하, 「한국 등 36개국 기후클럽 출범…저탄소 기술개발·국제표준 마련 촉진」, 『경향신문』, 2023. 12. 1.

Viet Thanh Nguyen, "Our Vietnam War Never Ended," *The New York Times*, April 24, 2015.

〈온라인 자료〉

필자, 「글 제목」, 「사이트명」, 간행 연월일, 〈URL〉, 검색 일자.

조소현, 「평생 한국에 대해 쓸 것, '파친코' 작가 이민진 인터뷰」, 『보그 코리아』, 2023. 2. 12., 〈https://www.vogue.co.kr/2021/07/26/%ED%95%9C%EA%B5%AD% EA%B3%84-%EC%86%8C%EC%84%A4%EA%B0%80-4%EC%9D%B8/〉, 2023.12.01.

Grace M. Cho, Jennifer Kwon Dobbs, and Daniel Y. Kim, "A Forgotten Apocalypse," *Bookforum*, June 28, 2021. 〈https://www.bookforum.com/culture/grace-m-cho-jennifer-kwon-dobbs-and-daniel-y-kim-on-the-legacy-of-the-korean-war-24541〉, 2022.12.13.

〈영상 자료〉

〈프로그램명〉, 감독 또는 기획자 이름, 방영사 또는 배급사, 간행연도.

〈아마존의 눈물, 3부 불타는 아마존〉, 정성후 기획, MBC, 2009. 1. 29.

〈서울의 봄〉, 김성수 감독, 플러스엠 엔터테인먼트, 2023.

한편, 앞선 외주에서 한 번 거론된 책이나, 논문을 다시 인용하며 주석을 달 때는 보통 약식 주석을 사용한다. 가장 흔하게 사용하는 방식은 두 가지다. 하나는 바로 위의 주석에서 언급된 문헌을 다시 한 번 인용하면서, 인용 면수만 달리하는 경우이다. 이 경우 '위의 책,' '위의 논문', 'Ibid.,'으로 표시해 준 뒤 인용 면수를 밝힌다. 다른 하나는 바로 위의 주석은 아니지만, 글의 앞부분의 다른 주석에서 인용해 주었던 문헌을 인용하면서, 인용 면수를 달리하는 경우이다. 이 경우 '앞의 책', '앞의 논문', 'op. cit.,'로 표시해 준 뒤 인용 면수를 밝힌다.

예시

1) 정병욱, 『고전탐구의 뒤안길에서』, 신구문화사, 1982, 84쪽.
2) Ibid., 90쪽.

예시

1) 정병욱, 『고전탐구의 뒤안길에서』, 신구문화사, 1982, 84쪽.
2) 김백영, 『지배와 공간』, 문학과 지성사, 2009, 32쪽.
3) 정병욱, op. cit., 95쪽.

마지막으로 외주에는 인용문의 출처를 밝히는 참조주 외에도, 본문에 대한 보충 설명에 해당하는 내용주가 있다. 내용주는 본문에 기입할 경우 본문의 통일성을 저해할 수 있지만, 독자가 글을 이해하는 데 도움이 되거나, 본문과 간접적으로 관련이 있는 추가적·방계적 논의들을 제시할 때 주로 사용한다.

예시

이렇듯 식민 권력은 압도적으로 일방적이다. 적어도 외관상 그 압도적 이미지는 식민지 도시의 일상성을 지배하는 '평온'과 '질서'에 의해 자명한 듯 보이며, '전지전능한 지배자'

로서의 백인의 신화는 본국에서보다 훨씬 더 권위적인 식민 권력의 건축양식과 과시적인 생활양식을 통해 더욱 강화되는 것 같다. 하지만 앞서 개량 신탁의 실패나 베란다 폭동의 사례가 보여 주듯이, 권력 관계는 일방적으로 작동하지 않는다. 피식민자들에 대한 감시와 통제의 담론과 조직과 기술이 20세기 전 세계를 '수용소'로 만들어 낼 자산이 되었을 만큼 '과잉'되었다는 사실 바로 그 자체가, 역설적으로 그들의 저항이 그만큼 거세고 끈질기며 억제 불가능한 것이었음을 방증한다. 더욱이 식민지 도시의 건조 환경과 식민 지배자들의 생활양식에서 두드러졌던 '과장된' 권위주의가 보는 이의 시선을 의식하여 그 '압도적 힘'을 연출해 낸 것이라면,[152] 마찬가지로 피식민자들도 '초라한' 주거 형태와 '고분고분한' 행동거지로 '압도당함'을 연출하고 연기할 수 있었다고 볼 수 있다.

---

[152] 실제로 식민 관료에게는 '전문인'으로서의 지식과 능력보다는 '교양인'으로서의 외형과 기품이 더 중시되었다. "영 제국의 관료제는 그야말로 요지경 속이었다. […] 이들 (식민 관료들-인용자)의 무지는 놀랄 만했다. […] 일반적으로 식민성은 전문 지식으로 훈련된 사람이 아니라 '신사의 습관과 매너'를 가진 사람을 원했기 때문에 관리들은 식민지에 대한 전문적인 지식을 결여하고 있었으며, 정책을 만들어 내는 것보다는 문제를 막는 데 관심이 있었다." (박지향, 앞의 책, p. 216)

— 김백영, 『지배와 공간』, 문학과지성사, 2009, 151쪽.

(2) 참고문헌 작성법

참고문헌은 본문에서 인용한 책이나 논문, 기사 등 자료들의 서지사항을 글의 말미에 제시하는 부분을 말한다. 내각주일 경우에는 참고문헌에 온전한 서지사항을 표시해 주고, 외각주일 경우에도 다시 한 번 참고한 자료들의 목록을 따로 정리해 제시해 준다. 그럼으로써 글의 신뢰성과 타당성을 높여 주고, 해당 주제에 관심이 있는 사람들이나 후속 연구를 계획하고 있는 사람들에게 정보를 제공해 주고 도움을 주는 역할을 한다.

참고문헌을 작성하는 원칙은 앞서 외각주를 작성하는 방식과 거의 동일하지만, 크게 두 가지 점에서 차이가 있다. 하나는 각주와 달리 인용한 면수를 밝히지 않는다는 것이다. 단, 논문의 전체 게재 면수의 경우 학술지나 출판사에 따라 표기하는 때도 많다. 다른 하나는 배열 방식의 차이이다. 참고문헌은 주석과 달리 번호를 붙이지 않고, 저자명에 따라 내림차순으로 배열하는 것이 기본이다. 이 과정에서 다음의 사항들을 추가적으로 적용한다.

- 국내 문헌과 국외 문헌을 구분한다.
- 국내 문헌을 먼저 적는다.
- 국내 문헌의 경우 저자 이름의 가나다 순에 따른다.
- 같은 저자의 논저가 여러 편 있을 경우 간행 연도에 따라 내림차순 또는 오름차순으로 배열한다.
- 국외 문헌의 경우 동양 문헌과 서양 문헌으로 나눈다.
- 동양 문헌을 먼저 적고, 서양 문헌을 뒤에 적는다.
- 동양 문헌의 경우(중국, 일본 등 한자어인 경우) 따로 순서를 정하기 어려우므로 한국식 발음에 따라 순서를 정해도 무방하다.
- 서양 문헌의 경우 각주와 달리 저자명을 '성, 이름' 순으로 쓰고, 성의 알파벳 순서에 따라 적는다.

▶ **연습문제 11 (부록 267쪽)** ◀

3. 개요 작성

　글은 한 방향을 향해 나아가야 한다. 이를 구성이라 하며, 이와 같은 구성력이 논리적인 글의 핵심 요소가 된다. 주제 의식을 명확하게 설정하고 자료를 풍부하게 수집했다고 하더라도 그것을 머릿속으로만 생각해서는 구체적인 글의 흐름을 가늠하기 어렵다. 이처럼 일정한 구성력을 갖추지 않은 상태로 글을 쓰게 되면 그 내용이 두서없이 전개되기 마련이고, 결과적으로 글쓴이의 주제 의식마저 가리게 된다. 개요 작성은 글의 전개를 짜임새 있게 만드는 뼈대를 세우는 작업이다. 건축으로 비유하자면, 개요는 설계도와 같다. 전체와 부분, 부분과 부분이 유기적으로 연결된 글쓰기를 지향해야만 주제 의식을 명료하게 전달할 수 있다.

1) 개요의 두 종류

개요는 제목과 주제문 아래 작성하는 것이 기본적인 원칙이다. 통상적으로 개요는 '문장식 개요'와 '목차식 개요'로 나뉜다. 전자를 '문장 개요', 후자를 '화제 개요'라고 부르기도 한다. 주의할 점은 두 가지 개요 작성법을 섞어서 사용하면 안 된다는 것이다. 같은 제목과 주제문을 바탕으로 작성된 두 개요를 비교하며 그 차이를 살펴보도록 하자.

문장식 개요 예시	목차식 개요 예시

• 제목 : AI, 과연 장밋빛 미래인가?
• 주제문 : AI의 기술적 발전 속도를 인류가 감당 가능한 수준으로 늦춰야 한다.
 	
1. 서론 : 최근 AI를 둘러싼 논쟁이 끊이지 않고 있다.
 	
2. AI는 윤리적 문제와 더불어 데이터와 알고리즘, 교육과 연구 분야 등에서 뜨거운 쟁점이 되고 있다.
  2.1. AI와 관련해 학습 데이터와 알고리즘의 편향성·독점성·불투명성 등의 문제가 불거지고 있다.
  2.2. AI와 관련해 저작권 및 개인정보 문제가 여전히 해결되지 않고 있다.
  2.3. 교육과 연구 분야에서 인공지능을 활용하기 위한 교육 윤리가 정비되지 않았다.
	• 제목 : AI, 과연 장밋빛 미래인가?
	• 주제문 : AI의 기술적 발전 속도를 인류가 감당 가능한 수준으로 늦춰야 한다.
	
	1. 서론
	
	2. AI를 둘러싼 쟁점
	  2.1. 학습 데이터 및 알고리즘 문제
	  2.2. 저작권 및 개인정보 문제
	  2.3. 교육 및 연구 윤리 문제
	
	3. AI 정책 현황 및 주요 논점
	  3.1. 주요 국가 정책 현황 분석
	  3.2. 경제적 문제
	  3.3. 이념과 정치적 이슈
	4. 한국에서 실현 가능한 개선 방안
	  4.1. 정책 문제
	  4.2. 기술적 문제
	
	5. 결론

3. 미국과 유럽, 중국 등의 세계 각국의
   정책을 살펴보았을 때, AI 관련 정책이
   미완 상태라는 사실을 파악할 수 있다.
   3.1. 미국과 유럽, 중국 등 AI 관련 정
        책을 이끌어 나가는 주요 국가들
        의 정책이 답보 상태에 빠져 있다.
   3.2. AI 생태계를 둘러싸고 경제적 이
        권을 장악하기 위한 세계 각국의
        치열한 쟁투가 펼쳐지고 있다.
   3.3. AI 생태계는 전 지구적 차원에서
        이념과 정치투쟁의 도구로 활용되
        고 있다.

4. IT·AI 강국 한국에서 AI 관련 산업을
   선도해야 한다.
   4.1. IT·AI 강국이라 할 수 있는 한국
        에서 AI 관련 산업 및 정책을 선도
        해야 한다.
   4.2. 한국의 선진적인 기술력을 바탕으
        로 AI 시스템 남용 문제를 개선할
        방안을 모색해야 한다.

5. 결론 : AI의 발전 속도를 늦춰야 한다.

예시를 통해 살펴볼 수 있듯이, 문장식 개요는 상위 항목과 하위 항목을 가리지 않고 모두 완결된 문장으로 작성한다. 목차식 개요와 비교해서 많은 정보를 담을 수 있어서 보다 세밀한 설계가 가능한 형식이다. 항목별로 작성한 문장은 본격적인 글쓰기 절차에 돌입했을 때 본문 각 단락의 중심문장으로 곧바로 옮겨서 쓸 수 있다는 점에서 장점이 크다. 시간을 절약할 수 있다는 점뿐만 아니라 방향성이 명확하게 잡혀 있어 글을 쓸 때 길을 헤맬 일이 없다. 글쓰기에 익숙하지 않은 사람이라면 문장식 개요로 출발하는 것이 적합하다.

목차식 개요는 핵심어나 어구로 개요를 작성하기 때문에 상대적으로 간결하며, 항목 간 위계를 파악하기 쉽다는 점에 장점이 있다. 무엇보다 목차식 개요의 가장 큰 이점은 완성한 글의 목차로 활용할 수 있다는 것이다. 문장식 개요는 지나치게 많은 정보를 담고 있어 목차로 쓰기에는 부적합하다. 종합하자면, 시작 단계에서는 아이디어를 문장으로 구체화하는 문장식 개요로 출발해 총체적인 밑그림을 그려 나간 뒤, 최종적으로 목차식 개요로 정리해 나가는 절차를 마련하는 것이 이상적일 것이다.

2) 개요 작성의 방법

목차 구성 예시		

Ⅰ.
 1.
  1)
   (1)
    ①
Ⅱ.
Ⅲ.
Ⅳ.
Ⅴ.
	1.
	 1)
	  (1)
	   ①
	2.
	3.
	4.
	5.
		1.
		 1.1.
		  1.1.1.
		2.
		3.
		4.
		5.

개요를 작성할 때는 항목들 사이의 위계를 명확하게 설정하는 것이 중요하다. 항목 번호를 부여하는 방식에 정답은 없지만, 일정한 규칙성이 존재하지 않는다면 곤란하다. 상위 항목과 하위 항목의 위계를 엄격하게 구분해야 하며, 같은 계열의 항목 번호끼리는 대등한 관계가 유지되어야 함을 잊어서는 안 된다. 하위 항목을 부여할 때는 일정한 규칙이 있다. 상위 항목에서 제시한 주제를 구체적으로 설명하기 위해서 항

목을 세분해야 하는 경우 적어도 두 개 이상의 하위 항목을 부여해야만 한다. 하위 항목이 하나일 때는 상위 항목과의 변별점을 찾기가 어려워지기 때문이다.

글쓰기에 비유하자면 (1)

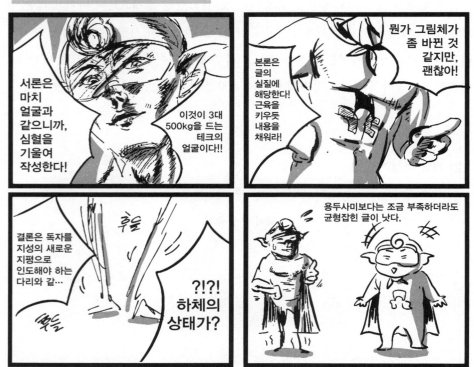

　최상위 항목을 구성할 때 반드시 피해야만 할 것이 바로 3장 구성이다. 물론 논리적 글쓰기는 '서론-본론-결론'의 구성을 갖추어야 한다. 하지만 이는 논리 전개상의 문제다. 실제로 학문 공동체라 할 수 있는 대학에서 논문을 3장 구성으로 작성하는 사람은 가히 없다고 말해도 과언이 아니다. 학술연구정보서비스(RISS)나 한국학술지 인용색인(KCI), 디비피아(dbpia) 등의 학술정보 사이트에 접속해서 논문을 몇 개 검색해 보는 것만으로 금방 알아차릴 수 있듯이, 통상적으로 논문은 5장 구성을 바탕으로 작성된다. 논문의 핵심은 논증 과정이라 할 수 있다. 따라서 본론에 해당하는 최상위 항목을 논거별로 최소한 2~3개 마련할 필요가 있다. 예시와 함께 살펴보자.

목차 구성 예시

김광명,「미완성(논 피니토)의 미학적 의미」,『철학·사상·문화』17, 동국대학교 동서사상연구소, 2014.

조형규·박선옥,「친환경 건축 활성화를 위한 지자체의 정책 분석 및 개선 방안 : 창원시의 건축정책을 중심으로」,『대한건축학회연합논문집』15-2, 대한건축학회지회연합회, 2013.

---

1. 들어가는 말
2. 선형상과 형상 사이에서의 논 피니토
3. 미완성과 완성 사이에서의 논 피니토
4. 미켈란젤로에서의 논 피니토
5. 로댕의 논 피니토 : 토르소
6. 맺는말

1. 서론
  1.1 연구의 배경 및 목적
  1.2 연구의 대상
2. 친환경 건축 관련 정부 정책 현황
  2.1 정부 정책 개요
  2.2 저탄소 녹색성장기본법
  2.3 친환경 건축물 인증제도
  2.4 건축물의 에너지절약 설계기준
  2.5 건축물에너지 효율등급 인증제도
  2.6 시범사업 분석
  2.7 분석 소결
3. 친환경 건축 관련 지자체 정책 분석
  3.1 지자체 정책 분석 개요
  3.2 친환경 건축기준 제정 지자체
  3.3 신규조례 및 지침 제정 지자체
  3.4 기존조례 반영 지자체
  3.5 소결
4. 창원시 친환경 건축정책 분석 및 개선 방안
  4.1 창원시의 기존 정책 분석
  4.2 친환경 건축 활성화를 위한 개선 방안
5. 결론

미학을 주제로 작성된 논문「미완성(논 피니토)의 미학적 의미」는 '논 피니토'의 미학적 의미를 추출하기 위하여 (선)형상, (미)완성, 미켈란젤로, 로댕의 사례를 분석했다. 각각의 사례가 2~5장까지 최상위 항목을 구성하고 있음을 확인할 수 있다. 이처럼 사례별로 각 장을 구성하는 방식 외에도 쟁점에 따라서 사회, 경제, 정치, 윤리, 제도 등 이슈별로 항목을 나누는 방식 또한 유효하다.

건축학계에 제출된「친환경 건축 활성화를 위한 지자체의 정책 분석 및 개선 방안 : 창원시의 건축정책을 중심으로」는 현상을 파악하고 이를 분석한 뒤 해결책을 제시하는 방식으로 논증 절차를 구성했다. 대학에서 생산되는 글 대부분이 문제 해결식 글쓰기를 밑바탕으로 삼아 작성된다. ① 현상 파악, ② 원인 분석, ③ 해결책 제시, 이세 가지 단계를 본론 구성의 척도로 삼아도 좋을 것이다. (tip. 실험보고서는 실험 절차를 주요한 단계별로 나눈 뒤에 이를 최상위 항목으로 제시하는 방식으로 작성한다.)

▶ **연습문제 12 (부록 271쪽)** ◀

4. 본문 쓰기

학습
목표
• 논리적 글쓰기의 단계와 방법을 이해하고 이를 수행할 수 있다.
• 수집한 자료를 바탕으로 서론, 본론, 결론을 작성할 수 있다.

아래의 글을 읽으면서 사실과 의견의 차이, 주장과 주장을 뒷받침하는 근거를 생각해 보자.

우리말에 "같은 말이라도 아 다르고 어 다르다."는 속담이 있다. 비슷한 말이라도 어떻게 하느냐에 따라 듣기 좋은 말이 되기도 하고 듣기 싫은 말이 되기도 하므로 말을 가려서 해야 한다는 말이다. 그리고 "가는 말이 고와야 오는 말이 곱다."는 속담도 있다. 이 두 속담은 말의 중요성을 잘 나타내 주고 있다.

우리나라 사람들은 감정 표현을 잘 하지 않는 편이라서 고마운 일이나 미안한 일이 있을 때도 인사말을 잘 하지 않는다. 그 이유는 말로 표현하지 않아도 서로 마음이 통할 것이라고 생각하기 때문이다. 그러나 다른 사람에게 "고맙습니다." 또는 "미안합니다."라는 인사말을 들었을 때가 그렇지 않을 때보다 훨씬 기분이 좋아진다는 것은 누구나 알고 있다.

말을 하지 않는 또 하나의 예로, 친한 친구 사이에 사소한 일로 인해 오해가 생기거나 실망을 했을 때 본인의 감정을 말하지 않는 경우가 있다. 이 상태가 지속되면 결국 두 사람은 서먹서먹한 관계가 되고 만다. 그러므로 이때도 감정을 표현하는 말 한마디를 적극적으로 해야 한다.

우리는 말을 함으로써 서로의 생각과 감정을 확인할 수 있고 상대방을 이해할 수 있다. 그리고 말을 통해 서로 신뢰를 쌓을 수 있으며 협력적인 관계를 만들 수도 있다. 그러니까 감정을 말로써 잘 표현해 보자. 그러면 인생이 한층 즐겁고 행복해질 것이다.

(1) 사실을 말한 내용은 무엇인가?

(2) 의견을 말한 내용은 무엇인가?

(3) 글쓴이의 주장은 무엇인가?

(4) 주장을 뒷받침하는 근거는 무엇인가?

이 글에서 사실을 말한 부분은 "우리나라 사람들은 감정 표현을 잘 하지 않는 편이라서 고마운 일이나 미안한 일이 있을 때도 인사말을 잘 하지 않는다."이고, 의견을 말한 내용은 "인생이 한층 즐겁고 행복해질 것이다."이다.

그리고 글쓴이의 주장은 "우리는 말을 함으로써 서로의 생각과 감정을 확인할 수 있고 상대방을 이해할 수 있다. 그리고 말을 통해 서로 신뢰를 쌓을 수 있으며 협력적인 관계를 만들 수도 있다."이고, 주장을 뒷받침하는 근거는 예로 든 인사말을 들었을 때 기분이 좋아진다는 것과 친한 사이에 오해가 생겼을 때 말을 하지 않으면 서먹서먹한 관계가 된다는 것이다.

이와 같이 사실과 의견, 주장과 주장을 뒷받침하는 근거를 충분히 이해한 후 글을 써 보자.

1) 논리적 글쓰기의 구성

논리적인 글쓰기는 보통 서론(序論), 본론(本論), 결론(決論)으로 구성된다. 서론은 서두(序頭)·도입(導入)·시작이라고 말할 수 있으며, 문제 제기와 개념 정의, 시사적인 내용으로 주의 환기하기, 관심을 유도하는 질문하기, 글을 쓰게 된 동기와 목적, 글의 전개 방향, 내용 소개하기, 관련 체험 말하기 등으로 구성할 수 있다.

본론은 본문(本文) 혹은 중간이라고도 하며, 상대방 주장 논박하기, 자신의 입장 옹호하기, 문제의 원인 규명하기, 영향 예측하기, 조건 검토하기 등으로 구성할 수 있다.

결론은 결말(結末)·결미(結尾)·끝이라고도 하며, 본문 요약, 강조하기, 독자에게 당부하기, 앞으로의 방향 제시하기 등으로 구성할 수 있다.

이와 같은 서론, 본론, 결론 쓰기에 대해서 좀 더 자세히 알아보도록 하자.

2) 서론 쓰기

서론의 다른 표현으로는 머리말, 도입, 들어가기, 시작하며 등이 있다. 서론은 어떤 문제에 대한 독자의 관심을 유발하는 내용으로 시작하여, 논의 주제 혹은 문제 설정이나 문제 제기로 옮겨 가는 것이 기본적인 구성이다.

서론에서는 주제의 범위나 주제를 다루는 방식, 글의 전개 순서나 본론에서 다룰 주요 내용 등을 암시할 수도 있으며, 핵심 용어를 풀이하거나 정의하면서 시작할 수도 있다. 따라서 서론에서는 주제를 제시하고, 그 주제에 관한 현 단계의 지식 혹은 쟁점을 요약한 후 연구 문제 그리고 그에 대한 자신의 해답 혹은 주장을 제시한다. 서론에 들어가야 하는 분량은 전체의 10% 내외가 좋으며 문제 제기에 따른 분명한 논지를 밝히는 것이 중요하다.

(1) 서론 틀

서론에 들어가는 틀을 잘 모르겠다면 다음의 형식을 따르는 것도 좋다.

- 현안 : " " 문제를 어떻게 해결해야 할까?
- 주장 : 이와 관련하여 나는 " "라고 주장할 것이다.
- 의의 : 이런 논의는 " "와 같은 이유에서 필요하다.

위의 틀에서 " "로 된 부분에 적당한 내용을 채워서 자기 글의 서론을 완성하면 된다. 꼭 이런 표현을 사용하지 않아도 괜찮으나 기초가 튼튼하면 그 토대 위에서 다른 기교를 사용할 수 있으므로 기초를 익히는 것이 좋다.

(2) 서론에서 사용할 수 있는 표현

① 논리적 글쓰기 주제를 제시할 때
- 이 보고서는…, 이 연구는…, 이 연구에서는…, 이 보고서에는…, 본고는…, 본고에서는…, 이 글에서는…
- 목적, 제시, 대상, 문제점, 살펴보다, 논의하다, 분석하다, 검토하다, 고찰하다, 모색하다 등

② 연구 대상을 제시할 때
- ─을/를 대상으로

③ 연구 방법을 제시할 때
- ─을/를 통하여, ─함으로써 등
- 연구 방법은 비교, 분석, 연구, 조사, 실험, 문제점, 실태 조사 등으로 진행할 수 있다.

④ 연구 목적을 제시할 때

- –는 데에 목적이 있다, –고자 한다, –(으)려고 한다, –(으)ㄹ 것이다 등
- 종결형 : 살펴보다, 논의하다, 분석하다, 검토하다, 고찰하다, 모색하다 등

때로는 무작정 따라 쓰는 것도 도움이 된다.

3) 본론 쓰기

논리적 글쓰기에서 본론의 경우 먼저 세부 주장을 제시하고, 각 세부 주장에 대한 증거를 제시하여 쓴 후, 검증 결과를 종합하는 것이 좋다.

(1) 본론을 쓸 때 고려할 부분

- 논의를 증명하거나 뒷받침하는 객관적인 자료를 제시한다.
- 실험 또는 조사 결과를 분석하여 제시한다.
- 믿을 수 있는 근거를 통해 설득력과 주장의 타당성을 높인다.
- 객관적인 자료와 자신의 주관적인 견해를 분명하게 구분하여 제시한다.
- 인용을 할 때는 원래 자료의 출처를 반드시 밝힌다.

(2) 논리적 글쓰기 본론의 일반적인 내용 구성

- 소주제에 따라 내용을 구분하여 논리를 전개한다.
- 서론에서 화제로 삼았던 문제의 원인을 밝히고 그에 대한 답을 제시한다.
- 자신의 주장을 분명하게 한다.
  - 객관적인 자료를 통해 자신의 주장이 옳음을 증명한다.
  - 자신과 입장이 같은 전문가의 주장을 제시한다.
  - 자신과 반대 입장에 있는 주장에 대해 비판한다.

(3) 본론의 표현

논리적 글쓰기는 객관성을 지닌 논리적인 글이므로 논리성을 높여 주는 연결어들을 알맞게 사용하는 것이 좋다.

① 제시, 나열의 순서를 나타낼 때
- 우선, 먼저, 다음으로 등
- 첫째, 둘째, 셋째……, 끝으로, 마지막으로

② 예를 들 때
- 예를 들어, 가령, 이를테면 등

③ 강조할 때
- 특히, 사실은, 심지어 등

④ 앞뒤 내용이 반대임을 나타낼 때
- 그렇지만, 그러나, 하지만, 도리어, 오히려, 역으로, 반면에, (이와) 반대로, 그

렇기는 하지만, 그런가 하면, 아니면 등

⑤ 원인과 결과를 나타낼 때
- 그러니까, 그래서, 따라서, 그러므로, 그로 인해, 그리하여, 그렇기에, 그렇기 때문에 등

⑥ 인용할 때
- -에 따르면, -에 의하면, -를 보면 등

⑦ 앞의 내용에 더할 때
- 게다가, 더군다나 등

⑧ 요약할 때
- 요약하면, 간단히 말하면, 요컨대, 한마디로 말하면 등

(4) 중심문장 쓰기

한 문단은 보통 여러 개의 문장으로 이루어진다. 그 여러 문장 중에서 문단의 내용을 가장 잘 나타내 주는 문장을 '중심문장'이라고 한다. 중심문장은 문단의 처음이나 마지막에 사용하는 경우가 많다. 이런 중심문장의 뜻을 보충하여 설명해 주는 문장을 '뒷받침문장'이라고 하는데, 뒷받침문장이 없으면 중심문장의 내용을 자세히 알 수가 없다. 따라서 중심문장에 따른 뒷받침문장도 아주 중요하다.

① 중심문장과 뒷받침문장

나는 올해 여름방학을 아주 알차게 보냈다. 한 달 동안 아르바이트를 해서 여행 경비를 모은 후 친구들과 함께 동남아시아로 배낭여행을 다녀왔다. 내가 번 돈으로 여행을 가니 훨씬 더 보람찼다.

위 글에서 밑줄 그은 문장이 '중심문장'이고, 다른 문장들은 '뒷받침문장'이다.

② 세부 주장하기

• 중심문장과 뒷받침문장을 구분해야 한다.
• 중심문장, 즉 핵심 내용은 어떤 글이든 잘 쓰인 글이라면 그 내용에서 말하는 것이 분명해야 하는데 이것이 바로 핵심 내용이다.
• 핵심 내용이란 글쓴이의 주장과 근거여야 한다.
• 어디에서 내 견해를 호소력 있게 밝힐 것인가, 그것을 어떻게 잘 조직할 것인가를 생각해야 한다.
• 뒷받침문장은 중심문장을 보완하거나 강조하는 역할로 중심문장의 전후에 배치하는 것이 좋다.
• 문장은 짧고 쉬울수록 좋으며, 어떤 경우이든 논문이나 이미 발표된 글을 기계적으로 조합하면 안 된다. 이것은 가장 나쁜 글쓰기 방식이므로 자신의 논리를 명료하게 함축해서 써야 한다.

③ 주장하고 싶은 부분 설득력 높이기

• 단순히 근거를 몇 개 제시하기보다는 자신이 제시한 정당한 이유를 반박하는 반론을 구상하고 그것을 재반박하는 과정을 포함시키는 것이 좋다.
• 반론에도 정당한 이유를 밝혀야 한다. 반론이 설득력 있게 제시될수록 그것을 재

반박해 얻게 된 결론이 설득력을 얻게 된다. 또한 비판적 정당화를 할 때는 반박과 재반박을 할 수 있다. 반박을 할 때는 자기주장이 틀렸다고 생각할 만한 이유를 잘 설명하고 재반박을 할 때는 그런 이유가 있음에도 불구하고 자기주장을 주장하는 이유를 설명한다.

- 반박의 내용은 핵심 내용 중에서 주장을 비판하는 것이 아니라 그 주장의 근거를 비판하는 것이어야 한다.
- 핵심 내용에 비판적 정당화가 있어야 하는 이유는 그 글이 객관적이어야 하기 때문이다. 자신의 주장에 대해서 비판적으로 검토해서, 그것이 왜, 그리고 얼마나, 어떻게 옳을 수 있는지를 보여 줘야 하는 것이다.
- 핵심 내용이 구분되어야 하는 가장 큰 이유는 모든 글에서 말하는 바가 분명해야 하기 때문이다. 모든 글에는 글쓴이의 주장이 담겨 있다. 그런데 '정말 그런가?'라는 반문이 생긴다면 하나하나 다시 짚어 봐야 한다.

▶ **연습문제 13 (부록 273쪽)** ◀

(5) 주장에 따른 근거 쓰기

논리적 글쓰기는 자기의 주장이나 생각에 대하여 다른 사람이 뜻을 같이하도록 하는 데 목적이 있으므로 자기의 주장이나 생각을 할 때는 그 주장에 알맞은 근거나 이유를 분명히 밝혀 써야 한다.

① 주장에 대한 근거 쓰기

연습 1

- 주장 : 몸이 건강한 생활을 해야 한다.
- 근거 : ① 몸이 건강해야 하고 싶은 일을 할 수 있으므로
       ② 몸의 건강은 사람이 살아가는 데 가장 기본이 되는 것이므로
       ③ 몸이 건강해야 정신도 건강할 수 있으므로

- 주장 : 다른 사람의 의견을 존중해야 한다.
- 근거 : ① _____
          ② _____
          ③ _____

② 근거에 알맞은 주장하기

예)

- 근거 : ① 책을 읽으면 새로운 것을 알게 될 수 있으므로
          ② 책에 있는 위인들의 뜻과 생각을 본받을 수 있으므로
          ③ 책을 읽으면 상상력이 풍부해질 수 있으므로
- 주장 : 독서를 많이 해야 한다.

- 근거 : ① 정직하지 않으면 다른 사람의 신뢰를 얻을 수 없으므로
          ② 정직하지 않으면 내 마음도 불편하고 힘들어지므로
          ③ 정직은 사람이 살아가는 데 가장 기본이 되는 덕목이므로
- 주장 :
          _____

(6) 주장을 뒷받침하는 보기 제시하기

자기의 의견을 제시하는 주장을 했으면 그에 따른 근거나 이유를 써야 한다. 이때 주장을 뒷받침하는 알맞은 이유나 근거를 예로 들어 주면 좋다.

예)

- 주장 : 독서는 자신의 미래를 결정해 준다.

- 보기 : 어릴 때 읽은 책을 통해 자신의 미래를 결정할 수도 있으므로 어릴 때부터 독서 습관을 기르는 것이 매우 중요하다. 우리가 잘 알고 있는 유명한 곤충학자인 '파브르'도 어린 시절에 '뒤프르'라는 학자가 쓴 『벌 이야기』라는 책을 읽고 곤충에 관심을 가지게 되어 곤충학자가 되었다고 한다.

연습 1

- 주장 : 좋은 습관은 훌륭한 재산이 될 수 있다.
- 보기 : _____

_____

_____

_____

연습 2

- 주장 : 다른 사람에게 피해를 주면 안 된다.
- 보기 : _____

_____

_____

_____

(7) 자세하게 글쓰기

글을 쓰는 이유는 내 생각을 다른 사람에게 전하기 위한 것이므로, 내 생각을 전하기 위해서는 글을 자세하게 써야 한다. 다음에 주어진 예는 처음에 썼던 글을 자세하게 고쳐 가는 과정이다.

① 처음 쓴 글

어제부터 비가 심하게 많이 내렸다. 이렇게 무서운 비는 처음이다.

② 더 자세히 쓴 글

어제부터 비가 심하게 많이 내렸다. 우산을 썼는데도 옷이 흠뻑 젖었고 바람까지 불어 바람에 우산이 날아갈 뻔했다. 이렇게 무서운 비는 처음이다.

③ 좀 더 자세히 쓴 글

어제부터 비가 심하게 많이 내렸다. 학교 가는 길에 우산을 썼는데도 옷이 흠뻑 젖었고 바람까지 불어 바람에 우산이 날아갈 뻔했다. 도로에도 물이 차서 큰길은 물바다가 되어 버려 그 길로 갈 수가 없었다. 이렇게 무서운 비는 처음이다.

(8) 사건이나 사물을 새롭게 바라보기

이솝 우화 중에서 '토끼와 거북이'는 너무 잘 알려진 이야기라서 읽어 보지 않은 사람은 거의 없을 것이다. 그렇지만 이 이야기를 다시 한번 써 보자.

▶ **연습문제 14 (부록 275쪽)** ◀

(9) 글 또는 그림에서 논제 찾기

논리적으로 글을 쓰기 위해서는 주어진 글이나 문제 상황에서 문제를 파악하는 것이 중요하다. 예를 들어 다음과 같은 이솝 우화 이야기가 있을 때, "이 글을 읽고 여우의 행동에 대하여 내 견해나 주장을 글로 쓰시오."라는 문제가 주어졌다면 먼저 논제를 찾아야 한다.

▶ **연습문제 15 (부록 277쪽)** ◀

(10) 사실과 의견 구별하기

논리적 글쓰기는 자신의 의견이나 생각을 내세우는 글이므로 사실과 의견을 잘 구별해야 한다.

① 사실과 의견이란?

종류	사실	의견
예	봄에는 진달래가 핀다. 오늘부터 새 학기가 시작되었다. 수박은 과일이다.	진달래는 정말 아름답다. 새 학기가 시작되어 기분이 좋다. 수박은 맛있는 과일이다.

사실이란 모든 사람이 똑같이 인정하는 내용이며, 의견은 모든 사람이 인정하는 내용이 아니다. 어떤 사람은 진달래가 아름답다고 생각하겠지만, 진달래가 아름답지 않다고 생각하는 사람도 있다. 어떤 사람에게는 진달래가 아름답지만 진달래가 아름답지 않은 사람도 있다.

② 사실을 의견으로 바꾸기

사실을 나타내는 말에 꾸미는 말을 덧붙이면 의견을 나타내는 말이 된다. 위의 예인 "수박은 과일이다."라는 사실에 '달콤한'이라는 꾸미는 말을 덧붙이면 의견을 나타내는 말이 된다.

예) 오늘은 여름방학이 시작되는 첫날이다. (사실)

→ 오늘은 여름방학이 시작되는 **기분 좋은** 첫날이다. (의견)

(꾸며 주는 말)

③ 사실과 의견 구별하기

다음 문장을 읽고, 사실과 의견을 구별하여 쓰시오.

- 시를 낭송하는 것은 즐거운 일이다. ( )
- 우리나라는 동아시아에 있다. ( )
- 들에 새싹이 나기 시작했다. ( )
- 지원이는 똑똑하고 총명한 대학생이다. ( )
- 월드컵과 올림픽은 4년마다 한 번씩 열린다. ( )

(11) 원인과 결과 구별하기

어떤 일이 일어나면 거기에는 반드시 원인이 있다. 또 어떤 일이든지 원인이 있으면 반드시 결과가 뒤따른다.

① 원인과 결과 생각하기

예) 눈이 많이 와서 도로가 복잡하다.

(원인)   (결과)

하나의 원인에 여러 가지 결과가 있을 수 있고, 하나의 결과에 여러 가지 원인이 있을 수도 있다. 위 문장에서 '눈이 많이 와서'라는 원인에 '미끄럼 사고가 늘어났다',

'학생들이 제시간에 등교하지 못했다' 등과 같이 결과가 다양해질 수 있다.

② 결과가 다른 일의 원인이 되는 경우가 있다.

예) 나는 더위를 이기려고 차가운 음식을 많이 먹어서 배탈이 났다. 배탈이 나서 약을 먹었다.
     (원인)   →   (결과)
                    (원인)   →   (결과)
                                    (원인)   →   (결과)

③ 원인에 따른 결과에 대한 내 생각 쓰기

다음 원인에 대하여 적절한 결과와 내 생각을 쓰시오.

- 원인 : 음식물 쓰레기를 분리하지 않고 싱크대에 그대로 버린다.

   결과 : 음식물 쓰레기가 하수구로 내려가서 물의 오염이 심각해진다.

   자신의 생각 : _____

- 원인 : 요즘 대학생들은 충동구매를 너무 많이 한다.

   결과 :

   자신의 생각 : _____

4) 결론 쓰기

결론의 다른 표현은 나오기, 결말, 맺음말, 요약, 나오며 등이 있으며, 결론에서는 본문의 핵심 내용 요약과 함께 주장을 강조한 뒤 과제와 전망을 제시하면서 끝을 맺는 것이 보통이다.

결론에서는 문제와 자신의 주장을 다시 제시하고 주제에 관해 자신의 발견이 지닌 의미를 제시한 후, 이 논리적 글쓰기에서의 한계에 대해 언급한다.

결론에 들어가야 하는 내용은 제시된 질문과 그에 대한 결론들을 요약해서 재진술하여 강조하며, 경우에 따라 제언의 내용도 첨가할 수 있으며, 분량은 전체 내용의 10% 내외가 좋다. 또한 새로운 문제를 제기하거나 새로운 논증을 덧붙이면 안 된다.

(1) 결론의 주요 표현

- 요약, 정리, 결론
- 앞에서 살펴본 바와 같이…, 이상으로, 지금까지 …를 살펴보았다, …에 대해서 논의하였다
- 이상을 정리하면 다음과 같다, 결과를 요약하면 다음과 같다
- 의의 혹은 발전 방향
  - 그럼에도 불구하고 이런 논의는 …와 같은 이유에서 의미가 있다
  - 차후에는 …와 같은 방향으로 더 많은 논의가 필요할 것으로 보인다
  - 앞으로 …에 대해서 연구할 필요가 있다, …도록 하겠다, …도 좋을 것 같다
- 한계점 : 이런 논의는 …라는 이유로 …와 같은 한계점이 있다

(2) 결론 작성 방법 및 주의할 점

- 서론과 본론의 내용을 일관성 있게 서술한다.
- 서론에서 제기된 문제와 마무리의 주장이 호응이 되어야 한다.
- 본론의 요약이므로 간단하고 명료해야 하며, 지나치게 길어지거나 본론의 문장이나 표현을 반복하지 않도록 해야 한다.
- 본론에서 논의된 문제에 대해 반복하여 언급하지 않도록 한다. 특히 도덕적인 훈계와 당위적인 주장으로 마무리되지 않도록 유의한다. 본론과는 관련이 없는 훈계와 당위는 대부분 하나 마나한 얘기인 경우가 많고, 그것은 전체 논의의 의의

를 희석시킬 우려가 있다.

• 서론에서 제기된 문제는 구체적인 해결책으로 마무리한다.

5) 단락 순서 배열 연습하기

▶ **연습문제 16 (부록 279쪽)** ◀

5. 고쳐 쓰기

학습 목표

• 고쳐쓰기의 단계와 방법을 이해하고 이를 수행할 수 있다.
• 한국어 맞춤법 검사기, 카피킬러 등의 글쓰기 검사 프로그램을 사용할 수 있다.

대학 생활은 바쁘다. 마감일에 맞춰 과제를 제출하기에도 시간이 빠듯한 대학생들에게 '고쳐쓰기'는 그림의 떡처럼 여겨진다. 하지만, 글의 격을 적어도 한 단계 이상 끌어올릴 수 있는 마법과 같은 절차가 바로 고쳐쓰기라 할 수 있다. 무엇보다도 고쳐쓰기는 단순하게 모난 부분을 고치는 절차에 그치지 않고, 자신의 글쓰기 자체를 메타적으로 인지할 기회가 되어 준다. 이와 같은 경험을 누적해 가면서 같은 실수를 반복하지 않을 수 있게 되고, '좋은 글'이란 과연 무엇인지 나름의 해답을 찾아갈 수 있게 된다.

글쓰기에 일정한 단계가 필요하듯이 고쳐쓰기의 절차 또한 마찬가지다. 무엇을 어떻게 고쳐야 할지 잘 떠오르지 않는다면, 일단 제목부터 시작해서 마지막 문장까지 '입'으로 소리 내어 읽어 보자. 눈과 머리에 익어버린 글을 솎아 내기 위해서는 그것을 낯설게 관찰할 방법이 필요하기 때문이다. 모나고 튀는 단어나 문장은 입에 잘 붙지 않는다. 고쳐야 한다. 이처럼 눈으로 훑었을 때는 머리에 잘 들어오지 않던 맞춤법 오류, 오탈자와 비문 등이 한 차례 걸러질 것이다. 더 나아가 불필요한 단어나 문장, 감정이 섞인 표현, 반복되는 어휘 등 내용 전개의 흐름 또한 자연스럽게 검토할 수가 있다. 잊지 말아야 할 것은, 글의 '주제'가 분명히 전달되고 있는지 살펴보는 일이다. 그렇기에 이 작업은 중간에 끊지 말고 반드시 끝까지 수행해야 한다.

소리 내어 읽는 것으로 부족함을 느낀다면 원고를 프린트로 출력하여 빨간펜을 들고 '손'으로 수정하는 것 또한 방법이 될 것이다. 모름지기 내가 쓴 글의 첫 번째 독자는 나 자신이 되어야 한다.

큰 틀에서 수정 작업을 거쳤다면 이제 세부 항목을 의식하며 현미경을 들이밀어야 할 차례다. 이번 장 '글쓰기의 과정', 더 나아가서는 우리 교재에서 학습한 모든 내용이 검토 대상이 될 수가 있다. 그리고 검토 대상 1순위는 단연 제목과 목차(혹은 개요)다. 주제 면에서 연구 대상과 연구의 방법이 명확하게 설정되었는지 따져 본 뒤에 제목이 이를 간결하고 정확하게 표현하고 있는지 살펴야만 한다. 그리고 목차 수준에서 본론의 각 장이 논리적으로 구성되었는지 확인해야 한다.

본문을 차근차근 읽어 나가면서 주제를 벗어난 내용이 없는지, 반대로 보충이 필요한 내용이 무엇인지 검토하는 일 또한 잊어서는 안 된다. 더 나아가 주장만을 내세우고 있지는 않았는가, 논증을 위해 풍부한 논거와 자료를 내세웠다면 그것이 검증 가능한 객관적 자료인가, 주장과 관련성이 긴밀한 자료인가, 최종적으로 논거를 적합한 양식에 따라 제시(인용)하였는지 따져 봐야만 할 것이다.

무엇보다 고쳐쓰기의 과정에서 신경 써야 할 부분은 '가독성'이다. 쉽게 지나치기 쉽겠지만, 맞춤법과 오탈자는 필수 검토 대상이다. 기업의 인사 담당자가 지원 서류를 검토할 때 '김 굽는 속도'로 읽어 내려간다는 우스갯소리가 있다. 여기서 '인사 담당자'를 대학의 '교강사'로 바꾸어도 사정은 크게 달라지지 않을 것이다. 말 그대로 뒤적거려 가며 눈대중으로 읽는다는 뜻이다. 이때 맞춤법과 오탈자가 눈에 들어오면 그 서류는 곧바로 아웃이다. 독자의 심정이 되어 가독성을 최대한도로 높이는 글쓰기를 수행해야만 적어도 이와 같은 상황을 피할 수가 있다. (tip. 각주와 참고문헌, 부록 등을 적합한 방식으로 처리하고 있는지에 대한 여부 또한 마찬가지다. 우리 교재에서 소개하고 있는 '자료 인용 방법'을 숙지하도록 하자.)

- 한국어 맞춤법·문법 검사기 : speller.cs.pusan.ac.kr

어문규정에 대한 지식이 밝지 않아서 맞춤법, 혹은 문법적 오류를 직접 검토하기 어려운 경우 외부 시스템을 활용하는 일이 도움이 될 것이다. 이때 단순히 오류를 수정하는 작업에 머물기보다는 근본적으로 자신이 주로 범하고 있는 문법적 실수가 무엇인지 점검하는 방식으로 활용할 필요가 있겠다. 이를 계기로 문법적 오류를 점차 줄여 나갈 수 있게 된다면 향후 글쓰기 과정에 들어가게 될 불필요한 에너지를 절약할 수 있기 때문이다.

단어 수준을 점검했다면 이제 문장을 살펴볼 차례다. 각각의 문장에서 주어와 술어의 조응이 자연스러운지. 불필요한 군더더기는 없는지. 문장과 문장 사이의 연결이 자연스러운지. 용어 선택이 적절한지. 지나친 구어체를 사용하지는 않았는지, 우리 교재에서 '문장과 단락 쓰기' 파트를 참고하면서 고쳐쓰기를 수행해 보자. 당연한 말이지만 고쳐쓰기도 '쓰기'다. 이 과정을 일종의 훈련으로 받아들이게 된다면, 본인의 문장 구사력을 키울 수 있는 계기가 될 것이다.

같은 맥락에서 문단을 검토한다. 문단을 적절하게 배분하는 것만으로도 글의 가독성을 한층 끌어올릴 수 있다. 중심문장을 첫 문장으로 삼아 논거와 소결론을 포함한 기승전결을 갖춘 4문장, 혹은 5문장을 한 묶음으로 처리했는지 검토한다. 6줄을 초과하는 경우 과감하게 줄이거나 분량에 따라 단락 나누기를 수행해야 한다. 무분별한 줄글은 형식적으로 완결되지 못했다는 인상을 주기가 쉽다. 이와 더불어 문장과 마찬가지로 문단과 문단 사이의 연결성, 즉 문단 사이의 기승전결 또한 살펴야만 한다.

고쳐쓰기는 여러 차례 반복하는 것이 좋다. 필요한 경우 동료에게 피드백을 받는 것 또한 도움이 될 것이다. 주제와 내용 면에서 '맑은 눈'을 가진 사람만이 줄 수 있는 의견이 따로 있기 때문이다. 전문가가 아닌 사람이 읽어도 이해가 잘 가도록 썼다면 그 글은 친절하고 잘 쓴 글일 확률이 높다. 독자 수준에서 포착된 장단점을 적절히 반영한다면 '좋은 글'의 이상에 한 걸음 더 가까이 다가설 수 있을 것이다.

마지막으로 덧붙이자면, 과감하게 처음부터 다시 시작할 수 있는 용기가 필요하다. 작성해 둔 원고가 아깝겠지만 연습의 과정이라 생각하고 통째로 덜어 내야 할 때가 있기 마련이다. 이처럼 '초고'를 완전히 폐기해야 할 상황을 방지하기 위해서는 글을 쓰는 작업 중간중간에 메타인지를 작동시킬 필요가 있다. 즉, '고쳐쓰기'를 '글쓰기의 과정' 전반에 녹여 낸다면 글쓰기의 능률을 높일 수 있을 것이다.

- 표절률 검사(카피킬러) : www.copykiller.com

저작권 문제는 사회 곳곳에서 나날이 강조되고 있다. 학문 공동체라 할 수 있는 대학의 경우 표절률 검사는 이제 선택이 아니라 필수 과정으로 자리 잡아 가고 있다. 정확한 인용법을 구사하지 않았다거나 관용적인 표현을 남발한 경우, 우연의 일치 등의 이유로 표절률이 높게 책정될 가능성이 있다. 혹시 모를 오해를 피하기 위해서라도 과제 제출에 앞서 학습자가 먼저 표절률 검사를 시행할 필요가 있다. 과제물을 제출할 때 카피킬러 검사표를 함께 첨부하는 것 또한 도움이 될 것이다. 낮은 표절률을 어필하는 것으로 과제의 신뢰도를 높일 수 있기 때문이다. 참고로 카피킬러는 서울과학기술대학교 도서관 홈페이지에 로그인한 뒤에 제공된 링크를 따라 접속하면 무료로 사용할 수 있다.

글쓰기에 비유하자면 (2)

4장

글쓰기와
표현 전략

단원 목표

- 글쓰기 과정에서
  다양한 활용 전략을
  선택하고 적용할 수
  있다.

- 글쓰기를 위한
  도구로서 생성형
  AI를 활용할 수 있다.

글쓰기는 고도의 복잡한 사고 과정 및
목표지향적인 문제 해결의 과정을 통해 필자와
독자 사이의 의미를 구성하는 과정이다.
글을 쓰는 각 과정에서는 글을 쓰는 목표를
인식하며, 자신의 사고를 조절하는 의도적인
노력이 필요하다. 특히 학문 활동을 위한 논리적
글쓰기 과정에서는 추상적이고 복잡한 지식과
정보를 정확하고 명료하게 전달하며, 생각을
객관적이면서도 효과적으로 표현하기 위한
전략적 접근이 필요하다.
이 장에서는 글의 표현 효과를 높이는
전략으로서 학술 어휘의 선택적 사용, 시각적
자료를 통한 의미 구성, 통계적 자료의 활용을
다룬다. 또한 글쓰기의 유용한 도구가 될
수 있는 생성형 AI, ChatGPT를 활용한
글쓰기의 방법을 알아본다.

1. 학술 어휘와 전문용어의 사용

학문 활동을 위한 논리적 글쓰기에서는 일상의 구어 의사소통 상황에서와는 다른 어휘를 사용한다. 학술 어휘(Academic vocabulary)와 전문용어(technical terms) 등이 그것이다. 지식을 정확하고 객관적으로 기술하거나, 전문적이면서도 논리적으로 전개하기 위해서는 이들 어휘를 적절하게 사용할 수 있어야 한다.

다음은 '바람'을 소재로 한 시와 중학교 과학 교과서에서 설명하는 '바람'의 개념이다.

꽃잎이 되어서 날아가 버린다.
참을 수 없게 아득하고 헛된 일이지만
어쩌면 세상 모든 일을
지척의 자로만 재고 살 건가
가끔 바람 부는 쪽으로 귀 기울이면
착한 당신, 피곤해져도 잊지 마.
아득하게 멀리서 오는 바람의 말을.

— 마종기, 「바람의 말」 중에서,
『안 보이는 사랑의 나라』, 문학과 지성사,
1980.

공기는 우리 눈에 보이지 않지만 나뭇잎이 흔들리거나 먼지가 날리는 것을 통해 공기가 움직이는 것을 알 수 있다. 두 지점 사이에 기압 차이가 생기면 공기는 기압이 높은 곳에서 낮은 곳으로 이동하는데, 공기가 수평 방향으로 이동하는 흐름을 바람이라고 한다.

지표면이 가열되는 지역에서는 공기가 주변 공기보다 가벼워지므로 상승하여 지표면의 기압이 낮아지고, 냉각되는 지역에서는 지상 부근의 공기가 수축되어 하강하고 상층에서 주변의 공기가 모여들어 지표면의 기압이 높아진다. 이처럼 지표면 부근에 기압 차이가 발생하면 기압이 높은 곳에서 낮은 곳으로 공기가 이동하여 바람이 불게 된다.

— 김성진 외, 「기압과 바람」, 『중학교 과학 3』, 미래엔, 2020. 76~77쪽.

시와 교과서의 텍스트에 포함된 단어를 살펴보자. 시는 '아득하다', '헛되다', '어쩌면', '착한 당신', '잊지 마' 등 해석의 가능성이 다양한 함축적 단어로 '바람'의 의미를 전달한다. 반면 과학 교과서에서는 '바람'을 '기압', '이동', '수평', '발생', '지표면' 등의 중립적이면서도 전문적인 개념이 압축된 단어로 설명한다. 여기서는 바람에 대한 자의적인 해석이 개입되기 어렵다. 시에서 사용한 어휘는 읽는 이에게 정서적이고 감각적인 심상을 불러일으키지만, 과학 교과서의 어휘는 '바람'의 부는 원리를 논리적으로 이해하게 한다.

이처럼 같은 소재라도 어떤 목적으로 글을 쓰느냐에 따라 사용하는 어휘가 다르다. 특히 전문적인 지식을 전달하거나 그 지식을 바탕으로 자신의 입장을 내세우기 위한 글을 쓸 때는 정확성, 객관성, 간결성, 논리성, 격식성을 드러내는 어휘를 사용해야 한다. 이러한 역할을 담당하는 어휘를 학술 어휘와 전문용어라고 한다.

1) 학술 어휘

학술 어휘는 전공 분야나 영역과 관계없이 논리적 사고의 과정과 학술적 성과를 표현하는 과정에서 두루 쓰이는 어휘를 말한다. 학술 어휘는 교과서나 전공서, 학술 에세이나 논문 등에서 두루 사용되며, 국어에서는 한자어가 주로 그 역할을 담당한다.[1]

(1) 구체적이고 정교하게 표현하기

고유어가 그 의미를 두루뭉술하게 표현하는 반면 학술 어휘로 사용되는 한자어는 의미의 정교한 차이를 명료하게 드러낸다. 예를 들어 '어떤 내용을 드러내어 알린다'는 의미의 '밝히다'는 다음과 같은 아래와 같이 그 의미를 섬세하게 조율하여 표현할 수 있다.

> • 밝히다: 진리, 가치, 옳고 그름 따위를 판단하여 드러내 알리다.
> → 입증(立證)하다: 어떤 증거 따위를 내세워 증명하다
> → 방증(傍證)하다: 사실을 직접 증명할 수 있는 증거가 되지는 않지만, 주변의 상황을 밝힘으로써 간접적으로 증명에 도움을 주다.

---

[1] 영미문화권에서도 학문 활동 과정에서 학술 어휘(Academic vocabulary: Coxhead, 2000)를 중요하게 다룬다. 영어에서 학술 어휘는 대부분 그리스-라틴어계 어원의 단어이다. 이들 단어를 인지하고 사용할 수 있는 능력은 고차원의 사고 수행이나 학습을 위한 문식성 활동(literacy)에 기반이 되기 때문에 별도의 교육을 통한 어휘 능력 신장을 강조한다. 학술 어휘는 일상의 언어생활에서는 잘 사용하지 않는 단어가 많아 의도적인 학습을 통해 이들 단어를 습득하기 위해 노력해야 한다.

→ 반증(反證)하다: 어떤 사실이나 주장이 옳지 아니함을 그에 반대되는 근거를 들어 증명하다.

예시)

- 그 사고의 원인이 운전자에게 있지 않음을 증거를 제시하여 **밝혔다**.
  → 그 사고의 원인이 운전자에게 있지 않음을 **입증하였다**.

- 이는 직접적이지는 않지만 그 사고의 원인이 운전자에게 있다는 것을 간접적으로 **밝혀 준다**.
  → 이는 그 사고의 원인이 운전자에게 있지 않다는 것을 **방증한다**.

- 운전자는 사고의 원인이 자신이 아님을 **밝히기 위한 반대의 근거를 들지 못하였다**.
  → 운전자는 사고의 원인이 자신이 아님을 **반증할 수 없었다**.

(2) 객관적이면서 격식 있게 표현하기

문제를 제기하고, 이에 대한 입장이나 글을 쓰는 목적 등을 제시할 때 다음과 같은 표현을 사용할 수 있다. 다소 주관적인 어조를 객관적이면서도 문어체의 격식을 더하는 표현으로 바꾼 것이다.

- 차별과 혐오 표현이 너무 퍼져있다. 심하다. → 차별과 혐오의 문제가 **만연하다**.
- 세계 인구의 3분의 2가 물 부족에 시달릴 수 있다. → 세계 인구의 3분의 2가 물 부족에 **직면할 수 있다**.

- 법무부는 촉법소년 제도가 악용되는 일이 많아졌다고 했다. → 법무부는 촉법소년 제도의 악용 사례가 **증가하고** 있다고 **언급했다**.
- 왜 세계가 변한다고 우리나라도 변화해야 하냐고 할 수 있다. → 세계의 변화 추세를 우리가 꼭 따라야 하느냐고 **반문할 수 있다**.

- 인공지능에게 법적 지위를 줄 수 있느냐는 인공지능의 인지능력 수준에 따라 고민해봐야 한다고 생각한다. → 인공지능에게 법적 지위를 **부여하는** 문제는 인지능력 수준을 **고려하여 결정해야 한다.**
- 이 문제를 해결하기 위한 답을 찾고 싶다. → 이 문제에 대한 해결 방안을 **모색하고자 한다.**
- 이러한 문제가 생겨난 이유가 무엇인지를 하나하나 따져 살펴보아야 한다. → 이 문제에 대한 원인을 **규명해야 한다.**
- 기업 경쟁력을 높이기 위한 방법을 생각해 보고 싶다 . → 기업 경쟁력 **제고를 위한** 방안을 **제안하고자 한다.**
- 이 지역의 지형적 특징에 대해 자세히 알아보고 싶다 → 이 지역의 지형적 **특징을 탐색하고자 한다.**

(3) 사고의 과정과 결과 표현하기

학술 어휘는 글쓴이의 사고의 과정이나 성격을 명확하게 드러내는 역할도 한다. 논증을 위한 근거 제시를 위해 사실이나 지식, 타인의 견해를 제시할 때, 조사한 내용이나 연구의 결과를 평가할 때, 다음과 같은 학술 어휘를 사용할 수 있다.

- 이러한 사실을 근거로 삼을 때 다음과 같은 결론 내릴 수 있다.
  - → 이러한 **사실에 입각하여** 다음과 같은 결론을 **도출할 수 있다.**
- 그는 동물 실험은 필요하다고 지속적으로 주장해 왔다.
  - → 그는 동물 실험이 필요하다는 입장을 **견지해 왔다.**
- 2010년 이후 출생률은 갑자기 크게 줄어드는 모습을 보인다.
  - → 2010년 이후 출생률은 **현저하게** 감소하는 **추세이다.**
- 유엔은 오존층이 이번 세기 중반쯤이면 완전히 회복한다고 한다.
  - → 유엔은 오존층이 이번 세기 중반쯤이면 완전히 회복할 것으로 **전망한다.**
- 그는 A 신문사와의 인터뷰에서 간접세보다는 소득에 근거한 직접세를 늘려야 한다고 말했다.
  - → 그는 A 신문사와의 인터뷰에서 인터뷰를 통해 간접세보다는 소득에 근거한 직접세를 늘려야 한다고 **피력했다.**

- 이러한 사실은 … 라는 점에서 좋게 볼 수 있다. → 이러한 사실은 … 라는 점에서 **긍정적이다.**
- 이러한 견해는 … 라는 점에서 현실적으로 어렵다. → 이러한 견해는 … 라는 점에서 **한계가 있다.**
- 이 기술은 캐스터휠를 이용하여 방향을 바꾸는 것을 쉽게 한다.
  → 이 기술은 캐스터휠을 이용하여 방향 **전환**을 **용이하게 한다.**
- 최종적으로 마무리를 지으며 판단을 하자면, 최소한의 후각수용세포 레벨에서 개체를 알아볼 수 있을 것으로 생각할 수 있다.
  → **결론적으로** 최소한의 후각수용세포 레벨에서 개체의 **식별이 가능할 것이라 예상할 수 있다.**

어려운 한자어를 사용해야 좋은 글이 되는 것은 아니다. 그러나 상황과 목적에 따라 격식 있는 문체를 구성하고 싶을 때, 생각을 보다 정교하게 표현해야 할 때, 어휘의 적절한 선택은 하나의 전략적인 방법이 될 수 있다. 학술 어휘는 학술 자료에 폭넓게 분포하기 때문에 글쓰기만이 아닌 전공 분야에 대한 깊이 있는 공부와 소통의 과정에도 도움이 된다. 이들 단어를 만났을 때 그 뜻을 정확하게 이해하려는 노력, 이를 자신의 글에서 직접 표현함으로써 나의 언어적 자산으로 만들려는 의도적인 노력이 필요하다.

▶ **연습문제 17 (부록 281쪽)** ◀

2) 전문용어

특정 분야의 지식과 언어를 사용하여 일정한 형식의 글로 표현하는 학술적 글쓰기는 분야별 전문용어의 사용이 빈번하다. 학술적 글쓰기가 아니라도, 객관적인 근거를 특정 분야의 지식으로 제시할 때도 전문용어가 필요하다. 전문용어의 정확한 사용은 글쓴이의 지식에 대한 이해도와 해당 분야의 지식 소통 능력을 드러낸다. 또 글의 내용의 내용과 정보의 신뢰도를 높이는 데 중요한 역할을 한다.

전문용어는 해당 분야의 지식 체계에서 그 개념이 구성되기 때문에 언어적 능력이 아닌 지식 역량으로 여겨지기도 한다. 그러나 지식은 개인의 머릿속에서만 머물지 않고 언어를 통해 소통하면서 쓸만한 지식이 된다. 여기서는 글쓰기의 상황과 목적에 따라 전문용어를 사용하는 방법을 살펴보고, 개념적 지식이 언어로 표현되는 방식인 은유를 이해함으로써 전문용어를 활용하는 방법에 대해 알아보도록 하자.

(1) 상황과 목적에 따라 전문용어 사용하기

아래의 세 글을 강조 표시한 전문용어에 주의하며 읽어 보자. 각각 어떤 목적으로, 누구를 대상으로 쓴 글인지 짐작해 보자.

> (가) 2018년 처음 공개된 GPT-1은 1억1700만개의 **매개변수**를 활용한 것으로 알려졌다. 매개변수가 많을수록 AI의 성능이 좋아진다. 2019년 공개된 GPT-2는 15억 개의 매개변수를 썼고, 2020년 공개된 GPT-3는 1750억 개로 매개변수를 100배 이상 늘렸다.
>
> GPT-3는 거의 인간에 준하는 수준의 이해력과 문장력을 갖춘 글을 선보여 전세계에 큰 충격을 안겼다. '사피엔스'의 유발 하라리는 GPT-3에게 '사피엔스' 10주년판 서문을 작성하도록 했는데 유발 하라리가 직접 썼다고 해도 손색없는 수준의 글이 나왔다. 유발 하라리는 AI가 쓴 서문에 대해 "글을 읽는 동안 충격으로 입을 다물지 못했다"며 "AI 혁명이 전세계에 휘몰아치고, 이 혁명은 우리가 알던 방식의 인류 역사가 끝났다는 신호를 보내고 있다"고 평가했다.
>
> — 이종현, 「"구글의 시대 끝났다" 평가 나온 Chat GPT··· AI 대화가 검색 대체할까」,
> 『사이언스 조선』, 2022. 12. 6.

(나) GPT-2와 GPT-3 모형은 OpenAI가 개발한 언어모형으로서, GPT-2는 2019년 2월, GPT-3는 2020년 5월 발표되었다. GPT-2나 GPT-3는 기본적으로 작문 기능을 수행할 수 있도록 설계되어 있다는 점에서 구글의 BERT 모형과는 차이가 있다. 즉, 구글의 BERT 모형은 **트랜스포머 모형**의 **인코더** 부분을 확장하여 **자연어 문장**을 적절한 **벡터** 형태로 변환함으로써 **자연어** 이해 과제를 잘 해결하고자 한 것인데 비해, GPT-2나 GPT-3는 **디코더** 부분을 확장함으로써 마치 인간이 작성한 것과 같은 텍스트를 생성해 내는 것을 주된 목표로 하고 있다. …(중략)… GPT-3가 생성해 낸 문장은 인간이 직접 작성한 것과 구별이 불가능한 수준에 이르렀다는 점에서 사회적으로도 큰 반향을 불러일으켰다.

— 김병필, 「대규모 언어모형 인공지능의 법적 쟁점」, 『정보법학』 26(1),
2022, 185~186쪽.

(다) 2018년 기계번역 분야에 **트랜스포머 구조**가 도입되고, 이어서 바로 트랜스포머의 자기주의 기구(self-attention mechanism)를 이용한 **사전학습 언어모델**(**PLM**)인 GPT와 BERT가 발표되었다. 심층학습이 **NLP**에 도입된 이래 가장 큰 과제였던 대용량 데이터세트 준비에 요구되는 시간과 비용을 해결하는 획기적 방법이 제시된 것이다. 단일언어 **코퍼스**를 사용하여 **자기 지도학습**으로 특정 **태스크**와 독립적으로 언어모델을 사전 학습시키고, 사전학습된 언어모델의 출력 부분을 수정하여 특정 태스크를 구성하고, 중소용량의 **데이터세트**만으로 세부 조정을 하면 높은 성능을 얻을 수 있다는 것이 핵심이다. 이후 PLM에 대한 많은 연구들이 진행되어, 2020년 OpenAI는 1,750억 개의 **파라미터**를 가진 GPT-3를 발표하였고, 한국의 Naver도 GPT-3에 기반한 한국어 hyperCLOVA를 발표하였다.

— 지인영·김희동, 「대형 사전학습 언어모델 연구에 대한 고찰」,
『담화와 인지』 28(4), 2021, 145~146쪽.

위 글은 동일한 화제(GPT-3)의 글로, 각각 독자에 따라 전문용어의 사용 양상이 다르다. (가)는 일반인을 대상으로 한 과학 잡지의 에세이의 일부이며, (나)는 법학 전공자가 과학 기술 관련 법제화를 주제로 쓴 논문의 일부이다. (다)는 언어인지와 관련한 정보통신기술학회지 논문의 결론 부분으로 전공자들의 지식 소통을 위한 논문이다.

특정 집단이 아닌 일반인을 대상으로 하는 (가)에서 사용된 전문용어는 '매개변수'[2], 'AI' 정도이다. '매개변수'의 정확한 의미를 잘 모르더라도 독자는 뒤에 이어지는 문장인 '매개변수가 많을수록 AI의 성능이 좋아진다.'를 통해 글의 화제인 GPT-3의 성능 향상의 정도를 양적으로 파악할 수 있다. (나)와 (다)에서 '파라미터'라는 용어가 '매개변수' 대신 사용된다. 논문의 일부인 (나)와 (다)는 전문가를 대상으로, 혹은 혹은 동일 학문 공동체 구성원을 독자로 한 글쓰기 결과물이기에 (가)보다 많은 전문용어가 사용되는 것을 확인할 수 있다. (나)와 (다)의 전문용어는 간략한 의미가 본문에 기술되기도 하지만 '자연어'[3], 'NLP'[4]처럼 독자가 해당 용어의 의미를 알고 있다는 것을 전제로 사용되는 경우가 많다.

이처럼 전문용어를 사용하여 글 전체의 전문성과 객관성을 부여할 때는 독자를 고려한 어휘 사용 전략이 필요하다. 전문가 집단의 독자를 대상으로 하는 경우는 전문용어가 해당 분야의 지식 개념을 정확하게 전달하는지를 고려해야 하며, 비전문가 집단이나 입문자의 독자를 대상으로 하는 경우는 부가적인 설명이나 정의가 필요한 단어가 무엇인지, 맥락에 맞는 대체 용어를 고려해야 한다.

특히 외래어를 차용한 전문용어는 독자의 이해를 돕기 위해 번역이 필요한 때가 있다. 이 경우 오개념이 생기지 않는 범위에서 적절한 대체어를 선택해야 하며, 학계나 언론 등에서 통용되는 번역어가 있다면 이를 확인하고 활용해야 한다. 아래의 사례가 그 예이다.

- ICM(Intra-Cluster Medium) : 은하단 내 매질, 은하단 내 물질, 은하단 내부 물질
- 코퍼스(corpus) - 말뭉치
- 펜트업(pent-up) 효과 - 수요 분출 효과
- 글루콘산- 포도당산

---

2 두 개 이상의 변수 사이의 함수 관계를 간접적으로 표시할 때 사용하는 변수
3 컴퓨터 언어(C++, Java 등)와 같은 인공어의 상대되는 개념으로 인간 원래의 언어를 말한다.
4 NLP는 '자연어 처리(Natural Language Process)'의 약자이다.

(2) 정확한 의미를 따지며 전문용어 사용하기

전문용어의 의미는 특정 분야의 전문적 개념을 응축적으로 담고 있다. 전문용어를 학술적 글쓰기에서 적극적으로 활용하기 위해서는 해당 분야의 지식 체계와 정확한 개념 파악이 전제되어야 한다.

다음의 사례를 보자. 표준국어대사전에서는 금융 관련 용어인 '대출'과 '여신(與信)', '수신(受信)'을 아래와 같이 간단하게 제시한다.

> • 대출(貸出): 돈이나 물건 따위를 빌려주거나 빌림.
> • 여신(與信): 금융 기관에서 고객에게 돈을 빌려주는 일.
> • 수신(受信): 금융 기관이 거래 관계에 있는 다른 금융 기관이나 고객으로부터 받는 신용.

'대출'과 '여신'은 모두 '돈을 빌리다'는 의미이다. '대출'은 개인과 개인 사이, 기관이나 개인, 기관과 기관 등 돈이나 물건을 빌려주고 빌려 받는 일을 포괄적으로 의미하나, '여신'은 돈을 빌려주는 주체가 '금융기관'일 때만 사용한다. 즉, 개인이 아닌 은행이 누군가에게 돈을 빌려주는 일을 말한다. '수신'은 '여신'의 반대말이다. '수신' 역시 그 주체가 금융기관이며, 금융기관의 입장에서 고객에게 받는 신용이란 곧 고객의 예금이나 적금이 된다. 경제 관련 뉴스 기사 등에서 '대출 규제', '여신 규제'라는 말을 구별하여 사용하는 것은 그 주체를 명확하게 하기 위해서이다. '대출', '여신', '수신' 등의 단어를 사용하기 위해서는 이들 단어의 개념에 포함된 다소 복잡한 의미 관계를 고려하여 사용해야 한다.

전문용어의 정확한 의미는 해당 분야의 지식 체계와 개념에서 결정된다. 일상에서 사용되는 단어가 전문적인 개념을 얻어 다의어로 사용되며, 복잡하고 추상적인 개념을 이해하기 위한 인지적 부담을 덜어주기도 한다. 다음의 세 가지 단어의 용례에서 전문적인 개념을 포함한 사례를 찾고, 각 용례가 사용된 분야와 의미를 생각해 보자.

전문적인 개념을 나타내기 위해 사용된 경우, 일반적으로 알고 있던 뜻과 어떤 점에서 유사하고, 어떤 점에서 다른지 생각해 보자.

힘	마찰	인식(認識)
• **힘**이 세다, **힘**을 합치다. <u>힘</u>이 커지다 • **힘**이 작용하다.[5]	• 무역으로 인한 **마찰**이 점점 커지고 있다. • 올해의 3%의 실업률은 이직과 구직 등 직업탐색 과정에서 발생하는 **마찰**적 실업 등을 제외하면 사실상 완전고용 수준이다.[6]	• 환경에 대한 **인식**이 부족하다. • 부채 **인식** 기준[7]

이들 단어는 특정 분야의 지식 체계와 개념에서 의미를 얻기 때문에 함께 쓸 수 있는 표현이 제한적이다. 과학에서의 '힘'의 개념을 고려하면, '힘이 세다', '힘이 들다' 등의 표현은 사용할 수 없다. 전문적인 의미를 나타내는 용어를 사용할 때는 이러한 제한적 사용을 함께 고려해야 한다.

(3) 전문용어의 은유성 활용하기

일상에서 사용되는 단어가 전문용어로 사용되는 것은 의미적 유사성을 활용한 은유적 표현이다. 흔히 '은유'는 문학에서 사용되는 수사법이라 생각하기 쉽다. 그러나 은유적 표현의 방식은 다양한 분야에서 특정적인 개념이나 현상을 전달하기 위해 활용되는 방식이다. 문학에서 은유가 창의적 발상을 통해 언어의 참신한 표현에 기여

---

5 물리학에서 사용되는 경우이다. 물리학에서 힘은 물체의 운동, 방향 또는 구조를 변화시킬 수 있는 상호작용을 말한다.
6 '마찰적 실업'은 근로자가 새 직장을 찾거나 직장을 옮기는 과정에서 일시적으로 발생하는 실업을 의미하는 경제 분야의 용어이다.
7 '인식(認識)'은 회계 분야의 용어이다. 기업에서 일어나는 여러 활동 중 회계 기록의 대상이 되는 활동을 식별해 내는 것을 의미한다.

한다면 논리적 표현이나 학문 분야에서 은유는 지식을 구성하고 개념을 효과적으로 전달하는 역할을 한다.

특히 과학자들은 이러한 은유적 표현을 자신이 발견한 지식에 이름을 붙일 때 많이 활용한다. 다음의 명명이 과학적 개념의 이해에 어떻게 도움이 될지 생각해 보자.

- **해파리 은하**(Jellyfish galaxy)
- DNA의 **이중나선**(double helix) 구조
- **초끈**(superstring theory) 이론
- 유전자 **해독**

이러한 은유적 표현의 어휘는 그 단어나 구의 의미를 이해하는 데 머무는 것이 아니라, 글 전체의 서술 방식에도 활용될 수 있다. 특히 눈에 보이지 않는 추상적인 개념이나 당장 눈앞에서 확인할 수 없는 현상 등을 다른 구체적 대상에 빗대어 설명하여, 어려운 개념의 핵심을 쉽게 전달할 수 있다. 아래의 예시 글에서 이를 확인해 보자.

해파리는 참 특이한 동물이다. 눈도 지느러미도 없다. 바다에 떠다니는 비닐봉지처럼 물살에 몸을 의지한 채 부유할 뿐이다. 수족관에서 무념무상한 듯 두둥실 떠다니는 해파리들의 모습은 참 오묘하다.

저 멀리 어두운 우주에도 거대한 해파리들이 기다란 촉수를 뒤로 늘어뜨리며 두둥실 떠다니고 있다. 우주는 하나의 거대하고 아름다운 수족관이다. 수족관 곳곳에 다양한 물고기들이 살고 있듯 거대한 우주 곳곳에도 다양한 은하들이 서식하고 있다.

가끔 바닷속에서 크고 작은 물고기들이 떼를 지어 모여 있는 것을 볼 수 있다. 이와 마찬가지로 은하들도 서로 중력에 이끌려 한데 모여 있는 지역이 있다. 은하들 여러 개가 모여 있는 이런 지역을 은하단(Galaxy cluster)이라고 한다. 이 거대한 은하 안에서 헤엄치며 그 뒤로 자신의 물질을 길게 흘려보내는 '우주 해파리'가 있다. 이런 모양의 은하들을 '해파리 은하(Jellyfish galaxy)'라고 부른다.

— 지웅배, 「우주에도 '해파리'가 있다?!」, 『비즈한국』, 2019. 6. 5.

2. 시각 자료의 활용

　머릿속의 관념은 주로 '언어'를 통해 겉으로 드러나고 구체화된다. 그러나 오직 '언어'만이 관념을 표현하는 것은 아니다. 면대면의 대화 상황에서는 몸짓과 표정 등을 동반하여 대화의 전체 의미가 만들어진다. 한 편의 글, 텍스트 역시 '문자 언어'만이 주된 관념 표현의 수단은 아니다. 추상적인 글의 내용에 대해 생생한 표현 효과를 더하기 위해 그림이나 사진, 음성이나 영상을 이용하는 등 '문자' 외에도 다양한 '양식 (mode)'이 텍스트의 의미를 구성한다. 이처럼 의미를 구현하는 자원을 양식(mode)이라고 한다. 목소리는 청각 양식(aural mode)이고, 글쓰기는 우리가 쓰는 언어를 바탕으로 한다는 점에서 언어적 양식(linguistic mode)다. 그림은 무엇일까? 시각 양식(visual mode)이라고 생각했으면 아주 훌륭하게 추론한 것이다.

　오늘날 디지털 기술을 기반한 새로운 매체가 발전하는 등 글쓰기 환경이 변화함에 따라 다양한 양식이 글쓰기에 더욱 적극적으로 활용되고 있다. 전통적으로 시각 자료는 글을 풍성하게 하는 요소였으며, 음악을 삽입한 책이나 글도 어렵지 않게 찾아볼 수 있다. 나아가 온라인 상의 문서는 영상을 직접 참조자료로 삽입하여 독자의 이해를 돕고 있다. 이처럼 다양한 양식이 글에 활용된다는 점에서 오늘날 글쓰기에서 복합양식성 (multimodality)은 일반적인 특징으로까지 변했으며, 따라서 복합양식 의사소통(multimodal communication) 상황을 염두에 두고 작성하는 것이 효과적인 글쓰기 전략이 될 수 있다.

글쓰기 과정에서 적극적으로 활용될 수 있는 대표적인 복합양식은 시각 자료이다. 시각 자료는 사진이나 그림을 활용하여 필자의 의도를 효과적으로 전달하는 전략적 수단이다. 특히 학문적 지식에 대한 자신의 견해를 논리적으로 드러내는 학술적 글쓰기에서 시각 자료는 사진이나 그림 외에도 표나 그래프 등을 활용할 수 있다. 복잡한 정보나 방대한 통계 자료를 효과적으로 전달할 수 있는 수단이 되기 때문이다.

1) 표

정확하고 체계적으로 전달하기

표는 자료의 내용을 정확하게, 체계적으로 전달할 수 있는 자료이다. 많은 양의 내용을 그대로 기술하는 것이 아니라, 글의 목적과 주제에 따라 내용을 요약하고 분류·분석하여 재구성하여 만든다.

다음은 장애인차별금지법 제4조에서 규정하고 있는 차별 행위를 그 유형에 따라 구분하여 표로 정리한 것이다.

장애인차별금지법 법률 제4조
(국가법령정보센터 참조)

김예진, 「인공지능에 의한 자동화된
의사결정의 위험성 -장애인 채용을 중심으로-」,
『LAW & TECHNOLOGY』 18 (1),
2022, 37~57쪽.

위의 법조문은 6개의 항목으로 구분되어 있으며 항목의 내용을 금세 파악하기에는 다소 장황하다. 우측의 표는 이를 4가지 유형으로 구분하여 그 세부 내용을 재구성한 것이다. 이때 행의 기준이 되는 항목은 글의 목적과 주제를 반영하여 구분한 것이다. 이처럼 긴 내용을 요약하여 표로 제시할 때는 특정한 기준에 따라 행과 열로 구분할 항목을 범주화하고 그 내용을 체계적으로 정리하여 표로 구성해야 한다. 주의해야 할 것은 표로 구성하는 과정이 단순히 기존 자료의 물리적 양을 줄이는 것이 아니라는 것이다. 표로 체계화하되 글의 전체 의도와 목표에 맞게 구성해야 한다는 것을 염두에 두어야 한다.

복잡한 수치 데이터 역시 아래와 같이 표로 나타낼 수 있다.

| 표 Ⅳ-1-1 | 연도별 학교급별 설립별 학급당 학생 수(1985~2022)

(단위: 명)

	유치원			초등학교			중학교			고등학교		
	전체	국·공립	사립	전체	국·공립	사립	전체	국·공립	사립	전체	국·공립	사립
1985	34.5	33.4	35.5	44.7	44.5	55.1	61.7	61.1	63.1	56.9	55.4	58.0
1990	28.6	22.2	32.8	41.4	41.3	48.1	50.2	49.7	51.6	52.8	51.3	53.8
1995	28.5	21.2	31.5	36.4	36.4	42.5	48.2	47.9	48.9	47.9	46.7	48.8
2000	26.3	21.0	28.4	35.8	35.7	36.3	38.0	38.1	37.9	42.7	41.7	43.5
2005	24.2	19.3	26.2	31.8	31.8	32.2	35.3	35.4	34.7	32.7	32.2	33.2
2010	21.0	17.8	22.2	26.6	26.6	30.1	33.8	33.9	33.6	33.7	33.1	34.5
2011	20.9	17.3	22.3	25.5	25.4	29.6	33.0	33.0	33.0	33.1	32.5	33.9
2012	21.6	16.9	23.3	24.3	24.3	29.2	32.4	32.4	32.5	32.5	31.9	33.3
2013	21.5	17.3	23.1	23.2	23.2	28.7	31.7	31.7	32.0	31.9	31.3	32.7
2014	19.7	17.1	20.7	22.8	22.7	28.3	30.5	30.4	30.9	30.9	30.3	31.7
2015	20.0	17.4	21.0	22.6	22.5	28.0	28.9	28.8	29.2	30.0	29.4	30.8
2016	19.7	17.4	20.5	22.4	22.3	27.7	27.4	27.4	27.6	29.3	28.7	30.2
2017	19.0	16.6	20.0	22.3	22.2	27.5	26.4	26.4	26.4	28.2	27.6	29.0
2018	17.9	15.8	18.8	22.3	22.2	27.2	25.7	25.8	25.6	26.2	25.7	27.1
2019	17.0	15.3	17.8	22.2	22.1	27.2	25.1	25.2	24.8	24.5	24.0	25.2
2020	16.7	14.4	17.9	21.8	21.7	27.2	25.2	25.3	25.0	23.4	23.0	24.0
2021	17.5	13.6	19.9	21.5	21.5	27.5	25.5	25.5	25.3	23.1	22.8	23.5
2022	16.7	12.4	19.6	21.1	21.0	27.9	25.0	25.0	25.0	22.6	22.4	22.9

주: 학급당 학생 수 = 학생 수 / 학급수 (학급수는 2021년부터 편성학급으로 변경됨, 2020년까지 인가학급 기준)(이하 동일).

교육부·한국교육개발원, 『교육통계분석자료집—유초중등교육통계편』, 2022.

수치 데이터를 나타내는 표 본문에는 양과 수치가 들어간다. 수치 데이터 역시 글의 목적, 주제와 관련하여 수치가 의미하는 내용을 행과 열의 항목 명칭으로 구성하여 만든다. 이렇게 많은 양의 수치를 표로 나타내면, 항목에 따른 정확한 수치를 확인하거나 비교할 때, 원하는 수치를 별도로 파악할 때 유용하다.

수치 자료를 표로 나타낼 때는 측정 단위를 표시하는데, 행 제목에 포함하거나, 표의 우측 상단에 별도로 표시하기도 한다. 또 수치의 전체 합계를 표의 마지막 행이나 첫 번째 행, 혹은 가장 우측 열에 포함하기도 한다. 표 상단에는 표 내용을 한마디로 표현한 제목을 반드시 붙여야 하며, 표 제목에 일련번호를 붙인다. 본문에서 표의 내용을 기술할 때는 부여한 번호를 언급하여, 예를 들면 "〈표 1〉에서 보듯"과 같이 기술해야 한다. 표의 작성은 엑셀 등 스프레드시트를 활용하면 편리하게 작성할 수 있다.

2) 그래프

자료를 통해 알 수 있는 특성을 한눈에 나타내기

표가 복잡한 자료를 간결하면서도 정확하게 확인할 수 있는 장점이 있다면, 그래프는 표에서 확인하기 힘든 데이터의 경향성이나, 추이, 분포, 주기 등을 한눈에 확인하게 한다. 복잡하게 기술된 내용의 경우 그래프를 제시하면 그 특성을 쉽게 파악할 수 있고 항목과 수치를 쉽게 비교할 수 있다.

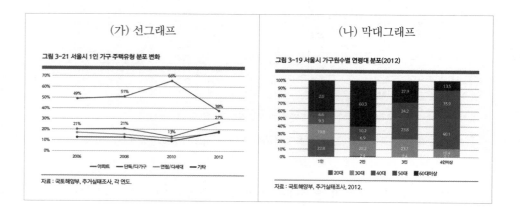

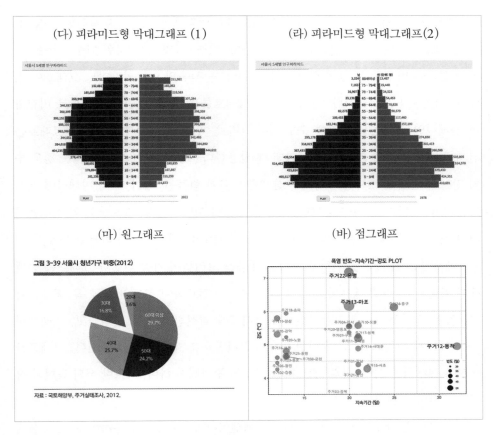

그래프 출처: 서울연구데이터서비스(https://data.si.re.kr/data)

그래프의 종류에는 선, 점, 막대, 원그래프 등이 있으며 목적에 따라 그 유형을 선택할 수 있다.

선그래프는 수치를 나타내는 점을 이어 그리는 것으로, 주로 시간의 변화에 다른 수치 변화를 나타내는 데 사용된다. (가)와 같이 시간을 변수로 하여 그 수치를 점으로 찍고 선으로 연결하여 그 추이를 표현할 수 있다. (나)~(라)는 막대그래프이다. 선그래프를 작성하기 위한 수치를 막대로 나타내면 막대그래프가 되며, 수치의 양적 비교를 위해 사용한다. 따라서 막대그래프도 추이 변화에 활용될 수 있지만, (나)와 같이 시간 외에도 연령을 변수로 함께 나타내기 위해 누적형으로 나타내기도 한다. 연령을 색으로 구분하여 그 분포가 연도별로 어떻게 달라지는지 확인할 수 있다. 막대그래프는 (다)처럼 피라미드로 응용하여, 연령, 성별 등의 하위 범주에 따른 수치를 한눈에 비교할 수 있게 한다. (다)는 2022년 서울의 인구피라미드 그래프이며, (라)는 1978년 그래프이다. 연도에 따른 그래프를 두 개를 그려 시각적으로 비교하며 전체적인 경향성을 비교할 수도 있다. (라)는 원그래프의 사례이다. 원그래프는 전체에 대한 각 부분의 비율을 나타낼 때 활용한다. 원그래프는 변수가 많을 경우 수치 정보의 절댓값 표시나 데이터의 상세한 비교가 힘들 수 있어, 표와 병행하여 제시하는 경우가 많다. (바)는 점그래프, 산점도 그래프라고 한다. 좌표상의 위치로 표시되기 때문에 데이터의 분포를 확인하면서도 항목 간의 상관관계를 파악할 수 있다.[8]

그래프를 그릴 때는 표현하고자 하는 내용을 고려하여 가장 적절한 그래프를 선택해야 한다. 작성할 그래프의 자료가 되는 수치를 검토하여 척도와 눈금 폭, 최댓값과 최솟값을 결정하여 그래프를 그린다. 그래프에 적절한 제목을 결정하고, 그래프의 위나 아래에 배치한다. 표와 마찬가지로 일련번호를 제목에 함께 붙인다. 그래프를 작성시 데이터를 왜곡, 과장, 위조하지 않도록 주의해야 하며, 과도한 색의 표현과 장식에 집착하지 않도록 한다.

통계 자료 등의 1차 자료가 마련되면, 엑셀이나 SPSS 등을 활용하여 비교적 쉽게 그래프를 그릴 수 있다. 대규모 자료의 경우 R이나 Python과 같은 프로그래밍 언어를 활용하여 그래프나 시각적 자료를 만들기도 한다. R이나 Python은 반응형 그래프(Interactive graph)도 구성할 수 있어, 인터넷 매체 환경에서 유용하게 활용할 수 있는 그래프를 만들 수도 있다.

---

8 제시된 그래프는 서울연구데이터서비스(https://data.si.re.kr/data)에서 제공하는 자료로, R을 활용한 반응형 그래프이다.

표	그래프
• 복잡하고 장황한 자료, 수치 등을 체계적으로 정리하는 도구 • 통계 자료나 실험 결과의 많은 양의 데이터를 정확한 수치로 제시, 한 번에 전달 • 양과 수치 비교, 특정 부분을 파악할 때 유리	• 표에서 파악하기 힘든 경향성, 동향, 추이, 분포, 주기 등을 한눈에 파악 • 복잡하고 어렵게 기술된 내용도 그래프를 통해 쉽게 이해 가능 • 항목별 관계, 특징 비교에 용이 • 목적별로 다양한 유형으로 구성 가능

〈표와 그래프의 비교〉

표나 그래프로 나타낸 자료는 논리적 주장을 뒷받침하는 강력한 근거가 될 수 있다. 각종 보고서나 논문 등의 글에서 객관적인 데이터를 활용한 표나 그래프를 넣는 것만으로는 글 전체 주제를 뒷받침하는 근거가 되기 어렵다. 자료의 내용을 종합적으로 기술하고, 주목해야 할 수치와 이에 대한 견해를 언급해야 한다.

▶ **연습문제 18 (부록 283쪽)** ◀

자료를 비판적으로 보기

논리적 주장을 담은 글이 설득력을 가지려면 근거가 있어야 하는데, 근거 중 가장 강력한 것이 '팩트'라고 불리는 객관적 사실이다. 그리고 객관적 사실로서 흔히 사용되는 것이 통계수치이다. 그런데 통계수치는 다양하게 해석될 수 있고 오남용되기 쉽다. 글쓴이들은 흔히 자신의 주장을 정당화하기 위해 통계를 왜곡하거나 일면적으로 활용한다. 우리는 통계를 비판적으로 읽을 줄 알아야 한다.

1. 수치의 진짜 의미를 생각해야

통계수치는 절대 수치와 상대 수치로 나눌 수 있다.[9] 절대 수치는 관심 대상을 계측한 수치 자체를 말한다. 내 시험점수 90점, 우리나라 평균수명 83세 같은 것이 절대 수치이다. 상대 수치는 무언가에 대한 비교값이다. 내 수능점수가 3등급이라거나 우리나라 평균수명이 미국보다 5%가량 길다거나 하는 예를 들 수 있다. 흔히 쓰는 상대 수치로는 비율, 백분율(퍼센트: 비율에 100을 곱한 것), 비(比) 등이 있다.

절대 수치는 비교값이 아니라는 한계가 있다. 내가 시험에서 90점을 받았다고 해도 우리 반에서 얼마나 잘한 것인가는 알 수 없다. 그래서 주장의 근거로는 절대 수치보다 상대 수치가 더 많이 활용된다. 특히 백분율이 많이 쓰인다. 그러나 상대 수치는 비교값이기 때문에 실제 의미가 잘못 해석될 가능성이 있다.

"우리 대학 학생 중 자살자 수가 작년에 100%나 증가했다. 시급히 대책을 마련해야 한다."

이 말은 맞는 것일 수 있다. 그러나 100% 증가했다는 것이 실제로는 1명에서 2명으로 늘어난 것이라면, "시급히 대책이 필요하다"라는 말은 과장일 수 있다. "우리 회사 이익률이 두 배로 뛰었다. 우리 회사가 잘 나가고 있다." 이 말도 사실은 이익률이 1%에서 2%로 1%포인트 증가한 것에 불과할 수 있다.

---

9 찰스 윌런 지음, 김명철 옮김, 『벌거벗은 통계학』, 책읽는수요일, 56쪽을 참조함.

치료방법	사망자(콜레스테롤 수치가 높은 1,000명당)
A 투약	32명
가짜 약 투약	41명

〈표 1〉 A약의 임상실험 결과

좀 더 미묘한 과장도 흔히 볼 수 있다. 〈표 1〉은 콜레스테롤 수치가 높은 사람들에게 A라는 약을 처방한 임상실험 결과이다.[10] 이 결과는 "A가 사망위험을 22% 감소시킨다"라는 주장의 근거로 사용된다. 이 주장은 틀린 것은 아니지만(32/41=0.78), 콜레스테롤 수치가 높은 1,000명 중 22명 정도의 사망을 막아주는 효과가 있다는 인상을 준다. 그러나 실제로 1,000명당 9명(41-32)의 사망을 막아준 것이다.

2. 비교가능한 수치인가?

수치를 근거로 집단 간, 시기별 비교평가를 할 때는 비교 가능성에 유의해야 한다. 비교 불가능한 수치를 비교하여 부정확하거나 틀린 주장을 하는 예를 흔히 볼 수 있다.

"우리나라 기업의 평균 경상이익률이 5%인데 우리 회사는 10%를 기록했다. 우리 회사 경영진을 칭찬하고 보너스를 많이 줘야 해."

전체 기업 평균에 비해 이익률이 두 배이면 잘한 것이지만, 경영진이 잘했는가를 제대로 평가하려면 동종 업체들과 비교해야 한다. 만일 동종 업체들의 평균 경상이익률이 12%라면 우리 회사 경영진은 못한 것이다.

"과거보다 암 발생률이 크게 높아졌다. 현대의 생활습관과 먹거리가 암을 유발하고 있다."

이 말도 어느 정도는 타당하다. 그러나 암 발생률이 높아진 것은 진단 기술이 발전하고 검사를 받는 사람이 크게 늘었기 때문일 수 있다. 과거엔 사람들이 암에 걸린 줄 모른 채 살

---

10 이하 내용과 〈표 1〉은 게르트 기거렌치 지음, 전현우·황승식 옮김, 『숫자에 속아 위험한 선택을 하는 사람들』, 살림, 53쪽 일부 내용을 이 책에 맞게 수정한 것임.

면서 그냥 낫기도 하고, 암으로 죽어도 사망원인이 암인 줄 모르는 경우가 많았다. 또한 평균수명이 늘어난 것도 중요한 요인이다. 나이가 들수록 암에 걸릴 확률이 현저히 높아지기 때문이다. 이런 점을 무시하고 과거와 현재의 암 환자 수를 그냥 비교해서는 곤란하다.

상대 수치를 비교할 때는 비교기준, 또는 '분모'가 비교가능한 것인지 따져보는 것이 특히 중요하다. 미국-스페인 전쟁 동안 미 해군의 전사율은 천 명당 9명이었다. 그런데 같은 기간 뉴욕시 사망률은 천 명당 16명이었다. 미 해군 징병관들은 이 숫자를 근거로 해군 입대가 뉴욕에 사는 것보다 안전하다고 선전했다. 그러나 이런 비교는 타당하지 않다. 사망률 계산의 분모가 되는 두 집단이 비교불가능하기 때문이다. 해군은 대부분 건강한 청년들로 구성된 것에 비해 뉴욕시민 중에는 노인이나 환자도 많이 포함되어 있었다.[11]

시기별 비교에서는 비교기준 시점을 잘 따지는 것이 필요하다. "지난 10년간 정기예금 평균 이자율은 4%였는데, 주가는 30%나 올랐다. 주식투자를 하지 않고 돈을 은행에 넣어두는 사람은 바보다." 이 말도 잘 따져봐야 한다. 만일 11년 전에 주가가 30% 폭락했었다면 지난 10년간 주가가 많이 오른 것이 아니라 12년 전 수준을 회복한 것에 불과하다.

국가간 비교에도 유의해야 한다. 나라별로 통계 작성 방법이 다른 경우가 많기 때문이다. "비정규직에 대한 차별대우 문제가 심각하다. 우리나라에서의 정규직·비정규직 간 임금 격차는 OECD 국가 중 최고 수준이다." 이런 주장도 따져봐야 한다. 나라마다 노동통계에 사용하는 '비정규직'의 정의가 다르고, '임금'에 포함되는 항목이 다르다. 또한 노동통계의 조사대상이 되는 노동자의 범위도 나라마다 달라, 전체 임금근로자를 대상으로 하는 나라도 있고 5인(10인) 이상 사업체 소속 노동자만을 대상으로 하는 나라도 있다.

3. 평균의 함정

사람들은 평균값이 집단 구성원의 전반적 상태를 잘 나타내준다고 생각한다. 틀린 생각은 아니다. 만일 한국인의 평균 키가 일본인보다 크다면 "보통의 한국 사람의 키가 보통의 일본 사람의 키보다 크다"라고 생각하는 것은 온당하다. 그러나 반드시 그렇진 않다. 집단의 평균과 구성원의 일반적 속성은 다를 수 있다.

우선 이상치(outlier)가 영향을 줄 수 있다. 어느 학교에서 1반과 2반의 지능지수(IQ) 검사를 했더니 1반의 평균 수치가 2반보다 더 높았다고 하자. 그러면 "1반 아이들의 지능지수

---

11 이 내용은 대럴 허프 지음, 박영훈 옮김, 『새빨간 거짓말, 통계』, 더불어책, 119쪽에서 인용.

가 높다"라고 생각할 수 있다. 그러나 실제로는 1반 아이들 대부분의 지능지수가 2반보다 약간 낮은데 지능지수가 현저히 높은 아이 두 명이 있어서 1반의 평균치가 2반보다 높게 나왔을 수 있다. 이처럼 '튀는' 수치를 이상치라고 한다. 이상치가 있으면 평균이 집단의 상황을 제대로 보여주지 않는다.

집단내 분포가 한쪽으로 치우친(skewed) 경우에도 평균값은 집단 구성원의 상태를 잘 대변하지 못한다. 소득이나 재산통계가 그렇다. 대개의 나라에서 국민의 다수는 소득이 낮거나 재산이 적으며, 소수가 매우 고소득자이거나 큰 부자이다. 그래서 평균값은 보통사람들의 소득이나 재산보다 높게 나타난다. 재산분포는 특히 그렇다.

이런 평균값의 한계를 보완하기 위해 활용하는 것이 중앙값(median)이다. 중앙값이란 특정 지표의 서열에서 중간에 위치하는 값이다. 소득이나 재산의 중위값이란 소득이나 재산 서열로 볼 때 딱 중간에 위치하는 사람의 소득 또는 재산액을 말한다. 이 수치는 평균값보다 낮다. 통계청이 발표하는 『가계금융복지조사』 결과에 의하면 2022년 우리나라 전가구 평균 자산은 5.4억원이다. 그런데 중앙값은 3.1억원에 불과하다.

4. 표본조사 해석하기

우리가 흔히 접하는 통계수치는 표본조사의 결과이다. 대표적인 것이 여론조사이다. 통상적인 여론조사에서는 1,000여 명의 국민을 조사하여 전체 국민의 의견을 파악한다. 표본조사는 잘 시행되면 효율적이면서도 신뢰성이 높다. 우리나라에서도 기껏 수천 명에 대한 조사를 통해 선거결과를 상당 정도 예측한다. 그러나 표본조사 결과를 해석할 때는 유의할 점들이 있다.

무엇보다 표본이 모집단을 정확히 대표하는가를 확인해야 한다. 그렇지 않은 경우가 많기 때문이다. 예컨대 우리나라 성인의 생활만족도를 알기 위해 거리에서 만나는 사람들에게 묻는다고 하자. 그러면 건강하지 못해 외출하지 않는 사람들의 의견은 배제된다. 대표성이 떨어지는 것이다.

이런 문제를 피하려면 표본이 완전히 무작위적으로 선택되어야 한다. 즉 모집단에 속한 누구나 표본으로 선택될 확률이 같아야 한다. 그러나 이것은 어렵다. 그래서 조사하기 쉽거나 활발히 응답하는 집단이 과대대표되는 일이 아주 흔하다. 전문 여론조사 회사들의 조사도 마찬가지이다. 이 회사들은 전화조사 방법을 주로 사용하는데, 전화를 잘 받는 사람들이 과대 대표된다. 여론조사 회사들은 이런 문제를 보완하는 방법을 개발하여 사용하고 있으나, 불완전하다.

표본조사에서 또 하나 유의해야 할 것은 표본오차이다. 여론조사 결과 발표를 보면 "95% 신뢰수준에서 표본오차 ±3%"와 같은 말을 흔히 듣게 된다. 95% 신뢰수준이란, 100번 중 95번의 조사결과는 동일하게 나온다는 것이다. 표본오차란 우리가 알려는 진짜 값, 즉 모집단의 값이 측정결과에서 ±3%의 범위에 있다는 것이다. 만일 김후보에 대한 지지율이 50%로 측정되었는데 표본오차가 ±3%라면 진짜 지지율은 47%~53%의 범위에 있다는 것이다. 그러므로 김후보 지지율이 50%, 박후보 지지율이 55%로 조사되었다고 해서 김후보의 지지율이 높다고 결론을 내려서는 안된다. 김후보의 진짜 지지율은 47%~53%, 박후보의 진짜 지지율은 52%~58%이므로 두 후보의 진짜 지지율은 같을 수도 있다. 그래서 이런 경우 "오차 범위 내에 있다"라고 발표해야 한다.

5. 그래프에 속지 않아야

통계수치는 흔히 그래프로 제시된다. 그런데 그래프는 종종 현실을 왜곡한다. 회사의 평판도 조사 결과 10점 만점에 우리 회사가 8.7점, A사가 8.5점, B사가 8.4점을 받았다고 하자. 이 결과를 토대로 "당사는 경쟁사들에 비해 높은 평판도를 기록했습니다"라고 하면서 〈그림 1〉의 왼쪽 그래프를 제시하면 꽤 그럴듯해 보인다. 막대그래프만 보면 우리 회사의 평판도가 경쟁사에 견주어 현저히 높아 보인다. 그러나 이것은 그림이 보여주는 착시효과이다. 평판도 점수가 0점~10점이라는 것을 정확히 반영하여 그래프를 그리면 오른쪽 그림처럼 된다. 이 그림에서는 세 회사의 평판도에 별 차이가 없다. 그래프는 눈금 간격을 어떻게 설정하는가에 따라 그 모양이 크게 달라진다는 점에 유의해야 한다.

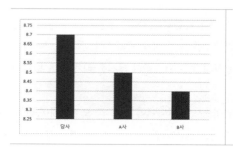 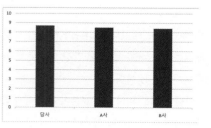

〈그림 1〉 평판도 비교 그래프

따라서 시각화된 통계 자료를 이해하거나 통계 자료를 시각화할 때에는 분석 목적에 맞는 적절한 단위가 활용되는지를 점검해야 한다.

로그 스케일(Logarithmic scale)은 산술적 증감만을 반영하는 선형 스케일(arithmetic scale)의 한계 때문에 사용되는 방식이다. 로그 스케일은 그래프의 X축 또는 Y축을 비율로 바꾸어 변화율을 비교할 수 있게 한다.

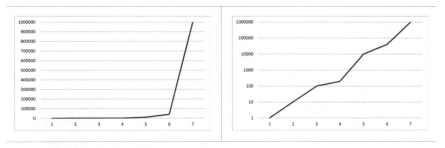

〈그림 2〉 선형 스케일 그래프와 로그 스케일 그래프 비교

위의 두 그래프는 같은 자료를 하나는 선형 스케일에 따라 작성하고, 다른 하나는 Y축을 로그 스케일로 변환한 것이다. 선형 스케일 그래프에서 그래프의 한 칸이 동일한 값을 갖는다면, 로그 스케일 그래프에서는 그래프의 한 칸이 동일한 비를 갖는다. 위의 선형 스케일 그래프에서는 1회차에서 5회차까지 유의미한 변화가 없는 것처럼 보인다. 하지만 로그 스케일로 변환한 그래프를 살펴보면 선형 스케일에서 유의미한 변화를 보여주는 6회차에서 7회차로의 변화보다 1회차에서 3회차 또는 4회차에서 5회차로의 변화가 비율적인 측면에서는 더 급격한 변화를 보인다는 점을 확인할 수 있다. 주식의 수익률 또는 작업의 성장률을 측정할 때에는 이처럼 로그 스케일 그래프가 선형 스케일 그래프보다 적합한 정보를 제공해준다.

이처럼 분석의 목적과 자료의 성격에 맞는 방식으로 데이터를 시각화한다면, 단위에 의한 착시와 착오를 보정할 수 있다. 예시로 제시한 로그 스케일은 산술적인 변화가 무척 큰 데이터에서의 변화를 비율 차원에서 효과적으로 확인할 수 있는 방법이다. 로그 스케일은 단기 데이터보다는 장기 데이터에서, 입력값과 출력값의 차이가 큰 경우에 변화를 직관적으로 파악할 수 있도록 한다. 실생활에서도 로그 스케일이 활발하게 사용되고 있다. 경제 분야에서는 S&P500 지수나 GDP의 변화를 표현할 때 사용되고 있으며, 공학 분야에서는 데시벨, 리히터 규모 등 배율에 따라 유의미한 변화가 생기는 단위에서 널리 사용되고 있다.

3) 그림과 인포그래픽

추상적인 개념을 구체화하기

그림이나 이미지는 본문의 내용을 보조하고 지원하여 독자의 이해를 돕는다. 글이 전달하는 추상적인 내용을 시각적 감각으로 구체화함으로써 전달 효과를 높이는 것이다. 아래 그림은 1953년 『네이처』에 실린 왓슨과 크릭의 논문과, 논문에 실린 그림이다.

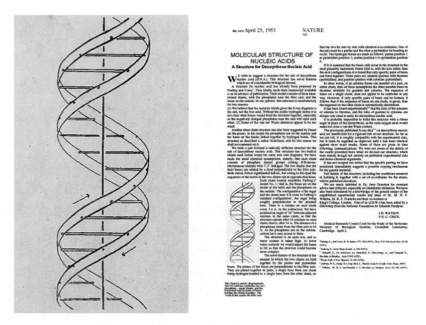

J. D. Watson & F. H. C. Crick, "Molecular Structure of Nucleic Acids：
A Structure for Deoxyribose Nucleic Acid", Nature 171, 1953, pp.737-738.

이 논문에는 DNA 이중나선 구조 스케치가 담겨 있다. 이 논문은 한 쪽 정도의 분량으로 겨우 842개 단어로 작성되었다. 왓슨과 크릭은 연구 결과를 그림(좌)으로 제시하였고, 이를 이중나선(Double Helix) 구조라 설명하였다. 적절한 그림과 이에 어울리는 명명으로 설명의 효과를 높인 것이다. 이 논문으로 왓슨과 크릭은 1962년 노벨생리의학상을 수상하기도 하였다.

그림에는 본문의 내용을 충실히 반영하면서도 의도를 담아 표현해야 한다. 그림만 제시하고 부가적인 설명이 없어서는 안 된다. 또 적절한 내용을 그림과 어떻게 배치해야 할지도 고민해야 한다.

성진우, 「인공생명체 체외배양을 준비하다」, 『과학동아』, 2023. 1, 107쪽.

위 그림은 어류와 파충류, 포유류의 초기 배아 구조의 차이를 비교하는 그림이다. 사진과 그림을 세 가지로 구분하여 나란히 제시하며 비교의 효과를 얻었다. 또 본문의 내용을 간략히 요약하여 그림과 함께 제시하여 본문 내용을 다시 한번 강조한다. 배아의 그림과 간략한 설명만을 제시할 수 있지만, 어류·파충류·포유류의 범주에 해당하는 동물의 사진도 함께 삽입했다. 어류·파충류·포유류 등의 실사를 넣어 추상적인 범주를 구체화시키고 있는 것이다.

한눈에 보이는 이야기로 만들기

단순한 그림이나 사진보다는 정보·데이터·지식을 종합한 인포그래픽(Infographics)도 시각 자료로 활용할 수 있다. 인포그래픽이란 인포메이션 그래픽(information graphics)의 줄임말로, 정보·데이터·지식 등을 시각적으로 알아보기 쉽게 표현하는 것을 말한다. 정보나 수치 등을 시각화한다는 점에서 그래프와 유사하지만, 더 방대한 데이터에서 주목해야 할 자료를 선별하여 스토리텔링을 덧붙여 시각화한다는 점에서 다르다(두경일, 「빅데이터의 효과적 시각화를 위한 인포그래픽 연구」, 『커뮤니케이션 디자인학연구』 55, 2016, 152~161쪽.).

〈사례 1〉 '내가 좋아하는 아메리카노 카페인 함량

[한국소비자원이 스타벅스·커피빈·파스쿠찌 등 시중 9개 브랜드의 아메리카노 제품 카페인 함량을 측정한 결과 브랜드별로 카페인 함량이 많기는 2배 정도 차이가 있었다고 밝혔다. 측정 결과, 아메리카노 1잔의 카페인 함량이 가장 낮은 곳은 이디야 커피(91mg)와 탐앤탐스(91mg)로 조사됐고, 가장 높은 곳은 파스쿠찌(195mg)로 카페인 함량이 낮은 곳에 비해 2배 이상 높았다. (그림 및 기사 출처 : SBS 뉴스, 2014년 7월 18일)]

〈사례 1〉의 경우 여러 커피 브랜드의 카페인 함량을 비교한 결과를 인포그래픽으로 나타낸 것이다. 표나 막대 그래프 등으로도 나타낼 수 있으나, 브랜드의 로고와 커피 컵 등으로 항목을 구분하고, 원두의 개수로 카페인 함량의 수치를 한눈에 비교할 수 있게 하여 직관적으로 내용을 이해할 수 있게 하고 있다. 또 '내가 좋아하는…'이라는 제목을 통해 스토리텔링 요소를 가미함으로써 흥미를 더한다.

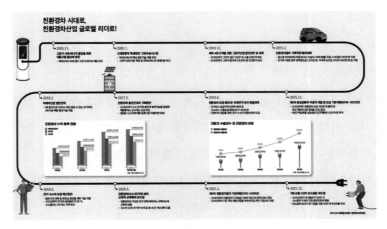

〈사례 2〉 친환경차 시대로, 친환경차산업 글로벌 리더로

(『나라경제』, 2022년 10월호)

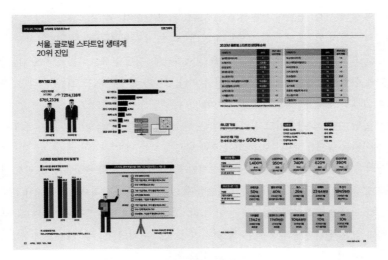

〈사례 3〉 서울, 글로벌 스타트업 생태계 20위 진입

(『나라경제』, 2021년 4월호.)

〈사례 2〉와 〈사례 3〉은 다양한 정보와 통계적 결과를 종합하여 하나의 주제를 가시적으로 보여 준다. 〈사례 2〉는 친환경차와 관련한 정책·통계·현황 등을 타임라인으로 제시하여 친환경자동차산업의 발전 현황을 보여 주고 있으며, 〈사례 3〉은 글로벌 스타트업 생태계의 20위에 진입한 서울시가 그 현황과 배경을 항목별로 시각화하여 제시하고 있다.

이 외에도 지도 등의 이미지를 활용하여 지역 정보를 담거나, 여러 가시적 정보들의 연관성과 처리 과정을 한눈에 볼 수 있게 만드는 프로세스 자료 등 인포그래픽의 유형은 주제에 따라 매우 다양하다. 또 인터넷매체 환경, 영상매체 환경에서는 동적 이미지를 포함하는 모션그래픽 형태의 인포그래픽도 있다.

인포그래픽은 포토샵·일러스트레이터·애프터이팩트 등의 프로그램으로 직접 만들 수도 있으나, 인포그래픽의 제작을 지원하는 사이트도 활용할 수 있다.[12]

인포그래픽 구성 전략(두경일, 2016)

- 숫자와 함께 시작: 정보의 객관성과 구체화를 위해 필수적
- 시각적 설득의 힘: 글의 부연 설명보다 형태·색·크기 등의 시각적 설득력을 활용
- 훅(hook)의 설정: 눈길을 끌거나, 공감을 일으키거나, 경험을 유도하는 장치를 만들 것
- 강약을 살린 리듬감: 정보의 양이 많아 길이나 크기가 커지는 인포그래픽이라면 정보 표현과 그래픽 모두 강, 약의 흐름이 있어야 한다.
- 과장 아닌 과장: 객관적이고 신뢰성이 검증된 데이터를 통해 극명한 비교를 하거나 예상을 뛰어넘는 규모를 보여주어 기억에 오래 남도록 하는 방법
- 색상의 속성 활용: 색상의 3가지 주요 속성인 색조·채도·명도의 변화를 통해 정보 변화에 따라 효과적으로 데이터를 비교하고 대조할 수 있게 색상을 전략적으로 선택해야 한다.
- 필요한 정보만 간결하게: 정보를 줄이고 디자인을 단순화하는 심플함이 아니라 무엇을 전하고 싶은지 단번에 알 수 있도록 최소의 것으로 최대의 효과를 가져올 수 있는 빠르고, 정확하며, 영향력 있는 정보만을 남길 것

---

12 인포그래픽 제작을 지원하는 사이트는 포털 검색을 통해 찾을 수 있다. 유료인 경우도 있으나 간단한 내용은 무료로 제공하는 기본 템플릿을 활용할 수도 있다.

3. ChatGPT를 활용한 글쓰기

학습 목표

· ChatGPT를 활용하여 글을 쓸 때 목적에 맞는 프롬프트를 입력할 수 있다.
· ChatGPT 역설을 이해하면서 초고를 수정할 때 주의해야 할 점을 설명할 수 있다.
· 윤리적인 생성형 인공지능 활용을 위해 ChatGPT 실습지를 기입할 수 있다.

ChatGPT에 대한 여러 별칭들

• 기술 분석가인 Benedict Evans는 ChatGPT를 두고 강의를 듣지 않은 질문에 자신 있게 대답하는 학부생과 같아서 **"아주 설득력 있는 넌센스를 쓸 수 있는 자신감 있는 헛소리꾼"**으로 보인다."고 말했다.

• 구글 전 윤리위원들은 2021년 발표한 연구 논문에서 "대형언어모델(LLM)은 화률적 정보에 따라 방대한 훈련 데이터에서 관찰한 언어 형식의 시퀀스를 우연히 꿰맞추는 시스템 (…) 의미를 되새길 필요 없는 **확률론적 앵무새**(Stochastic Parrots)"라고 지칭했다.

• SF작가 테드 창은 ChatGPT가 인격적 환상을 불러일으킬 뿐이라고 하면서, 그에 적합한 명칭은 **"응용 통계"**라고 주장한다.

1) 들어가기

• 생각해 보기 : 답변이 그때그때 달라요

ChatGPT는 미국의 인공지능 연구 조직인 오픈AI(Open AI)가 2022년 11월 30일 공개한 대화형 인공지능이다. 이미 인구에 회자되어 익숙한 이 인공지능의 성능은 확실하다. 다음은 ChatGPT에게 "ChatGPT가 무엇인지 설명해 줘."라고 묻고 얻은 답변이다.

(가) ChatGPT는 OpenAI가 개발한 큰 언어 모델입니다. 대화 텍스트 데이터 세트에서 학습되어, 주어진 프롬프트에 대해 인간 같은 대답을 생성할 수 있습니다. 언어 번역, 텍스트 요약, 질문 응답 등 다양한 자연어 처리 작업에 사용될 수 있습니다.

(나) ChatGPT는 OpenAI가 개발한 대화형 인공지능(AI) 모델입니다. 'GPT'는 'Generative Pre-trained Transformer'의 약자로, 이는 대규모 데이터를 사전에 학습한 후, 그 학습을 바탕으로 다양한 종류의 텍스트를 생성할 수 있는 알고리즘을 의미합니다. ChatGPT는 특히 대화를 생성하고 관리하는 데 특화되어 있습니다.

(다) ChatGPT는 OpenAI가 개발한 인공지능 기반의 대화 모델입니다. 이는 대량의 텍스트 데이터로 학습되어 다양한 주제에 대해 자연스러운 대화를 생성하고 이어 갈 수 있습니다. 사용자의 질문에 답하거나, 정보를 제공하고, 간단한 작문을 도와주는 등 다양한 기능을 수행합니다. 하지만, ChatGPT는 학습 데이터에 한정된 정보만을 가지고 있으며, 최신 사건이나 데이터에 대해서는 알지 못합니다.

(가)는 2023년 중순 기준, 최초 질문에 대한 답변이고, (나)와 (다)는 2023년 말 같은 질문을 한 결과이다. (나)는 최초 질문의 일부이고, (다)는 그 뒤에 보다 간결하게 해 달라고 요청한 결과물이다. 여러분은 (가), (나), (다)가 어떤 차이점이 있는지 느껴지는가? 큰 틀에서는 비슷한 설명을 하고 있지만, 어떤 부분이 변화되었거나 삭제

혹은 수정되었는가? 가령 "ChatGPT는 학습 데이터에 한정된 정보만을 가지고 있으며, 최신 사건이나 데이터에 대해서는 알지 못합니다."라는 (다)의 마지막 부분에서, 어떠한 현실의 상황들을 떠올릴 수 있는가?

• ChatGPT의 대학생의 글쓰기

ChatGPT의 등장과 함께 사람들은 글쓰기를 비롯한 다양한 영역의 능력 개발이 과연 의미가 있는 것인지 의문을 가지기도 한다. 2023년 2월 공개된 시점에서 이미 ▲ 경영(MBA), ▲회계(CPA), ▲ 법률, ▲ 의학(USMLE), ▲ 입시(SAT) 등의 분야의 실제 시험에서 상위 50~100% 정도의 성취를 이루어 냈다. 구체적으로 SAT에서 1020/1600점을 획득했으며, 구술 지능시험에서 IQ 148로 판정받았다.

ChatGPT의 근간을 이루는 GPT-3 모델이 GPT-4로 업그레이드된 시점에 이 충격은 한층 더해진다. OpenAi는 ChatGPT의 유료 구독 모델인 ChatGPT Plus를 공개하면서 기존에 지적되었던 문제점을 상당 부분 보완했다. ▲ 활용 모델을 GPT-3.5에서 GPT-4로 업그레이드하면서 결과물의 수준이 비약적으로 향상되었다. 단적으로 GPT-3.5가 변호사 시험에서 하위 10%의 성적을 거두었다면, GPT-4는 상위 10%의 성적을 거두었다고 알려진다. ▲ 한 대화에서 처리할 수 있는 분량(토큰)이 많아졌다. 이는 ChatGPT가 앞선 대화의 맥락을 더 많이 기억하고, 더 풍부한 답변을 산출할 수 있음을 뜻한다. ▲ 사실이 아닌 정보를 사실처럼 출력하는 환각(hallucination)에 대한 방지책 또한 강화되었다.

이처럼 자연어로 소통하면서 원하는 결과물을 도출할 수 있는 ChatGPT의 영향력은 재차 강조하는 것조차 새삼스럽다. 현재에도 ChatGPT는 이미지 출력과 같은 멀티모달 기능을 제공하며, 앞으로도 생산 가능한 콘텐츠의 범위와 정밀함은 발전을 거듭할 것이다. 따라서 현재 수준에서 ChatGPT의 의의나 한계를 논하는 일 또한 큰 의미를 찾기 어렵다. 더욱이 비단 글쓰기만은 아닌 정보검색, 시나리오 제작, 언어학습, 프로그램 개발 등 광범위한 영역에서 ChatGPT가 활용되는 실정을 두고 볼 때, ChatGPT를 글쓰기에 활용하는 일이 학생들에게 특이하거나 도전적인 행위라고 볼 수도 없다. 우리 대학에서 실시한 2023학년도 〈교양교육만족도조사〉 및 〈ChatGPT 활용 글쓰기 수업 커리큘럼 및 수업 모델 개발 연구〉에 따르면 ChatGPT를 활용해 필요한 결과물을 산출할 수 있다고 응답한 학생이 69.4%이며, 글쓰기에 도움이 된다고 인식한 학생의 비율 또한 63.8%에 달했다.

따라서 이 장에서는 ChatGPT를 대학 글쓰기에 활용하는 방법을 함께 살펴본다. 앞서 서술한 것처럼 ChatGPT를 비롯한 챗봇형 생성AI들의 활용 양상은 계속 변화하겠지만, '글쓰기'라는 구체적인 맥락 속에서 알아 두어야 할 기본적인 지식과 태도를 학습하는 것이 이 장의 목표이다.

2) ChatGPT를 활용해서 글쓰기

(1) 글 나와라 뚝딱

초보적인 수준에서 ChatGPT를 글쓰기에 활용하고자 할 경우, 원하는 결과물을 채팅창에 입력하고 그 신통치 않은 결과에 실망하는 경우가 적지 않다. 예컨대 "성장하는 K-POP 아이돌 팬덤 문화"를 다룬 비평문이나, "중·고등학교 우수 축구팀과 비우수 축구팀의 경기력 특성 비교" 분석 결과, 또는 "장애인 보조 기구 복지 개선 및 발전 방향"에 대한 리포트를 요청하면, 평이하고 전형적인 내용을 보게 될 가능성이 높다. 요컨대 ChatGPT는 "자율주행차 사고의 원인"에 대해서 포괄적인 일반론은 잘 설명할 수 있지만, "최근 일어난 자율주행차 사고의 원인을 분석하여 마련한 대책"을 잘 대답한다고 자신하기는 어렵다. 즉, 여기서 우리는 특정한 목적과 맥락, 그리고 그에 따른 관점이 포함된 글쓰기를 다루고 있다. 이 경우 프롬프트를 다듬는 것이 ChatGPT를 잘 활용하는 방법이 된다.

(2) 프롬프트 다듬기

프롬프트란 ChatGPT와의 대화 화면에서 입력하는 명령어, 우리가 ChatGPT에게 하는 질문이나 요구 등을 지칭한다. 즉, 우리는 프롬프트를 통해 ChatGPT에서 우리가 원하는 것을 얻어 내고자 한다. 따라서 적절한 프롬프트를 입력해야만 ChatGPT를 최대한 활용할 수 있는 것이다.

좋은 프롬프트의 요령은 여러 가지가 있지만, 크게 보아 '구체성'이라는 키워드로 집약된다. 질문을 얼마나 구체적으로 하느냐에 따라 답변의 구체성도 크게 달라진다. 특정한 목적과 맥락, 그리고 그에 따른 관점이 포함된 글을 쓰기 위해서는, 그에 상응하여 프롬프트를 다듬어야 한다. 현재 널리 알려진 프롬프트의 요령은 다음과 같다.

① 구체적으로 지시한다

ChatGPT의 답변에서 좀 더 구체적인 부분을 파고들어 질문한다. 가령 최초의 답변 다음 "~에 대해 더 자세히 설명해 줘."라거나 "그 ○○로는 뭐가 있을까?"라고 거듭해서 설명을 요구하는 것이 좋다. 나아가 작성하려는 글의 장르·목적·대상·상황 등을 모두 적어 주면서 요구사항을 분명히 한다. 줄글 형식이어도 좋고, 개조식으로 항목을 나누어도 무방하다.

짜장면에 대해 써 줘 (X)

주제 : 대한민국 짜장면 도입의 역사
장르 : 대학생 과제
5단락으로 구성하되 1단락에서는 시사적 이슈로 도입부를 작성

---

② 역할을 부여한다

일정한 역할을 부여하는 것도 지시를 구체화하는 효과가 있다. 답변의 장르적 특성에 일관성을 부여하고, 답변에 일정한 톤을 유지시켜 준다. 같은 리포트 주제에 대

해 '교수님'이 쓰는 것과 '학생'이 쓰는 것의 차이를 떠올려 보면 쉽게 이해된다. 한번 "인스타그램에 포스팅하는 17세 소녀"라는 역할을 부여해 주고, 어떤 답변이 출력되는지 살펴보면 재미있을 것이다.

짜장면에 대해 써 줘 (X)

너는 음식박물관의 도슨트야. 짜장면에 대해 써 줘.

더 생각해 보기 : 인스타그램 사용자의 대표 표상

인스타그램에 포스팅하는 17세 소녀처럼 쓴다는 것은 도대체 무엇을 의미하는가? 그리고 그렇게 쓰는 사람은 반드시 17세 소녀로 표상되어야 하는가? 만약 '18세 소년'이라고 바꾸어 프롬프트를 입력하면, 결과에 유의미한 차이가 발생하는가? 즉, ChatGPT가 학습한 언어 데이터는 인스타그램 사용자의 주류에 대한 어떤 대표적(그리고 어쩌면 편향된) 표상을 재생산할 수 있다. 이처럼 LLM의 학습 데이터, 입력된 프롬프트와 그 결과물의 피드백은 언어적으로 재구성된 현실의 어떤 측면을 반복하고, 또 강화하기도 한다.

③ 단계별로 진행한다

구체적으로 단계를 나누어 답변하도록 지시한다. 이 방법의 장점은 두 가지이다. 첫째, 단계를 나누어 지시함으로써 프롬프트가 구체적으로 되고, 답변 또한 구체적으로 구별된다. 둘째, 추가 명령을 이어 나갈 때 대상을 지시하기에 용이하다.

짜장면에 대해 써 줘 (X)

짜장면의 조리법을 단계별로 나누어 지시해 줘.

---

④ 의도한 예를 함께 제시한다

지시를 정확하고 구체적으로 하는 것도 좋지만, 아예 내가 구상한 예가 있다면 함께 제시해 주는 것이 가장 좋다. 가령 단순히 "상위 항목과 하위 항목을 나누어 줘."라고만 적기보다는 "상위 항목 A와 하위 항목 a를 예로 제시하는 것"이 더 효과적이다.

짜장면에 대해 써 줘 (X)

짜장면의 조리법을 단계별로 써 줘. 상위 항목과 하위 항목을 나누어 보기 편하게 해 줘.

예)
1. 짜장면 조리 전 단계
   a. 재료 확보
   b. 재료 손질
2. 짜장면 조리 단계
   a. 적절한 불의 세기
   b. 면 뽑기

---

⑤ 의외성을 준다

프롬프트의 형식 자체를 의문문이나 가정법 등으로 변형하거나, 미완결의 문장으로 끝맺을 수 있다. 또는 질문에 포함된 개념 자체에 역설이나 아이러니를 포함해도 좋다. 또 답변과 반대되는 사실, 답변에 포함되지 않은 가정이나 관점을 포함시켜 질문하면, 포괄적이거나 일반적인 내용으로 답변하는 것을 막을 수 있다.

짜장면에 대해 써 줘 (X)

짜장면의 대중화 과정에서 분식 정책이 없었다면, 볶음밥과 짜장밥의 경계는 흐려졌을 것이라면?

---

⑥ 기타

때로는 간단한 프롬프트를 이어서 입력하는 것으로도 흥미로운 결과를 얻을 수
있다.

짜장면에 대해 써 줘 (X)

차근차근 생각해 보자
그래서?
어쩌면…
하지만
아니면 아예 〈재생성〉 버튼 누르기!

이상의 방법들은 2개 이상을 동시에 적용할 수도 있고, 목적에 맞게 변형시킬 수도
있다. 원하는 결과물을 산출할 수 있도록 다양한 맥락을 부여하고, 여러 시도를 중첩
시키면서 입력-피드백의 과정을 빠르게 반복하는 것이 핵심이다. 즉, 원하는 결과물
을 한 번에 도출할 수 있는 마법의 프롬프트는 없다고 가정하는 것이 좋다.

프롬프트 엔지니어링

ChatGPT의 등장과 함께 글쓰기를 비롯한 각종 노동 영역이 잠식당할 것이라는 불안이
부상하는 한편, 새로운 직업이 각광받기도 했다. 프롬프트 엔지니어가 대표적이다. 프롬프
트 엔지니어란 원하는 결과물을 산출하기 위해 명령어를 능숙하게 사용할 줄 아는, 사람과
인공지능의 매개자 역할을 수행하는 사람을 지칭한다.

프롬프트 엔지니어링의 필요성에 대해서는 의견이 분분하다. 이른바 '파인 튜닝'이 발전
하면서 프롬프트 엔지니어의 역할을 대체할 것이라고 보는 시각이 있는가 하면, 지속해서
발전하고 변화하는 생성AI의 특성상 프롬프트를 다듬는 경험이 풍부한 사람의 역할 또한
쉽게 대체되기 어렵다는 주장도 있다.

확장프로그램 / 플러그인

- 크롬의 확장프로그램을 활용하여 ChatGPT의 활용도를 높일 수 있다. 확장프로그램은 ChatGPT를 활용하려는 다양한 상황, 목적에 적합한 추가적인 기능을 제공한다. 여기서는 한국 사용자 사이에서 널리 쓰이는 대표적인 플러그인 일부를 알아본다.
- 프롬프트지니 : ChatGPT를 활용하는 데에는 기본적으로 영어를 사용하는 것이 유리하다. 학습한 데이터의 비중이 영어가 가장 높기 때문이다. 물론 GPT 4.0에 이르러 한국어 성능이 좋아지기는 했지만, 프롬프트지니는 영어를 사용하는 것과 비슷한 환경을 조성해 준다는 측면에서 여전히 유용하다.
- ChatPDF : GPT-3.5 기준, ChatGPT의 토큰 수는 그다지 만족스럽지 않다. 특히 어떤 문서를 읽고, 그 문서를 대상으로 작업하기에 기본 설정이 무언가 부족하게 느껴질 때, ChatPDF는 유용한 플러그인이 된다. PDF로 된 문서를 읽게 한 뒤, 그 문서를 대상으로 다양한 작업(요약하기, 해설하기, 기타 응용하기 등)을 할 수 있다.
- WebChatGPT : GPT-3.5를 활용한 현행 무료 모델은 2021년까지의 학습 데이터만을 바탕으로 답변을 산출한다. 이 플러그인을 활용하면 최신 인터넷 검색 결과를 반영한 답변을 얻을 수 있다.
- 현재 Openai는 공식 페이지(https://openai.com/blog/chatgpt-plugins)를 통해 다양한 플러그인을 소개하고 있다. 사용할 수 있는 확장프로그램의 범위는 앞으로도 더욱더 다채로워질 예정이다.

(3) 글쓰기 과정에 따라 활용하기

교재의 '글쓰기의 절차'에서 배운 내용을 참고하여 어떤 부분을 구체적으로 지시할 수 있을지 생각해 보자. (예 : 저자는 누구인가? 글의 목적은 무엇인가? 소주제 개념을 활용해 볼 수 있겠는가? 등등)

▶ **연습문제 19 (부록 285쪽)** ◀

3) ChatGPT와 함께하는 글쓰기

앞에서는 ChatGPT를 효과적으로 사용하는 방법을 알아보았다. 그 과정에서 '나 자신'은 어떻게 변화되었거나, 변화할 수 있는지 따져 보아야 한다. 일련의 글쓰기 과정에서 우리가 특별히 주의를 기울여야 할 경험은 무엇일까? 여기에서는 프롬프트를 이리저리 만지고, 그로부터 산출된 결과물을 한 편의 글로 완성하면서 기억해 두어야 할 점을 다룬다.

(1) ChatGPT는 초안에 들이는 수고를 줄이고 그것을 '개선'하는 데 집중하게 해 준다

글쓰기의 본질적인 측면 가운데 하나는 그것의 '수정 가능성'이다. 한번 내뱉으면 주워담을 수 없는 말과 달리 글은 독자에게 도달하기 전 몇 번이라도 수정을 통해 개선될 수 있다. 그리고 이러한 '고쳐쓰기'야말로 글을 글답게 만들어 주는 요소이다.(3장의 『5. 고쳐쓰기』 참고)

그런데 대부분의 학생들은 바로 그 고쳐쓸 초고를 작성할 때 어려움을 겪는다. 그리고 대부분의 학생들이 작성된 초고를 기한에 맞추어 제출하기에 바쁘다. 즉, 수정과 편집을 할 수 있는 경험이 적다. 그런데 제출된 글을 첨삭하는 과정에서 자신의 글을 고쳐 보게끔 유도하면, 이를 곧잘 해내는 학생이 적지 않다. 실질적으로 수정하고 편집 과정을 거쳐 글을 발전시킬 수 있는 능력과, 이를 더 발전시킬 수 있는 가능성이 있음에도 충분한 기회를 얻지 못하고 있음을 시사한다.

ChatGPT는 이러한 수정의 과정을 가장 직접적으로 경험해 볼 수 있는 도구 가운데 하나이다. 기존의 워드 프로그램이 제공하는 자동수정 기능을 구현할 수 있는 것("띄어쓰기를 고쳐 줘", "맞춤법을 고쳐 줘")은 물론이고, 문장, 구성, 발상 등에 대한 논평과 대안 제시를 요구할 수도 있다. 2)에서 우리는 이러한 과정을 경험해 본 것이다. 우리는 글쓰기 과정에서 시간과 자원의 한계상 충분히 고려하지 못했던 다양한 대안과 직접 접촉하게 된다. 즉, ChatGPT는 초안에 들이는 수고를 줄이고 그것을 개선하는 데 집중하게 하면서 글쓰기 과정에서 충분히 발휘되지 못했던 가능성을 현실화한다.

빠른 피드백을 활용하라

글쓰기를 비롯한 많은 영역에서 빠른 피드백은 실력을 향상시키는 좋은 방법이다. 자신이 만들어 낸 결과물에서 수정해야 할 점이 무엇인지를 정확히 파악하고, 이를 교정하는 작업을 누적시킬수록 더 좋은 결과물이 나올 가능성이 높아진다. 많은 시도와 성공 사이의 관계에 대해 널리 알려진 연구는 이를 잘 보여 준다. 연구진은 도자기를 만드는 수업에서 두 대조군을 설정하여 평가 기준을 달리했다. 절반의 학생에게는 최대한 도자기를 많이 만들도록 하고, 나머지 절반의 학생에게는 최고의 도자기를 만들도록 지시했다. 두 그룹의 결과물은 사뭇 달랐다. 높은 점수를 받은 학생들의 대부분이 '빨리 만들기' 군에서 나왔다. 이들은 실패를 반복하면서도 계속해서 시도를 해서 도자기 만들기 실력을 향상시킬 수 있었다. 반면, '최고의 도자기' 군의 학생들은 오랫동안 각각의 작업에 매진한 결과 실력을 향상시킬 기회를 만들지 못했다. 도리어 좋은 도자기를 만들기 위한 매몰 비용이 이들을 또 다른 도전으로 이끌지 못한 것이 두 대조군의 차이를 만들어 낸 것으로 연구진은 풀이한다. 글쓰기에서도 마찬가지이다. 최고의 글이 아니더라도 일단 만들어진 글을 개선시키는 것이, 결과물이나 실력 향상의 측면에서도 더 나은 방법이다.

▶ **연습문제 20 (부록 287쪽)** ◀

(2) ChatGPT 역설

그런데 앞에서 배운 방법을 활용해 프롬프를 입력한 결과는 어떤가? 아마 처음의 막연한 시도보다는 나은 글이 나왔을 테지만, 여전히 부족하다. 정확히 말하면, 무언가 미심쩍은 구석이 있다. 좋은 글인지 아닌지 확신하기 어렵게 느껴지기도 한다. 이것은 아마 글쓰기에 대한 지식이 부족하기 때문일 것이다. 그러니까 '일반적인 질문에 일반적인 결과물을 산출하는' 수준은 넘어섰지만, '구체적인 질문으로부터 나온 구체적인 결과물'이 과연 성공적인지 아닌지는 쉽게 단정할 수 없다. 이를 'ChatGPT

역설'이라고 부르자.

ChatGPT를 활용한 글쓰기 과정은 기존의 글쓰기 과정과 다르다. 기존의 방법이 자료를 탐색하고 발상을 구체화하면서 내가 모르는 부분을 알아가는 과정이라 할 때, ChatGPT를 활용하면 초고를 수월하게 작성하고 이를 교정해 나가며 효율을 추구할 수 있지만, 그 과정에서 메타인지를 형성하기는 어렵다. 좋은 글이 되도록 글을 수정해 나가는 안목은 대개 기존의 글쓰기 과정을 통해 배울 수 있는 것이기 때문이다. 즉, 글쓰기에 능숙하지 않기에 ChatGPT의 도움을 받지만, 그 도움의 진가를 구현하기 위해서는 일정 수준 이상의 글쓰기 숙련도가 필요한 'ChatGPT 역설'이 발생한다. 가령 학술논문의 서론에 들어갈 주요 내용은 일반적으로 다음과 같다.

서론의 일반구조

① 공감대 확립하기 (공감대)
 - 다루려는 이슈에 대해 독자와 저자가 공유하는 확립된 이해로 시작하라.

② 문제점 진술하기 (교란)
 - 공감대를 확립했으면, 그것을 문제로써 교란시켜라. 가령 기존 지식의 오류나 불완전성을 지적하라.

③ 해결책 제시하기 (해결)
 - 공감대가 교란되었으면 독자는 해결책을 기대할 것이다. 독자에게 해결책을 제시하거나, 제시할 것을 약속하라.

위 내용은 웨인 부스, 그레고리 컬럼, 조셉 윌리엄스의 『학술논문 작성법(The Craft of Research)』의 16.1 내용 일부를 요약한 것이다. 공적·학술적 목적에서 가치 있는 글이 되기 위해서는 기존의 문제점을 인식해야 한다. 요컨대 공감대-교란-해결에 이르기 위해서는 일정한 인식·가치관·문제의식을 공유하는 잠재적인 청중을 설정하고 이들을 향한 설득 작업을 전개해야 한다. 이러한 설득의 맥락과 문제를 정확하게 인식하지 못한다면, 어떤 목표를 설정하는 것도 어렵고, 그 목표를 바탕으로 판가름될 수 있는 글의 성패 또한 불분명하게 된다.

게다가 일련의 과정 전체에서 결정적으로 가치 있는 아이디어는 문제를 발굴하거나 정의하는 데에서 발생하기 마련이다. 어떤 점을 문제로 생각하거나 다루어야 할지 정확히 알지 못한다면, 더 나은 글이 무엇인지도 알지 못한다. 따라서 ChatGPT를 활용할 때에 발생하기 쉬운 'ChatGPT 역설'을 이해하고 의식하면서 활용해야 하겠다.

▶ **연습문제 21 (부록 289쪽)** ◀

ChatGPT를 글쓰기에 활용하는 5가지 방법

1. 초고를 일단 작성하게 한 뒤 개선에 초점을 맞춘 '프롬프트 엔지니어링'의 관점에서 글쓰기에 접근해 보자.
2. 좋은 질문을 던져야 한다. 일반적인 질문에 일반적인 답변만을 산출할 뿐이다.
3. 반전이나 아이러니와 같은 의외성을 포함한 프롬프트도 의미 있는 결과를 가져올 것이다.
4. 무엇보다 좋은 질문에 따른 좋은 답변을 식별하고 응용할 수 있는 (전공) 지식 및 글쓰기 지식을 갖추어야 ChatGPT 역설을 피할 수 있다.
5. 마지막으로, 현재 ChatGPT가 제공하는 기능을 확인하고, 또 다른 활용 가능성은 없는지 적극적으로 탐색해 본다.

▶ **연습문제 22 (부록 291쪽)** ◀

4) 활용할 수 있는 몇 가지 양식들

(1) 프롬프트박스 활용하기

제시된 프롬프트박스에 따라 질문을 던지고, 자신만의 심화 질문을 입력하자. 질문은 한국어, 영어를 섞어 쓸 수도 있다. 문형 또한 의문문이나 평서문, 명령이나 청유문을 모두 활용할 수 있다. 요구는 구체적일 수도 있고, 모순적인 내용을 요구할 수도 있고, 비유나 암시를 활용할 수 있다. 가용한 방법을 모두 활용하여 ChatGPT로부터 창의적인 아이디어를 도출해 내고, 그것을 어떻게 발전시킬 수 있는지 논의해 보자. 또한 교재 III장의 실습 내용 가운데 ChatGPT를 활용하여 개선할 부분을 찾아보자.

▶ **연습문제 23 (부록 293쪽)** ◀

(2) ChatGPT 실습지와 인용 양식

글쓰기에 ChatGPT를 활용할 때 그 사용 내역을 기록하는 것은 윤리적으로나 실천적으로나 바람직한 행위가 될 것이다. 실습지에 내가 어떻게 도움을 받았는지를 구체적으로 기록함으로써 잠재적인 표절과 저작권의 문제를 극복할 수 있으며, 생각을 보다 명확히 정리함으로써 더 나은 글을 작성할 수 있게 될 것이다.

ChatGPT를 활용하여 글을 쓸 때 아래의 실습지를 활용해 보자. 사용 목적에 따라 입력한 프롬프트와 답변을 정리하고, 그것을 구체적으로 어떻게 활용했는지를 정리해 보자. 교재의 실습에 활용했을 때 적어도 좋고, 다른 글쓰기에 활용했을 때 적어도 좋다.

ChatGPT 실습지			
작성자		사용 일시	
AI 종류		AI 버전	
사용 목적			
프롬프트(1)			
답변(1)			
활용 내역(1)			
프롬프트(2)			
답변(2)			
활용 내역(2)			
프롬프트(3)			
답변(3)			
활용 내역(3)			

실습지를 바탕으로 결과물을 글쓰기에 활용하거나 인용할 때에는 출처를 밝히는 일이 현재 권장되고 있다. 다음은 카피킬러 페이지가 제공하는 ChatGPT 사용 지침의 일부이다. 사용한 ChatGPT의 버전과 연도가 포함되어 있고, 사용한 날짜 및 프롬프트를 밝히도록 규정했다. 그러나 이러한 규정은 지속적으로 업데이트 중이므로, 실제로 글을 쓸 때에는 글 쓰는 맥락에서 교수자나 제출처의 지침을 따를 일이다. 가령 ChatGPT를 특별한 제한 없이 활용해도 된다고 하신 교수님의 수업이라면 그 말씀에 따라도 좋다. 마찬가지로 학교에서의 일반적인 글쓰기 상황이라면, 특별한 지침이 없을 경우 대학생인 우리로서는 대학의 운용 지침을 따르면 된다. 다음은 카

피킬러가 출처 표기법에서 제공하는 ChatGPT 인용 규칙(위), 그리고 성균관대학교 ChatGPT 종합안내 홈페이지의 캡처 화면이다(아래).

ChatGPT 인용규칙 (카피킬러 출처표기법)

- 기관명에는 'OpenAI'와 사용한 버전의 연도를 작성합니다.
- 제목에는 'ChatGPT', '[Large language model]'과 사용한 버전의 날짜를 작성합니다.
- 사용된 프롬프트는 본문에 함께 작성합니다.
- 프롬프트의 길이가 길 경우 부록에 전체 프롬프트를 별도 첨부합니다.

한국어
　　기관명. (연도). 제목(버전)[Large language model]. URL

영어
　　Name. (Year). Title(version)[Large language model]. URL

예시
- OpenAI. (2023). ChatGPT(11월 24일 버전)[Large language model]. https://chat.openai.com/
- OpenAI. (2023). ChatGPT(Nov 24 version)[Large language model]. https://chat.openai.com/

* ChatGPT와 같은 언어 모델은 새로운 글쓰기 도구로서 관련 인용/출처 방법이 지속적으로 개정되고 있는 중입니다.
따라서 우선적으로 제출할 기관의 가이드라인을 따르기를 권장드립니다.
카피킬러가 제공하는 출처표기법 또한 각 스타일에서 제공하는 최신 지침을 반영하여 주기적으로 업데이트할 예정입니다.

https://citation.sawoo.com/ref/guide/apa;jsessionid=D30DF5E8688B2C23ED549CD5B642CB11 (2023.12.15. 접속)

성균관대학교 ChatGPT 종합안내 홈페이지

5) 더 생각해 볼 거리 : ChatGPT와 글쓰기의 윤리

(1) ChatGPT와 글쓰기의 윤리

글쓰기의 특징을 충분히 이해하면서 ChatGPT를 활용하는 것이 필요하다. 한편 ChatGPT를 활용하는 것은 잘못된 정보 활용의 문제, 연구 윤리나 표절의 문제를 불러일으키기 쉽다. 또한 올바른 정보를 표절의 범위를 비껴가면서 쓴다 하더라도 결국 글을 누가 쓴 것이냐 하는 저작권의 문제 또한 제기된다. 나아가 글쓰기의 실질을 인공지능이 대체함에 따라 사고력을 발전시킬 기회를 잃게 되는 문제를 수반한다.

이 장에서는 글쓰기에 ChatGPT를 활용하는 것을 전제하고 그 기본적인 사용법을 배웠지만, 앞으로 어떤 때에, 어떤 목적으로, 어느 범위에 걸쳐서 활용할 것인지는 열린 질문일 수밖에 없다. 실습하기(IV)에서 다루었지만, 현재로서는 적절한 인용의 형식을 갖추어서 글쓰기의 과정을 분명히 드러내는 수밖에 없다. 이는 장차 ChatGPT의 저자성(authorship)이라는 보다 논쟁적인 주제로 나아가게 될 이슈이기도 하다.

(2) ChatGPT는 저자가 될 수 있는가

학술적 글쓰기 영역에서 ChatGPT는 실험설계에서 논문 원고 작성, 경우에 따라서는 논문의 심사까지 가능할 정도로 활용 범위가 넓다. 실제 연구 수행 과정에서 ChatGPT의 활용이 증가함에 따라 ChatGPT를 공저자로 표기하는 경우가 발견되고 있다. 그러나 인공지능은 연구 결과물을 책임지지 못하고, 법인격이 없기 때문에 저자가 될 수 없다는 것이 주요 학술 단체들의 입장이다. 대표적으로 Nature는 2023년 발표한 ChatGPT 사용법 가이드에서 ▲ ChatGPT는 연구에 책임을 지지 못하기 때문에 논문의 공동저자로 인정할 수 없다고 하면서, ▲ AI 도구를 사용한 연구자는 방법 또는 감사의 글에 사용 여부를 밝혀야 한다고 명시했다. 한편, 『네이처(Nature)』는 2023년 올해의 인물 10인("Nature's 10")에 ChatGPT를 포함시켰다. 물론 "열 명과 한 명의 비인간"이라고 부연하기는 했으나, 인간이 선정 대상인 목록에 ChatGPT가 올라갔다는 사실 자체는 퍽 시사적이다. 이미 인간이 아닌 존재에게 법적 인격을 부여한 사례가 존재하듯, ChatGPT가 인간이 아니면서도 학술 결과물에 일정한 저자성을 인정받을 수 있는 가능성을 함축하는 듯 보인다.

그래서 ChatGPT는 글쓰기의 도구인가, 또 다른 저자인가? 앞으로 글쓰기 과정에서 이 의문에 답하는 가장 편리한 방법은 글을 제출하는 기관의 가이드라인을 따르는 것이다. 그러나 이렇게 의문을 손쉽게 닫기보다는 좀 더 생각해 보자. ChatGPT의 저자성을 인정하거나, 인정하지 않는다고 말하기 위해서 우리는 ChatGPT와 함께하는 글쓰기 과정에서 자신의 태도를 검토하지 않을 수 없다. 여기서 중요한 것은 이러한 가정과 태도가 함축된 매번의 활용들이 곧 인공지능과 더불어 살아갈 앞으로의 사회를 구성하는 '실천'이 된다는 점이다. ChatGPT와 함께 글을 써 왔지만, 우리는 단지 글만을 써 온 것은 아닌 셈이다.

ChatGPT 사용법 가이드

ChatGPT 같은 AI 도구는 과학의 투명성을 위협합니다. 과학저널 네이처는 사용에 대한 기본 규칙을 안내합니다.

ChatGPT 덕분에 학생은 좋은 에세이를 작성하고, 연구논문 요약문을 작성하고, 의료 시험을 통과하기에 충분히 좋은 글쓰기 결과를 얻을 수 있습니다. 과학자가 그것을 사용했다는 것을 발견하기 어려울 만큼 충분히 좋은 논문 초록을 작성합니다. 걱정스럽게도 우리 사회는 스팸, 랜섬웨이, 기타 악성 텍스트를 더 쉽게 생성할 수 있습니다. OpenAI는 챗봇이 수행할 작업에 가드 레일을 설치하려고 시도했지만, 사용자는 이미 우회 방법을 찾고 있습니다.

학계의 가장 큰 걱정은 학생과 과학자가 이 방법으로 작성된 텍스트를 자신의 것으로 속이거나 단순한 (불완전한 문헌 검토) 방식으로 사용하여 신뢰할 수 없는 결과물을 생성할 수 있다는 것입니다. 여러 프리프린트 논문에서 이미 ChatGPT를 공동 저자로 신청했습니다.

그러기에 연구자와 출판사가 AI 도구를 윤리적으로 사용하는 것에 대한 기본 규칙을 정할 때가 되었습니다. 모든 Springer Nature 저널과 Nature는 저자를 위한 기존 가이드에 다음 두 가지 원칙을 추가합니다 (go.nature.com/3j1jxsw). Nature 뉴스팀이 보고한 바와 같이, 다른 과학 출판사들도 비슷한 입장을 취할 가능성이 높습니다.

첫째, ChatGPT는 논문의 공동 저자로 인정하지 않습니다. 저자는 연구에 대한 책임이 따르며 AI 도구는 그런 책임을 질 수 없기 때문입니다.

둘째, AI 도구를 사용하는 연구자는 방법 또는 감사의 글에 사용 여부를 밝혀야 합니다. 그렇지 않으면, 서론이나 다른 적절한 파트에서 사용 여부를 밝혀야 합니다.

이미 많은 연구자들이 고급 AI 챗봇의 멋진 신세계에 뛰어들고 있기에, 저널 출판사는 합법적 사용을 인정하고 남용을 피하기 위한 명확한 지침을 마련해야 합니다.

*원문 : Nature 613, 612 (2023).
https://www.nature.com/articles/d41586-023-00191-1

(3) ChatGPT와 일자리

ChatGPT와 글쓰기는 다양한 직업과 분야에 영향을 미친다. ChatGPT가 활용되면서 생계에 직접적으로 영향을 받게 된 전업 작가들도 그 가운데 하나이다. 한편 ChatGPT를 우리가 활용하기 위해 의존하는 유령 노동의 문제성 또한 지적되고 있다. 오늘날 ChatGPT를 활용해 글을 쓴다는 것은 단순히 내가 해야 할 작업을 인공지능으로 대체한다는 것 이상의 의미를 지닌다. 서로 연결된 정치사회적 조건 속에서 글쓰기의 의미를 폭넓게 성찰해 보자.

이 화면은 ChatGPT를 활용하여 생성한 이미지이다.

(생성일 : 2024.01.24. / 프롬프트 : Picture creation : A protest by Hollywood writers who lost their jobs due to the use of ChatGPT. The picket reads "writers guide of america.")

'디지털 유령노동', 디지털 기술을 뒷받침하지만, 우리가 간과하기 쉬운 전 지구적으로 이루어지는 노동을 뜻한다. 2010년대, 아이폰의 감성과 혁신에 열광하는 사람들은 어디에나 있지만, 애플의 하청 제조업체인 폭스콘의 한 노동자가 열악한 근무 환경 속에서 끝내 극단적인 선택을 했음을 아는 사람은 많지 않다. 2020년대의

ChatGPT의 경우도 마찬가지이다. 미국 시사 주간지 『타임』은 2023년 1월 ChatGPT를 비롯한 생성 인공지능에 내재된 노동자 착취 문제를 보도했다. 기사는 케냐의 텍스트 라벨링, 이른바 '유령노동'을 하는 노동자들을 조명했다. 이들은 아동 성적 학대, 수간, 살인, 자살, 고문, 자해, 근친상간 등의 폭력적인 내용들을 읽고 데이터를 분류해야 했다. 이러한 끔찍한 작업의 대가는 시간당 1.3~2달러에 불과했다.

보도된 사건은 OpenAI의 아웃소싱 기업인 Sama에 관한 것이지만, 데이터 라벨링과 관련된 노동착취 문제는 한 기업에 국한되지 않는다. 데이터 라벨링이 생성형 AI의 알고리즘을 만들기 위한 필수 노동이라는 점을 생각해 볼 때, 빅테크 자본과 실리콘밸리는 외주 노동이 주어지는 사하라 이남 아프리카, 동남아시아, 베네수엘라, 시리아 난민과 같은 남반구에 대한 일종의 착취 위에 성립하는 것이라고 볼 수 있다. 이를 두고 영화감독 이송희일은 "북반구 시민들이 챗GPT처럼 학습 능력을 갖춘 새로운 마법 도구에 환호하는 동안, 남반구의 유령 노동자들과 보호받지 못하는 긱 노동자들이 그것이 제대로 작동하도록 디지털 인형에 눈·코·입을 붙이고 있는 것"(「챗GPT와 디지털 식민지」, 『미디어오늘』, 2023. 2. 26.)이라고 표현한다.

국내라고 예외는 아니다. 2021년 한국노동연구원의 조사에 따르면 데이터 라벨링을 하기 위해 관련 업체에 등록한 사람이 2021년에 100만 명이 넘었으며, 이들의 80%가 대졸 이상의 학력을 갖고 있고, 절반 이상이 본업 외의 추가 소득을 위해 라벨링을 한다고 한다. 초보자의 경우 2021년 최저임금(8720원) 기준 1시간에 436개, 10초에 1.2개 꼴로 데이터에 태그를 달아야 한다(『월간 노동리뷰』, 2012년 4월호).

지금까지 이 장에서는 ChatGPT를 매우 유용한 도구라는 관점 아래에서 다루었다. 그러나 짐작건대, 인공지능과 대화를 하다 보면 부지불식간에 의인주의적 환상에 빠져드는 자신을 알아차리게 될 것이다. 인공지능을 인격화된 존재로 대한다는 뜻이다. 이미 사용자들 사이에서 대화형으로 프롬프트를 입력하거나, 성에 차지 않는 대답에 비난하거나, 개인적인 상담을 한 뒤 그 대답에 만족하는 경험은 흔히 보고되고 있다. 이처럼 인공지능을 인격화된 개별 존재로 인식하는 함정에 빠지지 않아야 한다. 우리들이 접속하는 대상은 이용자·생산자·소비자·노동자·엔지니어가 얽히고

설킨 복합체이기 때문이다. 글을 잘 쓰기 위해서 ChatGPT를 어떻게 활용해야 하는지 질문을 진지하게 던지다 보면, 우리는 보다 잘 살아가기 위해서 ChatGPT를 어떻게 인식해야 하는지 새로운 질문을 던지게 된다.

정리

- ChatGPT는 글쓰기의 유용한 도구가 될 수 있다.
- 그러므로 도구를 다루는 법, 즉 프롬프트를 다루는 법을 잘 알면 알수록 좋다.
- 때로는 한 번 더!(regenerate)를 실행하는 것도 좋은 방법이다.
- 결과물을 이해하고 개선하는 것은 오직 나의 몫임을 명심한다.
- 그러나 그 이상의 가능성 또한 ChatGPT와 우리들의 관계에 잠재되어 있을지도 모른다.

답변봇

5장

글쓰기의 종류

- 글쓰기의 종류에 따른 형식적 요건 및 글의 성격을 이해할 수 있다.

- 다양한 종류의 글쓰기를 연습해보며 실생활에 활용할 수 있다.

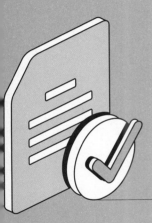

1. 이메일

학습 목표
· 형식과 예의를 갖춘 이메일을 작성할 수 있다.
· 자신의 용건과 의사를 글로써 작성하여 타인에게 명확하게 전달할 수 있다.
· 이메일을 작성하여 원활하고 효율적인 의사소통을 할 수 있다.

1) 대학 생활과 이메일의 중요성

대학 강의에서는 출결 확인부터 시작해, 과제 제출, 성적 관련 문의 등에 이르기까지 교수자와 소통할 일이 많다. 이때 기본적인 소통 수단으로 활용되는 것이 바로 이메일이다. 강의실 또는 교수 연구실에서 면담을 하고 싶은 경우에도, 오피스 아워가 지정되어 있지 않은 경우에는, 먼저 이메일을 통해 면담 시간부터 조율하는 것이 일반적인 순서이다. 비단 강의뿐 아니라, 다양한 학사, 장학 관련 업무, 학회 및 학술 행사, 공모전 등 대학 생활을 이루는 거의 모든 영역에서의 소통은 대부분 이메일을 매개로 이루어진다. 따라서 대학 생활을 처음 시작하는 학생들은 무엇보다 이메일을 통한 소통 방식에 익숙해질 필요가 있다. 나아가 이메일 쓰기의 중요성을 인식하고, 올바른 이메일 쓰기 방법에 대해 익힐 필요가 있다.

구체적인 이메일 작성법으로 넘어가기 전에 짚고 넘어갈 점은, 대학 생활에서 이메일이 지닌 공적인 글쓰기로서의 성격이다. 온라인 소통이 점점 더 일상이 됨에 따라, 많은 학생이 대학 생활에서 이메일을 평소 주변 사람과 주고받는 사적인 온라인 메신저나 AI 기반 챗봇 채널 등과 별반 다르지 않게 사용하곤 한다. 그로 인해 직접 대면한 상태에서는 정중한 예의를 갖추는 학생도 이메일 상에서는 결례를 저지르는 경우가 많다.

제목 : 교수님
보낸 시간 : 2023년 12월 24일 (일) 00:25
보낸 사람 : "야옹이23" 〈km**@gmail.com〉
받는 사람 : "나보령" 〈see**@seoultech.ac.kr〉
첨부파일 : 000000043825282.jpg

화요일 논글 수업 3시 수업 들었었는데 이클래스출석부에 11월 7일 출석 안돼있다고 돼어있는데 코로나라 못간거라 약봉지 사진 찍었는데 지금이라도 출결점수 성적 정정이 될까요? :D

〈그림 1〉 나쁜 이메일 쓰기 예시

위의 예시는 잘못된 이메일 쓰기의 한 사례이다. 제목, 인사말, 보낸 사람에 대한 소개 등 이메일에 필요한 최소한의 요건들이 생략된 채 오직 자신의 용건만 전달하고 있는 경우이다. 그마저도 제대로 된 문장 형식과 맞춤법을 지키지 않았음은 물론, 이메일을 보낸 일시도 예의에서 한참 어긋나있다. 실제로 많은 학생이 비슷한 실수를 저지르는데, 이는 애초에 이메일이 지닌 공적 글쓰기로서의 성격을 이해하지 못한 탓이다.

이메일은 면 대 면 소통에 비해 훨씬 간편하고 효율적이다. 그럼에도 앞서 살펴보았듯, 대학 생활에서 이메일이 엄연한 공적 소통 수단으로 활용된다는 사실까지 잊어서는 안 된다. 이메일을 작성할 때 기초적인 형식과 예의가 요구되는 것은 바로 그 때문이다.

2) 올바른 이메일 작성법

(1) 보내는 일시

대부분의 학생이 이메일은 직접 방문이나 전화와 달리, 언제든 편한 시간에 자유롭게 작성해서 보낼 수 있다고 생각한다. 이는 반은 맞고 반은 틀리다. 언제든 편한 때 이메일을 작성할 수 있는 것은 맞다. 하지만 이메일이라고 해서 언제든 보낼 수 있는 것은 결코 아니다. 일반적으로 이메일 역시 '주중 오전 9시에서 저녁 6시 사이', 즉 공식적인 업무 시간에 보내는 것이 예의다. 매우 긴급한 일이 발생하여 피치 못하게 해당 시간대가 아닌 주말이나 밤늦게 이메일을 보내야 하는 경우라면, 본문에서 자신의 결례에 대해 사과를 표하고 양해를 구해야 한다.

만약 공식적인 업무 시간에 보낼 여건이 안 된다면, 자신이 편한 시간대에 작성한 뒤, 예약 발송 기능을 활용하여 공식적인 업무 시간에 맞추어 발송되도록 할 수 있다. 이 경우 예약된 시간 전까지 글에 오류나 빠트린 첨부파일 등이 없는지 꼼꼼하게 점검하고, 오류가 있다면 재발송할 수 있다는 장점도 있다.

(2) 수신자 주소

간혹 교수자의 메일 주소를 몰라서 이메일을 보내지 못했다고 말하는 학생들을 만날 때가 있다. 모든 강의계획서의 상단에는 교수자의 이메일이 필수적인 정보로 제시된다. 또한 대부분의 학교 메일 계정은 수신자 주소란에 이름을 입력하여 학내 구성원의 이메일 주소를 검색할 수 있는 기능을 제공한다. 이외에도 학과 홈페이지 등에서 관련 정보를 찾아볼 수 있다. 메일 주소를 직접 입력할 때는 주소를 잘못 입력해 반송되지 않도록 주의하자.

(3) 발신자 이름

반드시 학교 계정의 이메일을 사용할 필요는 없다. 그런데 외부 계정의 이메일을 쓸 경우, 발신자 이름에 실명 대신 해당 계정에 처음 가입할 때 설정한 아이디(ID)가 표시되는 경우가 더러 있다. 이 경우 본문에 실명을 밝히지 않는 이상 발신자가 누구인지 알 수 없다는 문제가 발생한다. 더 나아가 위의 나쁜 이메일 예시처럼 의도치 않게 공식적인 소통을 하기에는 부적절한 아이디가 노출되는 경우도 있을 수 있다. 따라서 메일을 보내기 전에는 반드시 이 점을 확인하고, 제대로 된 발신자 이름이 표시될 수 있도록 할 필요가 있다.

아차차

(4) 제목

이메일 본문을 정성껏 작성해 놓고도, 제목에는 상대적으로 신경을 덜 쓰는 경우가 많다. 아예 제목이 없는 경우 또는 '교수님 안녕하세요' 또는 '○○○ 교수님께'처럼 용건이 무엇인지 짐작하기 어려운 제목을 다는 경우 등이 여기에 해당한다.

메일을 받는 사람의 입장에서는 어떤 내용의 메일인지 알 수 없으니 신속하게 열람할 필요를 느끼지 않고, 그러다 보면 메일을 영원히 열람하지 않을 수도 있다. 또한 메일을 읽은 뒤 나중에 답을 하고 처리하려 해도 수많은 메일 목록 사이에서 해당 메일을 찾지 못해 곤혹스러울 때도 종종 있다.

따라서 반드시 어떤 용건에서 메일을 보내는지가 한눈에 드러날 수 있는, 메일 본문과 연관성이 있는 간명한 제목을 다는 게 중요하다. 이와 함께 메일 앞머리에 어떤 강의 또는 업무 관련인지 대괄호 부호를 활용해 태그를 달아 주면, 받는 사람의 입장에서 훨씬 더 분명하게 메일의 용건을 알 수 있고, 추후 해당 메일을 관리하기도 용이하다.

모범 예시

〔논리적 글쓰기〕3월 21일 출결 관련 문의
〔문학적 상상력〕5월 9일 병결 증빙 진료 확인서 보내드립니다.
〔서평 공모전〕참가 신청서(기계시스템디자인공학과 정기인)
〔근로봉사장학생 모집〕지원서 접수 확인 요청(안전공학과 김민수)

---

(5) 본문

이메일의 본문 작성 요령은 일반적인 편지와 대부분 같다. 가장 먼저 '수신자'에 대한 정보가 포함되어야 한다. '○○○ 교수님께', '○○○ 선생님께', '□□□□ 담당자 귀하' 등이 여기에 해당한다.

다음으로는 '인사말'과 '자기소개'다. 짧은 인사말과 발신자의 이름, 소속, 학번, 수강 정보 등을 밝히는 간단한 자기소개면 충분하다.

자기소개가 끝났다면, 곧바로 '용건'으로 들어가라. 처음 보내는 이메일이든, 여러 번 이메일을 주고받은 사이든, 공적인 용무로 보내는 이메일이라면 바로 용건을 밝히는 편이 좋다. 이때 신속하고 효율적인 의사소통 수단인 이메일의 성격을 고려해 용건도 최대한 간결하게 작성하라.

이 과정에서 맞춤법과 띄어쓰기를 준수하는 것은 기본이며, 줄임말이나 신조어, 이모티콘 등을 사용하지 않도록 주의해야 한다. 짧은 글이라도 퇴고 단계를 거치면서 오타나 비문 등을 바로잡는 과정은 필수이다. 요즘에는 컴퓨터뿐만 아니라 스마트폰이나 태블릿 PC 등으로 수시로 이메일을 확인하는 경우가 많으니 받는 사람의 가독성을 고려해 적절히 행갈이를 해 주어도 좋다.

　마지막으로, 인사말과 마찬가지로 간단한 '맺음말' 및 '○○○ 드림', '□□□ 올림' 같은 '발신자'에 대한 정보를 밝힌다. 이상의 내용을 적용한 모범 이메일 쓰기 예시는 다음과 같다.

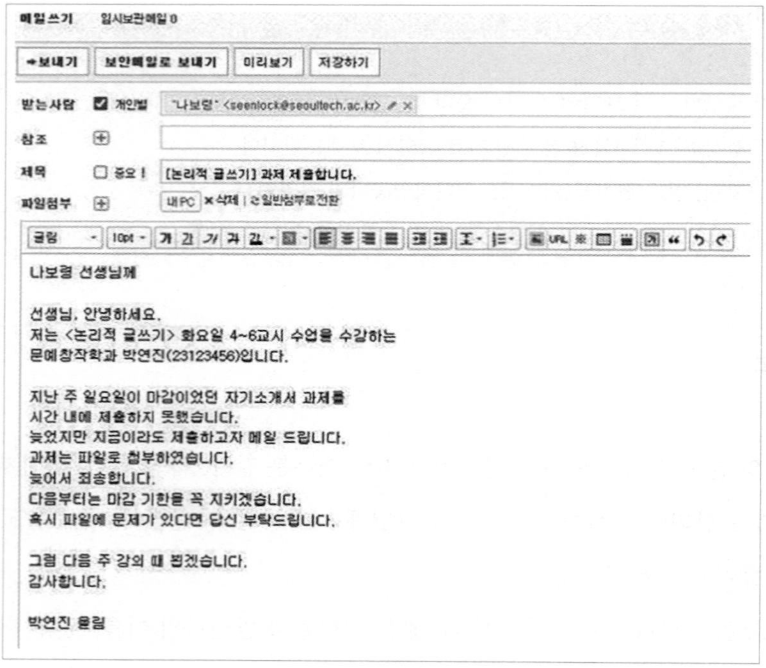

〈그림 2〉 모범 이메일 쓰기 예시

(6) 첨부파일

　만약 이메일에 첨부하는 파일이 있다면, 파일이름과 형식에도 본문만큼 세심하게 주의를 기울여야 한다. 파일이름에는 해당 파일이 어떤 종류의 것인지 한눈에 알아볼 수 있도록 구체적인 파일이름과 작성자 정보 등을 간단하게 밝혀 주는 것이 좋다.

한편, 학생들 중에는 출석 인정 등에 필요한 진료 확인서나 학과의 공문 등을 휴대폰 카메라로 쉽게 찍어서 첨부하는 경우가 많은데, 이메일 자체가 공적인 성격이 있는 만큼 공문서의 붙임파일과 마찬가지로 반드시 제대로 스캔한 뒤 올바른 파일명을 달아 첨부해야 한다.

첨부파일명 모범 예시

논리적 글쓰기_서평 과제 (23123456 조지혜).hwp
문학적 상상력_11월 5일 병결 진료확인서 (24154890 유건수).pdf
근로장학생 지원서_20458651 인아영.word

가끔 첨부파일을 보낼 때 메일 본문에는 아무 내용도 적지 않은 경우가 있다. 받는 사람이 파일을 열어 보면 무슨 뜻인지 으레 알겠거니 생각하고 한 행동이지만, 이 역시 큰 결례다. 첨부파일이 중요한 때에도 당연히 앞서 언급한 메일 본문의 요건들을 제대로 갖추어야 하며, 여기에 더해 본문에서 첨부파일이 있다는 사실에 대해 분명하게 언급해 줄 필요가 있다.

마지막으로, 파일을 첨부했다고 생각했는데 깜빡 잊고 첨부하지 않은 경우, 다른 파일을 잘못 첨부한 경우, 첨부한 파일이 제대로 열리지 않는 경우 등이 종종 있으니 반드시 메일 작성이 끝난 뒤에는 이상의 사항들을 한 번 더 확인하고, 파일을 직접 내려받아 확인해 본 뒤 메일을 보내는 것이 좋다.

3) 이메일 쓰기 연습

▶ **연습문제 24 (부록 295쪽)** ◀

2. 서평

학습목표	· 비학술적 글쓰기나 여타의 학술적 글쓰기와 다른 서평 쓰기의 의미를 숙지하고 이에 대해 설명할 수 있다.
	· 책 한 권을 이해하고 감상한 바탕 위에서, 자신의 논제를 구성하여 서평을 작성할 수 있다.

1) 서평의 정의

서평(書評, book review)이란 대상 도서를 논평하는 글로서, 글의 구조, 구성 방식, 활용되는 표현들이 어느 정도 확립되어 있다는 점에서 하나의 학술적 장르(Hartley, 2006)라고 할 수 있다.

서평은 감상문과 구분되는 비평이면서, 또한 학술논문과도 다르다. 먼저, 감상은 대상 도서를 읽음으로써 정보와 주관적 느낌을 수용하는 일이다. 비평은 감상을 바탕으로 하지만, 감상에서 출발하여 이루어지는 더욱 고차원적인 활동이다. 감상한 책의 의의에 대해 다른 사람들과 소통하는 것을 목적으로 둘 때, 감상으로부터 비평으로 이행하게 된다. 책에 관한 객관적 이해와 주관적 느낌을 기술하는 것에서 나아가, 서평에서는 이를 분석하고 비판적으로 검토하며 평가한다. 그 과정에서 서평자 자신의 관점을 마련하고 다듬어, 궁극적으로 책에 대한 서평자 자신의 주장을 논증하는 글쓰기가 서평이다.

한편으로 서평자의 고유한 아이디어와 통찰력을 객관적으로 드러내어 소통한다는 점에서 서평은 감상문과 다르지만, 다른 한편 책에 대한 소개와 평가를 벗어난 자신의 연구를 제시하는 것이 글의 주제가 되지 않는다는 점에서 서평은 여타의 학술논문과도 구별된다.

2) 서평 쓰기의 의의

서평을 씀으로써 일차적으로 우리는 비평의 바탕이 되는 감상의 능력을 계발할 수 있다. 즉 서평 쓰기를 통해 책의 내용과 정보를 깊이 이해하고, 자신의 인상과 느낌을 명확히 하고 성찰할 수 있다.

나아가 감상을 바탕으로 비평을 실천함으로써 우리는 고차원적인 지적 능력을 활용하고 발달시키며, 드러낼 수 있다. 서평을 쓰기 위해 책에 제시된 개념과 논증들을 검토함으로써, 서평자는 책의 전제들과 방법론, 결론을 분석적·통합적으로 비판하고 평가한다. 이를 통해 자신만의 아이디어와 관점을 만들고 다듬어 나가며, 다른 사람들을 설득할 수 있도록 논증하는 능력을 기르게 되는 것이다.

아울러 서평은 자신의 생각을 글로 분명하게 전달하는 학술적 글쓰기를 연습할 좋은 기회이기도 하다.

3) 서평을 구상하는 과정

(1) 대상 도서 읽기

서평을 쓰기 위해서는 먼저 서평 대상이 되는 도서를 완독해야 한다. 발췌독을 하거나 요약본에 의지하여 서평을 쓰는 것은 윤리성에 위배된다.

대상 도서를 전체적으로 읽어 나가면서 중요하다고 여겨지거나, 특별히 인상적이거나, 그 밖에 주의를 끄는 부분들을 표시하거나 메모한다. 이와 더불어 자신의 느낌과 생각들도 기록해 둔다.

책을 끝까지 읽고 전체 내용을 충분히 이해하기 전까지는 일단 자신의 평가와 아이디어들을 확정하지 않고 유동적인 상태로 견지하면서(Jaakkola, 2022), 서평자로서의

최종적인 입장을 차근차근히 마련한다. 책의 앞부분을 읽을 때의 생각과 책을 거의 다 읽었을 때의 생각이 달라지는 일은 흔하다. 독서 과정에서의 이러한 변화 역시 책에 대한 이해와 서평 쓰기에 있어 의미심장한 단서가 될 수 있다.

(2) 대상 도서 요약하기

책을 다 읽은 후에는 읽으면서 축적한 메모와 기록을 활용하여, 자신의 관점에서 책의 중심이 되는 내용과 뜻깊은 점을 요약한다. 책에서 그 점이 왜 중요한지, 그리고 책의 내용과 자신의 생각이 서로 다른 점이 있는지 정리한다.

(3) 서평의 체계 짜기

서평의 체계를 구상할 때, 아래의 질문들(김은정·윤정화·정종진·최지녀, 2022; Hammett, 1974)을 던지고, 자신의 답을 찾는 일이 도움이 된다.

- 책이 표방하는 목적은 보통 서문이나 첫 장에 나타난다. 책의 목적이 잘 달성되었는가?
- 책이 다루는 핵심적인 주제들은 무엇인가?
- 책이 전체 분량을 통해 일관되게 입증하려고 하는 논제는 무엇인가?
- 책의 주장에 좋은 점이나 그렇지 못한 점이 있다면 각각 무엇인가?
- 책의 논제에 대한 논증이 충분히 설득력 있는가?
- 저자가 제시하는 논거의 장점이나 한계가 있다면 각각 무엇인가?
- 책에 기초적인 결함들이 있는가?
- 책을 구성하는 특별히 훌륭한 장이 있는가?
- 서평을 쓰는 시점에서 이 책과 관련되는 사건이나 화제가 있는가?
- 책을 읽으면서 해소되지 않은 의문이 있는가?
- 저자의 다른 저술과 서평 대상 도서의 관계는 어떠한가?
- 이 책과 주제적으로나 시기적으로, 혹은 지역적 · 문화적 등의 다양한 맥락에서 밀접하게 연관되는 다른 책들과 이 책의 차이는 무엇인가?

(4) 서평의 논제와 논리 구성하기

서평에서 다룰 하나의 중심 논제를 확정한다. 대상 도서와 그 내용에 대해 무엇을 주장할 것인지, 그리고 그 핵심 주장을 뒷받침하는 다른 주장들은 무엇인지를 체계적으로 정리한다.

대상 도서의 내용과 서평자의 주장이 어떻게 논리적으로 연관되는지를 구체적으로 기술한다. 서평자의 주장이 옳다는 것을 보여 주는 대상 도서의 구체적인 부분을 들 수 있어야 하며, 필요할 경우 해당 부분을 정확한 서지 사항과 함께 인용문으로 제시한다(Hammett, 1974). 이때 대상 도서 저자의 말과 서평자의 말이 어떻게 구분되는지 혼동스럽지 않도록 서술에 유의한다.

4) 서평의 구조

서평 역시 서론 – 본론 – 결론으로 구성되며, 3단 구성을 비롯하여 학술적 글쓰기의 일반적인 요건들을 충족해야 한다. 이러한 일반성 속에 서평에서는 대체로 4가지의 작업(Hartley, 2006)이 이루어진다.

서론	① 책에 대한 소개 　- 책을 관통하는 주제를 밝히기 　- 책이 어떤 독자를 대상으로 하고 있는지 제시하기 　- 책의 저자를 소개하기 　- 책의 주제를 이해하기 위해 알아야 할 배경지식을 설명하기 　- 책이 그 분야에서 어떤 위치에 있는지 제시하기 　- 책이 출간된 배경을 설명하기
본론	② 책의 요점 정리 　- 책을 일관하는 중심 논제를 정리하기 　- 책의 구성을 대략적으로 소개하기 　- 각 장절의 핵심을 정리하기

본론	③ 서평자의 관점에 따른 구체적인 분석 및 해석 　－ 책의 중요한 개념과 논제를 집중적으로 분석하기 　－ 책에서 다룬 중요한 내용에 대해 고찰하기 　－ 책의 내용에서 명시되지 않은 함의가 무엇인지 제시하기
결론	④ 책에 대한 서평자의 전반적인 평가

5) 서평의 실제와 연습

▶ **연습문제 25 (부록 297쪽)** ◀

3. 자기소개서

학습목표

· 자기 성찰을 통해 이력서와 자기소개서에 들어갈 항목들을 구성할 수 있다.
· 지원하는 기관의 인재상에 부합하고, 자기 개성이 드러난 자기소개서를 작성할 수 있다.

1) 자기소개서의 정의

자기소개서는 지원하는 기관에 자신을 알리기 위한 공식적인 글이다. 지원자가 어떤 삶을 살아왔고, 그 삶을 토대로 향후 어떤 기관에서 어떤 업무를 맡아 수행할 수 있는지, 지원자의 역량을 총체적으로 살필 수 있는 일차적인 자료라고 할 수 있다. 자기소개서는 대개 2000자 내외(A4 1~2매) 정도로 정해진 분량이 있는 글이기 때문에, 지원자가 대학 과정까지 쌓아 온 지식과 경험, 자기 역량과 대인·팀워크 능력, 리더십 등을 한 편의 글로 압축하여 작성해야 한다. 그러므로 군더더기 표현이나 반복적 어구, 진부한 진술들은 피해야 하고, 자신의 이력 또한 채용 후 맡게 될 업무 상황에 따라 효과적으로 제시할 필요가 있다.

아울러 자기소개서에 기술한 내용은 면접과 직접적으로 연계되는 내용이므로, 지원자는 자신의 경험이나 이력을 과대하게 포장하거나 허구적으로 꾸며 내서는 안 되며, 솔직하고 진지한 태도로 성실하게 작성해야 한다. 다만, 정형화된 틀에 맞춘 자기소개서는 인사 담당자(결정권자)에게 진부하다는 인상을 남길 수 있으므로 자기만의 개성적인 목소리를 담아낼 수 있는 자기소개서에 대해 고민해야 한다.

2) 자기소개서의 종류

(1) 성찰 목적 자기소개서

자기소개서를 작성하기 위해서는 먼저 '자기 탐색'을 통해 자신의 경험과 역량을 살펴야 한다. 그 때문에 자기 성찰을 선행해야 하는 글쓰기 양식과 유사할 수 있다. 그러나 자기소개서에서는 자신이 탐색한 자기 정보를 정서적으로만 접근해서는 안 된다. 채용 기관에서 요구하는 대략의 틀과 분량이 정해져 있는 글쓰기 양식이기 때문에, 자기 성찰만을 목적으로 하는 '성찰적 글쓰기'와는 차이가 있다. 자기소개서는 단순히 개인의 역사를 이해하고 '더 나은 나'로 거듭나기 위해 세계와의 관계를 설정하는 정서적 글쓰기가 아니기 때문이다.

성찰 목적 자기소개서를 작성할 때 성장 과정과 성격 및 장단점, 현재까지의 자신의 이력과 활동 사항 등이 주요 항목이 되지만, 실재 자기소개서를 작성할 때는 지원 기관의 업무 특성에 따라 그보다 더 다양한 항목들이 추가될 수 있다. 그러나 대학 신입생들이 당장 취업 상황을 경험할 수 없고, 대학 생활도 충분하지 않으며, 교내외 활동, 어학 성적 및 인턴 경험 등도 부재하는 경우가 많으므로 사실상 실제 자기소개서를 실습하는 데에는 어려움이 놓여 있다.

그 때문에 보조적으로 성찰 목적 자기소개서 작성을 실습하거나 캐릭터 분석형 자기소개서 작성을 실습하기도 한다. 아무리 성찰 목적의 자기소개서라 할지라도 자기소개서는 가상으로 설정된 지원하는 기관에서, 지원자가 정말 필요한 인재인지 판가

름하는 목적을 선행하고 있다. 그러므로, 주어진 양식에 따라 '미래의 나'를 구성하여 인사 담당자를 설득할 수 있는 글쓰기로 이행되어야 한다. 다시 말해, 자기소개서는 '나'를 소개하는 것이 아니라 회사를 설득하는 글이라고 할 수 있다.

(2) 실용 목적 자기소개서

실용 목적 자기소개서는 기업이나 기관에 지원하거나, 동아리나 단체에 가입할 때, 상위 단계의 학교에 진학할 때 작성하는 자기소개서이다. 취업 목적 자기소개서, 진학 목적 자기소개서라 불리기도 하며, 글쓰기 범주에서는 논증적 글쓰기 양식으로도 볼 수 있다. 제한된 분량 안에서 지원자의 스펙과 정보를 논거로 활용하여 인사 담당자를 설득하는 글쓰기이기 때문이다.

그러므로 자기소개서를 작성할 때는 설득 목적과 대상이 분명해야 한다. 일관성 없이 경력을 늘어놓거나 채용 기관의 업무 상황과 관련성이 현저히 적은 경험이나 활동들을 제시하게 되면, 자기소개서를 통해 지원자의 실무 능력을 검증하기가 어려워진다. 그리고 실제 취업 현장에서는 나보다 뛰어난 지원자가 많을 수 있다. 수천 통의 자기소개서 중에 나의 자기소개서가 과연 인사 담당자를 설득할 수 있을 것인지, 나의 이력을 극대화해서 표현할 수 있을 것인지 고민해 보아야 한다. 다시 말해, 남들과 차별화될 수 있는 전략을 세워야 한다.

3) 이력서 작성법

자기소개서 이외에도 입사 지원 서류 중 하나로 이력서가 있다. 이력서는 지원자의 인적 사항, 학력, 경력, 병역, 수상 내역, 자격 및 특기 사항 등을 계량화하여 정리한 문서이다. 자기소개서와 함께 지원자의 신원 증빙과 기본적 자질, 면접의 기초 자료로 계량화된 정보를 기술하는 문서라면, 자기소개서는 이력서에 나열된 정보들 이면에 가려진 지원자의 잠재된 정보를 다각적으로 검토할 수 있는 문서라고 할 수 있다.

최근에는 블라인드 채용이 공공기관에 도입되면서 사기업에서도 사진, 신체, 가족 관계, 고향, 출신 학교 등이 삭제된 이력서를 요구하기도 한다. 또한 수기로 작성하는 이력서를 제출받는 기관들은 현저히 줄어들었고, 현재에는 웹페이지상에 주어진 양식에 따라 이력서를 등록하는 형식을 다수의 기관이 선호하고 있다.

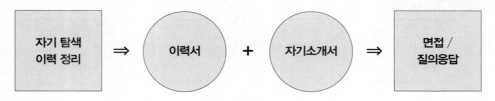

면접 질의응답 기초 자료로 이용

다음 예시는 '캐릭터 분석형 자기소개서'를 작성할 때 실습한 이력서이다. 마블 코믹스의 캐릭터 중 하나인 토르의 기본형 이력서 양식이다. 블라인드 채용 시에는 사진이나 가족 관계, 학력, 종교, 신체 조건 등은 제공하지 않아도 되며, 웹페이지로 작성할 때는 사인과 인장도 개인정보 활용 동의 체크로 대체되므로 불필요하다.

이력서 양식

지원	지원 구분	지원 부문	희망 연봉
	신입(○)/경력( )/인턴( )	○○실업 전기통신	- 만원

성 명	(한 글) 오토루 (영 어) Thor Odinson		
주민번호	04990211-1234567	나이	1500
주 소	우편번호(123456) 아스가르드 행성 무지개3길 오딘성 717호		
연 락 처	010-1234-8787	이메일	Thor1500@naver.com

	기 간	학 교 명	전 공	소재지	학점
학력사항	514.03.02 - 518.02.18	오딘왕족고등학교	수도군사학	무지개1길	/
	518.03.02 - 526.02.15	국립오딘대학교	전기공학과	무지개2길	4.5/3.14
	-	대학원			/
	-	대학원			/

	근 무 기 간	직 장 명	직위	담 당 업 무	퇴 직 사 유
경력	521.02.10 - 523.02.11	아스가르드 왕립 ROTC	대위	오딘 3대 대대장	ROTC 만기 전역
	526.02.15 - 527.05.01	무지개 찌릿 공사	인턴	오딘성 전기통신 검수	4차 산업 자동화
	527.05.15 - 현재	지구 어벤져스	Hero		-

	복 무 기 간	군별	계급	병과	군 필 여 부	보훈대상
병역	521.02.10 - 522.02.11	육군	대위		필(○)/미필( )/면제( )	대상( )/비대상(○)

	기 간	활 동 내 용	비 고
수상/활동	514.03.02 - 526.02.15	아스가르드'농민들의 수호신' 봉사활동	매해 여름학기 봉사
	525.04.15	국립 오딘대학교 제2회 묠니르 들기 대회 수상	대상
	526.03.23	아스가르드杯 머슬마니아 남성 피트니스 부문 수상	은상
	2012.05.05 - 2019.04.25	어벤져스1, 2, 3, 4편 '천둥의 신'으로 활동	

	외국어	시험명	점수(등급)
어학능력	고대어	오플	1급
	영어	오딘토익	2급
	노르웨이어	오딘베르겐	3급

	종 류	취득일	발급기관
자격면허	우주선 면허 보통 1급	519.01.01.	오딘교통관린공단
	전기통신 관리사 1급	520.01.01.	국립오딘 기술처
	오딘 목수 자격증 1급	521.01.01.	아스가르드 토목공단

	관계	성 명	나이	학력	직업	동거여부
가족관계	부	오딘	9000	대졸	전직 왕	0
	모	오딘스 가이아	8500	대졸	주부	0
	동생	오디 로키	1300	대졸	오딘군 대위	0
	누나	오딘스 헬라	1800	대졸	죽음의 여신	×

종 교	오딘교
혈 액 형	AB
신 장	190*cm*
체 중	100*kg*
시 력	3.0/0.0

상기 내용은 사실과 다름없음을 확인합니다.

20××년 ×× 월 ×× 일

작 성 자 : 토르 (인)

■ 읽기 자료 1

다음은 취업 준비 로드맵에 Best Case 사례를 요약한 도표(나상무·렛유인연구소, 『이력서 자소서 면접 관통하기』, 렛유인북스, 2021, 30쪽.)이다. 즉 논리적 글쓰기를 수강하는 1학년 학생은 취업을 위한 예비 단계로 '자기 탐색 활동'이 주를 이룬다고 볼 수 있다.

- 1학년 : 높은 학점 유지 + 동아리/스포츠 활동
- 2학년 : 산업/회사/직무 타깃 선정 + 추천 과목 집중
- 3학년 : 직무 프로젝트 몰입 + 직무 Tool 및 어학 쌓기
- 4학년 : 이력서, 자기소개서, 면접 관통하기 + 직무적성검사 대비

1학년	2학년	3학년	4학년
High 학점	타깃 선정	적정스펙 쌓기	이자면 + 적성검사
•동아리 활동 •스포츠 활동	•산업/회사/직무 선정 •추천 과목 + 학점	•전공 + 경험(Project, Tool) •어학 + 직무 자격증	•이력서 + 자소서 + 면접 •직무적성검사 + 인턴

그러나 위의 로드맵처럼 Best Case 사례가 아니더라도 "자기소개서와 면접을 준비하면서, 동시에 없는 경험을 채워 넣는" 방식의 병렬 전략이 있다. 보통 취업 준비 과정은 '스펙 쌓기-자기소개서 준비-인적성 준비-면접 준비'의 순서로 직렬로 구성되어 있다. 하지만 이는 타깃을 정해 놓고 한 분야, 한 기업에만 집중해서 취업 준비를 하는 사례에 국한되는 준비 방식이다(이준희, 「자소서 바이블 2.0」, Alivebooks, 2022, 50~52쪽 참조.). 다양한 업종, 직무, 취업 상황을 열어 두고, 자기소개서를 작성할 때는 병렬적 구성을 염두에 두자.

▶ **연습문제 26 (부록 307쪽)** ◀

▶ **연습문제 27 (부록 311쪽)** ◀

4) 자기소개서 작성 실제

우선 자기소개서를 작성할 때는 지원 기관에 대한 조사가 선행되어야 한다. 아무리 뛰어난 인재라도 지원하는 회사 조직에서 원하는 인재상이 아니라면 합격할 수 없다. 일차적으로 회사 홈페이지에서 제공하는 회사의 설립 배경, 창업자, 기업 이념, 연혁, 기업 추구 가치 등을 먼저 이해해 보는 것이 좋다. 더 나아가 회사의 홍보 영상이나 최근 3년간의 광고 홍보의 경향, 회사와 관련된 보도 기사나 영향 관계가 있는 업종의 기업 동향 등을 함께 두루 살피는 것 또한 필요한 선행 과정이다. 모든 기업에서 성실하고 근면한 인재만을 원하지도 않고, 모든 조직에서 창의적이고 진취적인 인재만을 원하지도 않는다. 사업 특성이나 실무에 따라 요구되는 업무 역량은 달라질 수 있으며, 그에 따라 원하는 인재상 또한 다양할 수 있다. 그러므로 지원하는 상황에 따라 자기소개서의 전략을 다양하게 세워야 한다.

지원 기관에 대한 정보를 충분히 섭렵했다면, 기업에서 원하는 인재상에 맞춰 나를 탐색하는 과정을 거쳐야 한다. 이 과정은 내가 어떤 업무와 직종에 적합한 인재인지, 공고된 실무 상황에 따라 나는 그동안 어떠한 준비를 하고 있었는지, 자신의 경험과 이력을 검토하는 단계라고 할 수 있다. 여기서 중점을 두어야 할 점은 기업의 실무 상황에 억지로 자신을 맞추려고만 하지는 않아야 한다는 것이다. 이른바 '자소설'이라는 말이 통용되듯이, 맞지도 않는 직종에 나를 과대 포장하여 허구적인 자기소개서를 작성할 경우, 실제 취업이 된다고 하더라도 업무에 적응하지 못하고 이직이나 퇴직을 하는 경우가 다반사이기 때문이다. 이 단계에서는 진지하고 솔직하게 나를 성찰하는 자세를 가져야 한다.

앞서 언급한 것처럼 자기소개서는 면접의 기초 자료로 활용된다. 게다가 제한된 글자 수에 맞춰 작성해야 하므로 자신의 모든 정보를 나열할 수는 없다. 자신의 경험과 이력 중 1~2가지를 취업 후 직무 상황과 연계하여 전략적으로 작성하는 것이 바람직하다. 주어진 항목에 따라 선택과 집중을 통해 자신의 경험과 이력을 부각해야 하는 것은 물론이고, 구체적인 일화를 통해 자신의 경험을 스토리텔링하여 강한 인상을 남기는 전략을 선택해야 한다.

일반적으로 기본형 자기소개서의 항목은 ① 성장과정, ② 학교생활 및 주요 경력 사항, ③ 장단점 및 성격, ④ 지원 동기와 입사 후 포부 등이다. 여기서 모든 항목은 해당 업무와의 연관성을 중점으로 기술한다. 그래야만 준비된 인재라는 인상과 함께, 향후 맡게 될 업무에 대한 신뢰성을 확보할 수 있다. 그리고 면접을 염두에 두고 쓰는 글이므로, 면접에서의 질의응답을 고려하여 자신의 이력 정보를 그대로 나열하는 것이 아니라 집약적으로 구성해야 할 필요가 있다.

예시 – ○○식품 개발기획 분야 지원 자기소개서

학부 3학년 때는 티 소믈리에 인턴십 강의를 들으면서 다양한 종류의 차를 접하게 되었습니다. 이 수업을 통해 학과의 학우들과 '티사랑'이라는 소모임을 만들어 활동하기도 했고, 차의 전반적인 내용에 관해 연구해 보고자 소논문을 작성하기도 했습니다. 소모임 학우들과 공동연구로 차의 유래, 인류에 미친 역사적 영향, 종류, 효능 등을 연구했는데, 특히 찻잎을 만들 때 발효 또는 산화 과정을 거쳐야 함은 처음 안 사실이었고 다 비슷해 보이던 차들이 최소 6가지로 나뉠 수 있다는 사실 역시 놀라웠습니다. 또한 차에 함유된 카테킨이라는 성분이 강력한 항산화제 역할을 함으로써 다양한 질병들을 막아 준다는 것도 뜻밖이었습니다. 저는 이런 사실들을 종합해서 역사적 상황과 연계하여 논문을 작성했습니다. 열정을 가지고 연구한 결과, 교지에 연구했던 소논문이 게재되기도 했습니다.

예시로 가져온 자기소개서에서 주요 정보는 1. 소논문을 작성하여 교지에 게재했다. 2. '티사랑'이라는 소모임 활동을 했다. 3. 티 소믈리에 인턴십 과정을 수료했다. 4. 논문을 작성하면서 차의 효능에 대해 다양하게 알게 되었다. 정도로 요약할 수 있다. 그러나 인사 관계자들이 정작 알고 싶어 하는 부분은 소논문 게재 사실에 따른 지원자의 '자기 성장 과정'이지 소논문의 구체적인 내용이 아니다.

　　학부 3학년 때는 티 소믈리에 인턴십 과정을 수료한 것을 계기로, 저는 모임장이 되어 식품공학과에 '티사랑'이라는 소모임을 만들었습니다. 처음 '티사랑'은 마음이 맞는 학우들과 한 달에 1~2회 차를 마시는 비정기 모임으로 시작되었는데, 교지에 소논문 공모전이 있다는 소식을 듣고, 차에 대한 공동연구를 진행하는 소학회로 발전시켰습니다. 저는 주 3회 이상 모임원들과 소통하며, 연구 계획을 수립하고 맞춤형 커리큘럼에 따라 한 학기 동안 「차(茶)와 전쟁: 카테킨과 타닌 성분이 인체에 미치는 효과와 기호를 중심으로」라는 주제로 연구를 수행했습니다. 그 결과 한 해 10편 정도 논문이 실리는 교지에 주저자로 소논문을 게재할 수 있었습니다.

　　수정한 자기소개서에는 소모임이 소학회로 발전하는 과정과 본인의 역할을 기술했을 뿐만 아니라, 수치화된 모임의 횟수, 제출된 소논문의 제목, 공모전의 규모 등이 결과 중심적이고 집약적으로 정리되어 있다. '열정을 가지고 연구했다'는 수식을 굳이 쓰지 않았음에도, "주 3회 모임원들과 소통"했다는 것이 충분히 열정을 나타내는 언표로 기능하고 있으며, 소논문 제목만으로도 어떤 연구를 수행했는지 면접자들은 충분히 유추할 수 있다. 연구 수행 과정에서 '맞춤형 커리큘럼'에 대한 내용이나 논문에 대한 추가적인 내용은 면접 상황에서 질의응답으로 진행할 수 있다. 오히려 면접관에게 궁금증을 유발하는 효과를 거둘 수도 있는 것이다.

　　아울러 프로젝트에 참여하는 지원자의 대인 역량과 주어진 과제에 대한 문제 해결 능력, 성실성, 추진력 등을 엿볼 수 있으며, 학과 내에 소모임을 만들어 소학회까지 이끈 리더십 역량 또한 엿볼 수 있다. 즉, 자기소개서는 내가 알고 있는 나를 쓰는 것이 아니라, 회사가 알고 싶어 하는 나를 쓰는 것이 관건이다. 내가 살아온 자산들을 통해 면접관의 마음을 움직여야 한다.

　　다음은 자기소개서의 항목별 예문들이다. '좋지 않은 예'와 '좋은 예'를 살펴보고, 자신만의 돋보이는 자기소개서를 작성해 보자.

(1) 성장 과정

저는 A.경기도 안양에서 태어나 엄격하신 아버지와 인자하신 어머니 아래에서 1남 1녀의 장남으로 자랐습니다. 공무원이셨던 부모님은 어려서부터 물심양면으로 지원을 아끼지 않으셨고, B.저 또한 부족함 없이 화목한 환경에서 학창 시절을 보내왔습니다. 고3과 D.재수생 시절 학업 스트레스가 쌓일 때도 어머니께서는 저를 끝까지 믿어 주시며 잔소리 한번 한 적이 없으셨고, D.저는 비록 재수를 했지만 B.부모님의 지원 덕에 좋은 환경에서 공부할 수 있었습니다. 그로 인해 결국 C.저는 원하는 대학과 원하는 학과에 진학할 수도 있었고, 장학금도 2번 수혜하는 등 큰 무리 없이 대학 생활을 마칠 수 있었습니다.

→ A. 천편일률적인 성장 과정 소개를 지양해야 하고, 지원자에 관한 내용보다 전체적으로 부모님에 관한 내용이 다수를 차지하고 있다.

B. '부모님의 지원'과 '좋은 환경'과 같은 피상적이고 반복되는 표현은 지양한다.

C. 대학 생활이나 학창 시절에 대한 특이한 정보가 전혀 없으며, 직무에 관한 연관성도 찾아보기가 힘들다. '큰 무리 없이'와 같은 표현은 막연하게 읽힌다.

D. 굳이 주지 않아도 되는 정보는 피한다.

〔인간을 생각하는 공학도가 되다〕

고1 여름방학까지 할머니를 모시고 살았습니다. 대가족은 아닌데, 아버지,어머니와 저, 동생까지 3대가 살고 있었으니 대가족이라 불러도 어색하지 않았습니다. 부모님은 맞벌이를 하셨고 저와 동생은 학교와 학원이 끝나면 밤이 다 되니, 할머니께서는 거의 일과 시간 내내 혼자 있는 경우가 많았습니다. 그 시절 외롭게만 지내셨던 할머니를 생각하면, 저는 그때 사물인터넷 기술이 있었다면 어땠을까 생각합니다. 청소년기에 들어서면서 할머니와 대화를 많이 못 한 것도 후회가 됩니다. 그런 이유 때문이라도 공대에 진학해서도 저는 '사람을 따뜻하게 하는 기술'에 관해 고민해왔습니다.

최근 들어 사물인터넷 기술은 세계적으로 가장 중요한 이슈입니다. 과거 SF 영화에서 상상했던 수많은 기술은 이미 현실에서 여럿 출시되었습니다. 무인 자동차가 현실화되고 웨어러블 디바이스는 이미 시장에서 활발하게 인기를 끌고 있습니다. 사람을 모방해서 만든 'HUBO'와 같은 로봇은 자동차를 운전하고, 화재가 발생한 곳에 투입되어 진압하는 등 영화 같은 현실이 나타나고 있습니다. 저는 그 중심에는 단연 반도체 기술의 비약적인 발전이 있다고 생각합니다.

기계가 사람처럼 생각하고 행동하는 과정에는 수많은 데이터가 필요합니다. 반도체의 저장능력은 비약적으로 발전하였고, 그 크기는 마이크로 단위의 초소형으로 제작할 수 있게 되어 새로운 미래가 열리고 있습니다. 이 같은 반도체 기술은 ○○전자가 이미 세계적으로 최고의 기술을 보유하고 있고, 세계적으로 스마트폰 및 가전제품들도 그 위상을 떨치고 있습니다. 세계 최고의 기업에서 인간을 생각하는 최선전의 기술을 다루는 사람이 되고 싶습니다. 할머니께서 부르면 따뜻하게 "저 여기 있어요."라고 대답하는 손자가 되고 싶습니다.

(2) 학교생활 및 주요 경력 사항

예시 – ○○전자 엔지니어 분야 지원 자기소개서 (좋지 않은 예)

저는 대학에서 A.중앙동아리로 복음성가 동아리와 동물권 수호 동아리 활동을 했습니다. 그리고 A.학과동아리로는 ESG 경영 동아리 활동을 했습니다. B.초등학교 이후로 줄곧 교회를 다녀왔고 고양이 두 마리를 키우고 있어서 당연히 관련된 중앙동아리에 관심을 두게 되었고, ESG 경영 동아리는 탄소중립이 미래 비전이라고 생각하기 때문에 가입하게 되었습니다.

특히 B.복음성가 동아리에서는 계절마다 목욕 봉사를 나가는 활동을 겸하고 있습니다. 동아리 활동을 통해 C.소외된 이웃에게 선의를 베푸는 마음과 더불어 살아가는 사회적 가치를 배웠습니다. 그리고 B.학교 주변 캣맘 활동도 꾸준히 해오고 있습니다. ESG 경영뿐만 아니라 개인적으로 C.제로웨이스트 활동을 통해 저 하나라도 탄소 배출량을 줄이는 실천을 지속하고 있습니다.

또한 D.어학연수를 한 학기 다녀오기도 했고, 학내 사진 공모전에 입상해서 장학금을 받기도 했습니다.

→ A. 동아리 활동이 지원하는 분야와 특별한 연관성이 없어 보이며, 무의미하게 나열되었다는 인상을 준다.

B. 동아리 활동을 열심히 한 것에 대한 지원자의 확실한 의지나 노력 지점이 보이지 않으며, 구체적인 사례가 제시되어 있지도 않다. 이러한 활동을 통해 무엇이 자신의 삶에서 달라졌고, 앞으로 직무 현장에서 어떤 가치로 실현될 수 있는지 제시되지 않았다.

C. 지원자의 활동 사항이 사회적 가치를 실천했다는 점은 유의미하지만, 지원 분야의 기업 정신과 어떤 부분이 맞닿아 있는지 연계하여 기술할 필요가 있다.

D. 어학연수와 공모전 입상은 너무 소략하게 제시했으며, 정확히 어떤 곳에서 연수를 했고 어떤 주최 공모전에서 수상했는지 기술되지도 않았다. 게다가 이 공모전은 실무와 연관성이 없다.

예시 – ○○전자 마케팅 부서 지원 자기소개서 (좋은 예)

〔꼴찌의 또 다른 말은 1등〕

꼴찌는 배우는 속도가 느릴 뿐, 못 할 수 있는 일은 없다고 생각합니다.

학부 시절 졸업논문 프로젝트로 지능형 순항 제어시스템을 통한 차량감지센서 알고리즘을 만든 적이 있습니다. 조를 짤 때, 그 과목의 열등생이었던 3명의 선후배와 한 조가 되었습니다. 처음 주제 선정부터 시작해 MATLAB, 코딩, 자료조사 등 각자 맡을 담당 분야 나누기, 재료 구하기 등 쉽지 않은 과정들이 계속되었고 교수님께서도 많이 안타까워하셨습니다. 하지만 오히려 이러한 과정들이 저희 팀을 더욱더 굳건히 만들어 주었고, "1등은 못 하더라도 우린 끝까지 한다."라는 강한 소속감을 느끼게 해 주었습니다.

시간이 오래 걸려도 '기본부터 천천히, 과정 이해하기'라는 생각을 가지고 프로젝트를 시작했습니다. 특히 MATLAB 프로그램에 있는 기존 코드를 사용하지 않고, 키워드만을 이용해 직접 처음부터 하나하나 코드를 짰습니다. 시간은 두 배 이상이 걸리고 더 큰 노력과 시행착오를 겪었지만, 팀원들은 큰 그림과 원리를 이해할 수 있었고 코드의 다양성을 확보할 수 있게 되어 다른 분야에서도 응용이 가능한 저희만의 코드와 결과물을 결국 만들어 낼 수 있었습니다. 또한 오차율 10% 이내의 알고리즘 완성이라는 처음 목표에 최대한의 근사치 값을 낼 수 있었고, 과정을 좋게 봐 주신 교수님분들 덕택에 교내 졸업논문 경진대회 최우수상이라는 결과물도 얻을 수 있었습니다.

이런 경험을 통해 ○○ 전자에 입사 후 저는 1. 남들보다 조금 느릴 수 있는 경우에도 조급해하지 않고, 2. 과정에 관해 항상 의문을 가질 수 있으며, 3. 결과를 내기 위해 꾸준하고 끊임없이 발전해 나가는 신입 사원이 될 것입니다.

(3) 장단점 및 성격

예시 - ○○○회계법무팀 비서 지원 자기소개서 (좋지 않은 예)

저는 어려서부터 A.어른들이 꼼꼼한 성격이라고 칭찬을 자주 해 주셨습니다. 늘 메모하는 습관을 지니기도 했고, 학교생활을 하면서 과제를 밀린 적도 없습니다. 이런 A.꼼꼼한 성격은 맡은 바에 책임을 다하는 사람으로 주변에 인식되곤 했습니다.

C.다양한 사무보조 아르바이트를 할 때도 A.주임님들께서 문서 작성과 정리를 잘한다고 칭찬을 해주시기도 했고, 제게 주어진 일을 끝까지 혼자 묵묵히 수행하는 성격이라 모남 없이 조직 생활을 할 수 있었습니다. 특히 B.컴퓨터 활용 능력이 뛰어나지 않음에도 불구하고, 어떤 업무든 시킨 것은 야근해서라도 마무리하는 성격이기 때문에 A.남들보다 책임감이 강하고 성실한 사람으로 정평이 나 있습니다. 다만 B.혼자서 해결하기 어려운 부분을 고민할 때는 주변에 도움을 바로 청하지 못하는 우직한 성격이 단점입니다. 이 부분은 D. 회사에 차차 적응해 가면 해결될 수 있는 부분이라 생각합니다.

→ A. 칭찬을 해 줬다는 주체가 명확하지 않으며, 정확히 어떤 실무 부분에서 꼼꼼한 성격을 발휘하여 업무 수행을 할 수 있는지 정확히 제시되지 않았다.

B. 지원 분야의 필수 사항이 되는 컴퓨터 활용 능력을 단점으로 제시하여 매력도를 떨어뜨리고 있으며, 소통 역량이 부족한 인재라는 인상을 주게 된다.

C. 아르바이트 경험에 대한 구체적인 업무 사항이 드러나지 않았고, 아르바이트 기간이나 실무 상황을 수치화해서 제시하거나, 실무 중에 겪었던 갈등 사항 등을 해결하는 데서의 지원자의 장점을 더 부각할 필요가 있다.

D. 자신의 단점에 대해 개선 노력 없이 막연한 태도로 일관하고 있다.

예시 – ○○○화재 재무부서 지원 자기소개서 (좋은 예)

〔**두려움이라는 알을 깨다**〕

어릴 때부터 대학교 시절까지, 저는 많은 사람 앞에서 발표하는 능력이 부족했습니다. 고교 시절 내내 학급 임원을 도맡을 만큼 평소에는 적극적이고 사교성 있는 성격이지만, 발표할 때만큼은 떨리고 긴장되어 좋은 모습을 보이지 못했습니다.

이를 극복하기 위해 프레젠테이션 동아리의 일원으로 활동하면서 대중 앞에 나서는 것에 대해 자신감을 키웠습니다. PT에 관심 있는 대학생들을 대상으로 공개 세미나를 학기마다 2회 진행해 100여 명 앞에서 발표를 직접 했고, 타 발표 동아리와의 교류를 통해 좋은 발표 습관을 체계적으로 익혀 나갔습니다. 과연 내가 해낼 수 있을까 하는 의문으로 시작한 활동이 너무나 큰 자신감을 주었고, 그 후 제가 다른 친구들에게 도움을 주고 싶어, 학술부장 자리를 맡아 주 1회 후배들을 위한 재능기부 강의를 통해 나눔을 실천한 경험도 있습니다.

실패를 두려워하지 않고 부딪쳐 보는 도전이 저 자신을 발전시킬 수 있는 원동력임을 깨달았고, 이런 경험을 바탕으로 연구의 성과를 발표하는 자리에서 안정적인 발표로 팀의 성과를 더욱 빛나게 하겠습니다.

---

(4) 지원 동기 및 입사 후 포부

예시 – ○○○○반도체장비 영업팀 지원 자기소개서 (좋지 않은 예)

A.귀사는 제가 다섯 번째 지원하는 회사입니다. 저는 채용 공고를 보고 이번에는 꼭 합격할 것 같다는 느낌을 받았습니다. 남들은 삼세판이라고 하거나 열 번 찍어 안 넘어가는 나무 없다고들 하지만, B.저에게는 늘 5가 좋은 숫자였습니다. 첫 연애를 할 때도 다섯 번 고백해서 성공했고, 5학기 때인 2학년 1학기 성적이 가장 우수했으며, 고등학교 때는 늘 반에서 5등만 도맡아 해왔습니다.

저는 C.다양한 인턴 경험과 우수한 학점을 가지고 있습니다. 어학 성적도 900점대로 높은 편이고, 봉사활동 경험도 있습니다. D.저를 채용해 주시면 귀사에 도움이 되는 인재로 거듭나 맡은 일에 최선을 다하는 모습을 보여 드리겠습니다.

→ A. 굳이 언급할 필요가 없는 정보이며, 지원하는 회사와 업무에 대한 선행 정보가 전혀 반영되어 있지 않아, 채용 과정에 적극적으로 임하는 인상을 주지 못한다.

B. 사변적인 내용이며 논리에도 맞지 않고 자기소개서에 굳이 들어가야 할 내용으로 보기 어렵다.

C. 정확히 어떤 이력을 가졌는지 알 수 없으며, 채용 후 실무와 연관성도 찾기 힘들다.

D. 열정과 포부를 보여 주기에는 '도움이 되는 인재', '맡은 일에 최선을 다하는 모습' 등 너무 상투적인 표현을 남발했다.

예시 - ○○자동차 R&C분야 지원 자기소개서 (좋은 예)

〔같은 목표를 위해 노력하는 '우리'가 있어 행복한 삶〕

저는 기본적으로 연구개발 엔지니어로서 꼭 필요한 창의성을 위해서 다양한 경험을 쌓았습니다. 그중에, 독일 뮌헨 BMW, 슈투트가르트 Mercedes-Benz, Porsche 박물관을 방문했던 것은 다양한 관점에서 각 브랜드가 강조하는 기술과 강점을 비교해 볼 좋은 기회였습니다.

파워트레인 중에서도 엔진설계 관련 분야의 전공, 프로젝트 능력을 키웠습니다. 기본 엔진을 이해하기 위해 '자동차엔진 공학'을 수강하여 A+라는 좋은 성적을 받았고, 구동 원리를 공부하기 위해 독일로 교환학생으로 가서 'Automotive Engineering' 과목을 수강하였습니다. 또한 AUDI의 미래의 콘셉트카를 개발하는 프로젝트는 "미래에 자동차가 어떤 감각을 감지할 수 있는가."라는 주제로 미래에 꼭 필요한 자율주행기술과 감각을 감지하는 센서에 관한 공부를 할 수 있는 기회였습니다. 또한 3D 모델링파트를 담당하였고 3D 프린터를 이용하여 최종 제품을 만들어 보았습니다. 미래 자동차의 핵심이라고 할 수 있는 수소연료전지차, 자율주행자동차는 모두 안전성의 문제가 핵심 문제로 제기되고 있는 자동차입니다. 이런 저의 새로운 관점들, 전공·프로젝트 능력을 바탕으로 안전성을 중시하며 미래에 스마트카┌친환경차를 위해 기술로 선도하는 엔진을 설계하고 싶습니다.

2~3만 개의 부품으로 이루어진 자동차가 하나의 부품이 뛰어나다고 최고의 자동차가

아닌 것처럼, 저는 혼자 잘해서는 이 세상을 절대 살아갈 수 없다고 생각하는 사람입니다. 독일 교환학생 시절 심도 있는 과목들을 공부하며 다양한 경험을 했었던 교환학생 생활도 행복했지만, 같은 목표를 위해 다른 사람들과 함께 노력하여 좋은 결과를 받았을 때 몇 제곱 배로 더 행복했습니다. 저 혼자서 성취하는 것은 결코 제 인생의 최고의 순간은 아닙니다. 제가 중요하게 생각하는 가치관은 "같은 목표를 위해 함께 노력하는 것"입니다. 팀원들과 수많은 프로젝트를 수행하면서 모두가 원했던 "최고의 자동차를 만들자."라는 목표를 '함께' 이뤘을 때의 기쁨을 맛보는 제 인생의 최고의 순간을 ○○자동차에서 만들어 나가고 싶습니다.

▶ 연습문제 28 (부록 313쪽) ◀

■ 읽기 자료 2

채용 과정 중 AI면접이 도입되는 기업이 증감함에 따라, 고심하는 취업 준비생들이 늘고 있다. 다음 기사문은 현행 AI면접에 대한 고충을 취재한 내용이다. 기사문을 읽고 AI면접 상황을 상상해 보고, 향후 변동될 기업 채용 과정의 변화에 대해 전망해 보자.

"기계가 왜 떨어트렸지" AI면접 잣대 몰라 취준생들 한숨
취업의 새 변수, 깜깜이 AI면접

유통업계 영업 직무에 지원해 온 이지희(24) 씨는 지금까지 'AI(인공지능)면접'을 5번 봤다. 기업마다 다르지만 보통 AI전형은 서류 전형 뒤 곧바로 이어진다. 기존 채용 과정으로 보면 1차 면접 정도에 해당한다. 이 씨는 2번은 AI면접을 통과했지만, 3번은 AI면접 문턱을 넘지 못했다. 그런데 5번의 AI면접 내용이 크게 다르지 않아 3번의 불합격에 의구심을 갖고 있다. 이 씨는 "AI면접에 응시한 내용이 정확하게 결과에 반영은 되는 것인지, AI면접에서 어떤 기준으로 당락을 결정하는 것인지 잘 모르겠다."고 털어놨다.

최근 취업 준비를 시작한 취업 준비생(취준생) 이영현(27) 씨도 홈쇼핑 업체에 지원해 지금까지 3번의 AI면접을 치렀다. 그는 "서류 전형 발표 후 3일 이내에 응시해야 해 준비기간이 굉장히 빠듯한데다 AI면접에 대한 정보가 부족하다."며 "(기업들이) 취준생에게 좀 더 구체적인 정보를 줬으면 좋겠다."고 말했다. 이어 "취준생 사이에선 AI면접을 신뢰할 수 없다는 분위기가 만연하다."고 전했다. 실제 취준생 모임 인터넷 카페 등에선 "서류 힘들게 통과해도 AI면접만 보면 떨어진다.", "기계가 뭔데 나를 자꾸 떨어트리냐."라는 볼멘소리가 나온다. 카페에 올라오는 AI면접 관련 조언 글은 조회 수가 수천 건에서 수만 건에 이르기도 한다.

스터디 카페선 AI면접 합격 팁까지 돌아

AI면접 연습을 위해 마련된 안양시의 AI·VR 면접 체험관. [사진 안양시]

기업들이 채용 전형에 AI면접과 AI역량검사를 앞다퉈 도입하면서 하반기 채용 시즌을 앞둔 취준생들의 한숨이 깊어지고 있다. 코로나19로 비대면 채용 전형이 확산한 영향인데, AI면접·역량검사가 어떻게 이뤄지고, 어떤 과정을 거쳐 당락을 결정하는 것인지 알려진 게 적기 때문이다. 면접·역량검사를 진행하는 'AI'에 대한 정보가 제한돼 있고, 그나마 공개된 정보는 이해하기 어렵다. 취준생 사이에서는 "눈을 가리고 귀를 막고 취업 준비를 하고 있다."는 불만이 쏟아지고 있다.

AI역량검사 솔루션 업체인 마이다스아이티에 따르면, AI역량검사를 도입한 기업은 총 630곳에 이른다. 2019년(260곳) 대비 2배 이상 증가했다. 기업들의 재계약률은 지난해 기준 93%다. AI 전형에 대한 기업들의 만족도가 높다는 얘기다. AI면접 솔루션 업체 관계자도 "도입 기업이 꾸준히 늘고 있고 시장이 계속 커지고 있다."고 말했다. 대기업 중에서는 LG

전자·현대기아차·국민은행·신한은행·동국제강 등이 최근 AI 전형을 도입했다.

이 같은 AI 전형은 크게 AI역량검사와 AI면접 두 가지다. AI역량검사는 대개 게임 형식으로 이뤄지는데, 게임에 대한 반응을 수집하고 무의식적 행동 패턴을 분석한다. 응답 반응 시간, 실수 회복 패턴, 의사 결정 방향, 집중력 유지, 학습 속도 등을 파악해 해당 직무의 우수 사원 데이터를 토대로 역량을 측정한다. 한 금융권 관계자는 "코로나 이후 비대면 채용이 많아지면서 도입했다."며 "AI역량검사를 통해 디지털, 영업 역량을 객관적 지표로 확인할 수 있고 점차 확대해 갈 계획"이라고 말했다.

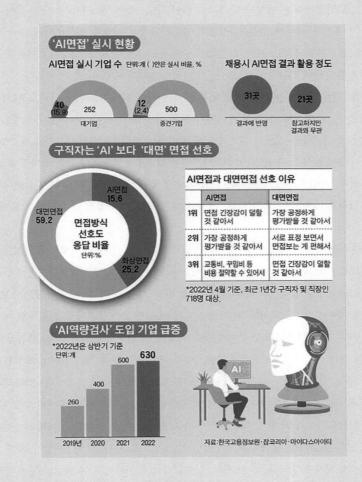

'AI면접' 실시 현황

AI면접 실시 기업 수 단위:개 ( )안은 실시 비율. %

	대기업		중견기업
40 (15.9)	252	12 (2.4)	500

채용시 AI면접 결과 활용 정도

31곳	21곳
결과에 반영	참고하지만 결과와 무관

구직자는 'AI' 보다 '대면' 면접 선호

면접방식 선호도 응답 비율 단위:%

- 대면면접 59.2
- AI면접 15.6
- 화상면접 25.2

AI면접과 대면면접 선호 이유

	AI면접	대면면접
1위	면접 긴장감이 덜할 것 같아서	가장 공정하게 평가받을 것 같아서
2위	가장 공정하게 평가받을 것 같아서	서로 표정 보면서 면접보는 게 편해서
3위	교통비, 꾸밈비 등 비용 절약할 수 있어서	면접 긴장감이 덜할 것 같아서

*2022년 4월 기준, 최근 1년간 구직자 및 직장인 718명 대상.

'AI역량검사' 도입 기업 급증

*2022년은 상반기 기준
단위:개

2019년	2020	2021	2022
260	400	600	630

자료:한국고용정보원·잡코리아·마이다스아이티

AI면접은 주로 소통 역량을 평가한다. 대면 업무가 많은 영업·경영지원·서비스 업종에서 주로 활용한다. 얼굴 표정에서 감정을 추론하고, 목소리 높낮이나 말의 휴지(休止), 사용 언어 등을 분석한다. 이를 토대로 AI는 응시자의 친화성이나 성실함, 신뢰도 등과 같은 지표로 점수화해 당락을 결정하거나 평가 결과를 채용 담당자에게 전달한다. 한 통신업체 관계자는 "기존의 1차 면접 대신 AI면접을 활용하고 있는데 사람인 인사 담당자가 파악하기 어려운 행동이나 눈빛, 키워드 등 응시자의 세부적 부분까지 볼 수 있다."며 "동시에 채용 담당 인력 효율을 높일 수 있고, 면접 결과 데이터가 인재 채용에 도움되고 있다."고 말했다.

문제는 AI면접에 대한 이렇다 할 정보가 없어 취준생들이 애를 먹고 있다는 것이다. 우선 AI면접·역량검사 자체가 낯설다. 지난해 잡코리아에서 진행한 설문조사에 따르면, 남녀 취업 준비생 873명 중 71.9%가 'AI면접을 준비하고 있지 않다'고 했고, 그 이유로 'AI면접을 어떻게 준비해야 하는지 모르겠어서'라는 응답이 과반수(52.1%)를 차지했다.

이영현 씨는 "처음에는 AI 상대로 역량을 보여 줘야 한다는 생각에 답변도 AI처럼 딱딱하게 나왔다."고 말했다. 대기업 마케팅 직무에 지원 중인 윤예린(25)씨는 "노트북 카메라를 보며 혼자 응시하는 것보다 대면 면접에서 말하는 것이 더 전달력이 좋을 것 같았다."고 말했다. 취준생들이 모여 있는 스터디 카페에선 AI면접·역량검사 합격 팁까지 돌고 있다. 면접의 경우 '화면 똑바로 응시하기', '목소리 크게 내기', '조명 밝게 하기', '최대한 공백 없이 대답하기' 등이다. 역량검사는 '게임에 져도 웃는 표정 짓기'가 필수라고 조언하기도 한다.

상황이 이렇다 보니 AI면접에 대비할 수 있는 학원까지 생겨났다. AI면접 컨설팅이나 강의가 별도로 마련되기도 했다. 서울의 AI면접 대비 스피치 학원 관계자는 "최근 취준생 사이에선 AI면접으로 합격된다, 안 된다가 가장 화두"라며 "대부분 왜 떨어졌는지 모르겠다며 학원을 찾아온다."고 말했다. 대학이나 지역 내 AI면접 체험관이 늘고 있지만 여전히 부족한 편이다. 2020년부터 AI면접 체험관을 운영 중인 안양시 관계자는 "AI면접 솔루션 업체로부터 모의 면접 쿠폰을 구매해 취준생에게 지원하고 있다."며 "AI면접 체험관은 경제적 상황 등 AI면접을 보기 어려운 청년들에게 큰 도움이 된다."고 말했다. 컴퓨터나 스피커, 안정적 와이파이 등 환경이 제대로 갖춰지지 않은 경우 기회를 날려 버릴 수도 있다.

취준생에게 이보다 더 큰 문제는 기업마다 AI면접을 어떤 기준으로, 어떻게 반영하는지 알 길이 없다는 것이다. 윤예린 씨는 "어떤 기준으로 평가되는지 알 수 없어, 해당 전형을 준비하는 것 역시 막연하다."고 말했다. 잡코리아 설문조사에서 'AI면접의 평가 방식과 진행 방법 등에 대해 알고 있는지' 묻는 질의에 61.5%가 '잘 모른다'고 답했다. 그런데 AI면접은 채용 결과에 반영되는 만큼 지원자 입장에선 속수무책일 수밖에 없다. 한국고용정보원 설문조사 결과, AI면접 도입 기업 52개 중 59.6%(31곳)가 면접 결과를 채용에 반영했고, 이 중 24%(6곳)는 '당락을 좌우한다'고 답했다. 최병호 고려사이버대학교 소프트웨어학과 교수는 "1차 필터링을 AI역량검사·면접 전형으로 하기 때문에 누락시키는 기준은 분명 존재할 것"이라고 말했다. 김민 진보네트워크 정책활동가는 "AI자기소개서 평가, AI면접 이 두 가지로 전반적 채용 절차를 다 처리해버리는 기관도 있는데 이럴 경우 (정보를 공개하지 않는 건) 심각한 문제"라고 말했다.

2020년 한 시민단체는 AI면접을 도입한 공공기관을 상대로 차별 위험은 없는지 관련 정보를 공개하라는 소송을 진행했다. 일부 승소 판결을 받았지만, 해당 기관조차 AI가 출제한 문항이나 적용 기술 등의 자료를 갖고 있지 않았다. 김병욱 해우법률사무소 변호사는 "채용에 AI를 도입한 기업·기관조차 어떤 방식이 어떻게 반영되는지 잘 모르는 경우가 많다."고 말했다. 이수형 서울대 국제대학원 교수는 "투명하게 AI 알고리즘에서 뭐가 고려되는지, 산출되는 결과치가 무엇인지 설명할 필요가 있다."고 말했다. 이와 관련 AI 업체 측은 "평가한 결과지를 기업에서 요청할 경우 취준생들에게 공개할 수 있다."고 밝혔다.

AI 편향·오류 우려, 검증·인증 체계 갖춰야

전문가들은 기업이나 기관이 AI를 인사관리(HR)에 적용하기 위해선 반드시 검증 절차를 거쳐야 한다고 지적한다. 김광현 고려대 경영학과 교수는 "사람 조직에서 HR 관련 현상은 굉장히 복잡해서 AI의 학습에도 근본적으로 한계가 존재할 수밖에 없다."고 말했다. 전창배 IAAE 국제인공지능&윤리협회 이사장은 "AI가 학습한 데이터가 차별과 혐오가 없는 완전무결한 데이터가 되기엔 불가능해 편향이 생길 수밖에 없다."며 "알고리즘을 만드는 인간 역시 주관이 있어 완벽하지 않아 공정한 결과가 나오지 않을 가능성도 높다."고 말했다. 실제 미국의 세계 최대 전자 상거래 업체 아마존은 2014년부터 개발해 온 AI 채용 프로그램에 오류가 생겨 폐기한 바 있다. 당시 이 프로그램은 남자 지원자가 여자 지원자보다 점수가 높게 나오는 오류가 있었는데, 아마존에 따르면 AI의 학습 데이터 자체가 편향돼 있었기 때문이었다. 전 이사장은 "면접·역량검사에 쓰이는 AI는 고위험 AI로 분류해, 정부, 학계, 기업이 공동으로 검증·인증할 수 있는 체계가 갖춰져야 한다."며 "특히 고위험 AI는 정부에서 인증하는 식의 관리가 필요하다."고 말했다.

AI면접 신뢰도를 높이기 전까진 적어도 취준생 입장에서 보완책이 필요하다는 지적도 나온다. 김병욱 변호사는 "AI면접 결과에 대해 불만이 있더라도 어떤 구제 절차도 없다."며

"외국은 AI기술이 응시자에게 끼칠 수 있는 해악이 큰 경우 까다로운 검증 절차를 거치고 인권 영향 평가를 의무적으로 하도록 하고 있다."고 말했다. 지난해 4월 유럽연합 집행위원회에선 '인공지능법(AI Act)'이 제안됐다. 법안에선 시험 채점, 직원 채용 등을 돕는 데 활용하는 AI는 '고위험'군으로 보고, 한 번 더 점검하도록 규정하고 있다. 김광현 교수는 "지원자들의 (AI면접에 대한) 수용성을 높이고, 객관성을 지원자 눈높이에서 어떻게 설명할 것인지 고민이 필요하다."고 말했다.

신수민 기자 shin.sumin@joongang.co.kr

4. 공모전

1) 공모전의 목적

한자의 뜻을 풀어보면 알 수 있듯이, 공모전(公募展)이란 본래 '공개 모집한 작품의 전시회'를 뜻한다. 그러나 현대사회로 들어서면서 작품 전시를 목적으로 공모전에 참가하는 경우는 드물다. 대학생들에게 공모전이라는 단어는 오랫동안 학점과 인턴십, 봉사활동, 외국어 등과 더불어 '취업 5종 세트' 중 하나로 인식되어 왔다. 취업난이 가중되면서부터는 공모전 수상이 '취업 3요소'로 그 위상이 격상되었다는 말이 나오고 있을 정도다(김수영·전종우, 2012; 박한나 외, 2023).

공모전을 향한 사회적 관심은 2020년 코로나 팬데믹 이후에 한층 더 강화된 것으로 보인다. 한국경제신문사에서 운영하는 공모전 정보 사이트 '올콘(all-con)'에 등록된 공모전은 2019년에만 하더라도 4,790건 수준이었지만, 2020년 5,421건, 2021년

6,327건 등으로 매년 증가하는 추세를 보였다(김현지, 2023). 또 다른 공모전 정보 사이트 씽굿(Thinkgood)에서는 2022년 한 해 동안에 등록된 공모전만 하더라도 14,406건에 달한다고 한다(박한나 외, 2023).

공모전 수가 폭발적으로 증가하면서 접근성이 한층 높아졌다. 이와 함께 상대적으로 문턱이 낮아진 만큼 공모전 관련 경력은 차츰 기본 소양으로 자리 잡아 가고 있다. 취업 전선에 뛰어든 사람들에게 공모전은 이제 선택이 아니라 필수다.

하지만 공모전을 단순히 졸업 요건 충족, 혹은 스펙업을 위한 수단 정도로 인식해서는 곤란하다. 특정 분야에서 공모전은 그 자체로 커리어를 인정받는 계기가 되기도 한다. 건축 분야를 예로 들자면, "건축사무소 중 공모전 당선 없이 건축주와의 계약을 통해서만 세계적 수준에 다다른 곳"은 그다지 많지 않다는 말이 있을 정도다. 공모전에 응모함으로써 개인과 단체의 발전을 도모할 수 있을 뿐만 아니라, 동시대 사회의 정체성과 미래를 향한 비전을 제시하는 과감성을 스스로 학습하고 발전시킬 수 있다(김기준, 2018).

이처럼 본원적으로 공모전 경험은 자기 계발과 전문성 함양, 진로 탐색 등과 같이 내적 동기를 가다듬을 수 있는 창구로 활용할 만한 가치가 충분하다. 도전 의식을 포함한 내적 동기 부여, 사회적 인정, 진로 탐색 등의 내적 가치 구현에 초점을 맞추었을 때, 결과물 또한 질적으로 향상될 것이라 기대할 수 있을 것이다. 여기에 더해 공모전에 참여하는 일은 관련 분야에 대한 지식과 노하우를 누적할 수 있는 연습의 과정이 될 뿐만 아니라, 인적 네트워크를 형성할 수 있는 흔치 않은 기회의 장이기도 하다는 점에서도 그 중요성을 간과하기 어렵다.

이력서에 써넣게 될 수상 경력과 여기에 따라붙는 각종 상금과 혜택 등은 오히려 부차적인 산물이라고 할 수 있을 것이다. 요컨대 대학 생활에서 공모전을 자기 인식 함양과 같은 누적의 과정 안에 녹여 낼 필요가 있겠다. 이제 공모전에 참여하기 위하여 고려할 만한 여러 제반 사항에 대하여 살펴보도록 하자.

2) 공모전 선정 과정에서 고려할 사항들

건축, 과학, 광고(마케팅), 디자인, 소프트웨어, 논문, 서평, 보고서, 에세이, 기획(아이디어), 사진, 영상, 예술, 문학, 프레젠테이션, 취업 및 창업 등 세상에는 셀 수 없이 다양한 분야와 주제로 공모전이 열리고 있다. 한 해 만 건이 넘게 개최되는 공모전들 가운데 과연 어디에 문을 두드려야 하는 걸까?

공모전이 낯선 사람이라면 본인의 전공, 혹은 평소에 흥미를 지니고 있던 영역부터 출발점으로 삼는 것이 좋을 것이다. 자신에게 익숙한 분야부터 시작해서 공모전 체제를 이해한 뒤에 활동 분야를 넓혀 나가도 늦지 않다. 그러한 의미에서 첫 번째 공모는 시도와 경험에 의미를 두어야 한다.

가장 먼저 대학에서 이수한 교과, 비교과 프로그램을 적극적으로 활용할 수 있어야 한다. 전공 혹은 교양 교과목을 수강하는 과정에서 생산한 과제물을 공모전에 제출해야 할 완성작에 대한 프로토타입이라고 가정해 보자. 무에서 유를 창조하는 일보다는 진입장벽이 훨씬 낮아질 것이다.

모집 분야를 압축했다면, 공모전을 개최한 주최 기관의 성격을 파악하는 일로 뛰어들어야 한다. 정부나 기관, 지자체를 비롯해 대학과 기업, 신문이나 방송 등의 언론, 학회와 재단, 비영리단체 등 단체의 성격에 따라 공모전의 목적과 진행 방향 또한 천차만별의 특성을 보이는 까닭이다. 공모자의 목적과 공모전 주최 측의 목적이 맞아떨어질 때 가장 큰 시너지가 발생할 것이라는 점은 너무나도 명확하다. 반대로 주최 기관의 성격을 이해하지 못한 채 제대로 된 전략 수립이 가능할 것이라고 기대하기는 어렵다.

예컨대 주최 기관이 기업이라면, 해당 기업의 핵심 가치 내지는 인재상 등을 참고 자료로 삼을 수 있을 것이다. 이는 기업이 직접 공모전을 개최한 경우가 아니라 투자자로 참여한 경우라 하더라도 마찬가지다. 여기에 더해 공모전 후기라거나 수상 작품을 두루 살펴보면서 공모전이 본인의 목적과 관심사에 합치하는지 살펴볼 필요가 있겠다. 분야마다 다르지만 '공모전 수상 작품집'을 책으로 출판하는 경우 또한 종종 살펴볼 수 있다.

공모전 관련 웹사이트 목록

공모전 인덱스	contestindex.co.kr
링커리어	linkareer.com
씽굿	thinkcontest.com
씽유	thinkyou.co.kr
아이러브콘테스트	ilovecontest.com
올콘	all-con.co.kr
요즘것들	allforyoung.com
위비티	wevity.com
캠퍼스픽	campuspick.com

tip. 목록을 통해 확인할 수 있는 사이트들은 단순히 공모전 개최 소식을 공유하는 데 머물지 않고 수상 작품이라거나 수상 후기, 결정적으로는 공모전 아이디어나 전략 등을 공유하는 장으로 기능하고 있다. 여기에 더해 '스펙업', '아웃캠퍼스' 등의 웹커뮤니티를 살펴보는 일 또한 도움이 될 것이다.

한 가지 잊지 말아야 할 것은, 대학이야말로 공모전 경험을 쌓아 나갈 수 있는 최적의 장소라는 사실이다. 대중 일반을 대상으로 한 공모전에 도전하기에 앞서 서울과학기술대학교에서 개최된 공모전을 적극적으로 활용하자. 전국 단위의 공모전과 비교해 접근성이 좋고 상대적으로 문턱이 낮다는 점에서 훌륭한 출발점이 되어 줄 것이다. 팀 단위의 공모전에 참가할 때 인적 네트워크를 손쉽게 활용할 수 있다는 점도 큰 장점이다.

공모전이 목적이 뚜렷한 프로세스라는 점을 염두에 둘 필요가 있겠다. 그것이 취미의 영역이든 혹은 전문성을 요구하는 분야든 공모전은 결국 인프라의 구축 내지는 재생산 작업과 연결되기 마련이다. 이와 관련해 공모전 현황과 추세, 제작 및 평가 방법, 출품작 등에 대하여 분석한 연구 사례들을 어렵지 않게 살펴볼 수 있다. 각각의 분야에 대한 동향 및 추세 분석에 공모전이 일정한 척도 역할을 하고 있다는 뜻이다. '업계'의 발전을 위한 자성의 목소리로 참고하기 위하여 공모전을 활용해야 한다는 목소리 또한 크다(김정상, 2006).

공모전이 인적 자원을 재생산하기 위한 제도로 기능하고 있다는 사실을 다시금 강조할 필요가 있겠다. 공모전이 사회적으로 인사 문제와 긴밀하게 연결되어 있다는 것은 공공연한 사실이다. 대학이라는 공간이 빛을 발하는 이유가 여기에 있다. 대학은 민관 혹은 산학의 허브로 기능하고 있기 때문이다. 이와 같은 환경 속에서 대학과 각종 기관, 기업을 연결하는 중대한 교두보 중 하나가 바로 공모전이다(장운근, 2008). 대학이 공모전 연계 수업을 설계해야 할 것이라는 견해가 지속적으로 제기되는 이유다(조은환, 2014; 박한나 외, 2023). 앞서 한 차례 언급한 바와 같이, 교과–비교과 프로그램에서 생산한 과제를 공모전과 연계하는 시도가 요청된다.

3) 공모전 글쓰기의 실제

(1) 모집 요강을 완벽하게 숙지하라

공모전 모집 요강에서 확인할 수 있는 규범은 반드시 지켜야 한다. 참가 조건부터 시작해서 제출 방법, 마감 일자, 필수 양식 등 관련 내용을 완벽하게 숙지한 뒤에 출발하자. 가장 먼저 신경 써야 할 부분은 감점 요소를 제거하는 일이다. 쉽게 지나치기 쉽겠지만, 글자 크기라거나 폰트를 달리 쓰는 일만으로도 감점을 당할 수 있다. 불이익을 받을 수 있는 부분을 원천적으로 차단하기 위해서라도 모집 요강 검토는 필수적이다. 분량 문제에서는 어느 정도 예외가 허락되기도 한다. 주최 측에서 제시한 분량을 정확하게 지키는 일이 가장 안전하겠지만, 모자란 경우보다는 약간 넘치는 쪽이 낫다. 그리고 모집 요강에 가산 항목이 명시되어 있는 경우 이를 적극적으로 반영해야만 한다. '가산 항목'이라는 말에는 함정이 깔려 있다. 공모전에 참가하는 모든 사람이 가산점을 받아 간다면 이는 더 이상 가산 항목이라 부를 수 없을 것이기 때문이다. 남들과 동일선상에서 경쟁하기 위해서라도 감점 사항은 없애고, 가산점은 철저하게 자신의 것으로 만들어야 한다. 이야말로 수상을 위해 나아가야 할 첫걸음이라 할 수 있다.

(2) 두 마리 토끼를 잡아야 한다

공모전은 두 마리의 토끼를 모두 잡는 사람이 수상 가능성을 높일 수 있는 구조로 설계되어 있다. 여기서 두 마리의 토끼란 전문성과 창의성을 뜻한다. 수상권에 진입하기 위해 창의성이 강조되어야 한다는 사실은 분명하다. 그러나 전문성을 포기해도 괜찮다는 뜻은 아니다. 앞서 한 차례 언급한 바와 같이, 공모전에 제출하기 위하여 생산한 결과물 자체가 포트폴리오로 활용 가능하다는 점을 잊어서는 안 될 것이다. 주제에 대한 이해와 공모 작품의 적합성·표현력 등의 가치를 염두에 두도록 하자.

반대로 창의성이 빠진 전문성은 식상하다. 공모전에서 선보여야 할 전문성은 대학이나 직장에서의 그것과는 성격이 다를 수밖에 없다. 주최 측이 부러 막대한 자본을 들여가면서까지 공모를 진행하는 취지가 무엇인지 생각할 필요가 있다. 즉, 전문성만이 강조된 작품은 우선순위에서 밀릴 수밖에 없다. 창의성을 돋보이게 하기 위해서는 공모 분야에 대한 최신 동향 파악이 가장 먼저 우선시되어야 할 것이다. 그리고 이를 자신의 주제로 녹여 낼 수 있는 능력이 따라야 한다. 이때 창의성이라는 단어 안에는 사회적 파급력 혹은 시사성이라는 개념이 포함되어 있음을 염두에 두어야 할 것이다. 요컨대 공모 작품의 새로움이 사회적 가치와 맞물려 활용 가치가 높다고 판단될 때, 그 가치를 온당하게 인정받을 수 있다.

---

tip. 체크리스트

- 공모 작품이 공모전 주제에 부합하는 형식과 내용을 갖추었는가?
- 공모 작품의 형식과 내용은 타당한가? 그리고 그것이 일관성을 갖추고 있는가?
- 공모 작품의 독창성과 참신성이 인정되는가?
- 공모 작품에 활용된 자료적 풍부함과 그 타당성이 인정되는가?
- 공모 작품의 사회적 파급력 혹은 시사성을 인정할 만한가?
- 공모 작품의 사회적 활용도를 인정할 만한가?

---

(3) 협업의 가치

팀 단위로 개설되는 공모전이 '협업'이라는 가치를 중요하게 생각한다는 사실을 고려할 필요가 있겠다. '사회'는 팀워크를 중시하기 마련이고, 그 가치를 체현한 사람을 공모전을 통하여 선별하기를 원한다. 필요한 경우 역할 분배 혹은 제작 과정 등을 공유함으로써 이를 어필할 수 있어야 한다. 따라서 팀 단위로 공모전을 수행할 때는 문제해결 능력과 커뮤니케이션 능력, 팀워크, 리더십, 책임 의식, 직업윤리 등 다양한 가치가 평가 대상이 된다는 점을 미리 염두에 두어야 할 것이다(박한나 외, 2023). (tip. 공모전이 낯선 사람이라면 팀 단위의 프로젝트에 참여함으로써 공모전 절차와 관련 노하우를 빠르게 숙지할 수 있을 것이다. 이는 곧 공모전 수상 확률을 높이는 지름길이 된다.)

tip. 기타 체크리스트

- 가독성을 높여라. 자기 자신을 심사자라 가정하고 한눈에 잘 들어오는 완성본을 제작해 야 수상 가능성을 높일 수 있다. 글쓰기를 예시로 들자면, 기업의 인사 담당자가 지원자의 이력서와 자기소개서를 '김 굽는 속도'로 읽는다는 말이 있다. 이처럼 눈으로 훑는 과정에 서 오탈자와 비문이 있는 지원 서류가 가장 먼저 걸러진다. 내용 못지않게 가독성 또한 중 요하다.

- 작품을 제출하기 전 마지막 순간에 반드시 모집 요강으로 되돌아가라. 제작 과정에서 놓 친 작은 디테일까지 점검할 필요가 있다. 다시금 강조하자면, 감점 요소는 줄이고, 가산점 을 높이는 것은 기본이다.

- '저작권' 문제는 필수 검토 사항이다. 공모전에 참가하는 사람은 모집 요강이라거나 신청 서에서 확인할 수 있는 저작권 조항이 일종의 계약서 역할을 한다는 사실을 간과해서는 안 된다(박경철·정선미, 2012). 수상작의 권리문제를 제대로 이해해야만 수상 이후 활용 문 제에 있어서도 혼선을 피할 수 있을 것이다. 다른 한편, 공모전의 사회적 위상이 높아짐에 따라 부정행위에 대한 검증 절차 또한 강화되고 있다. 특허청은 공모전 아이디어 보호 강 화를 위하여 〈공모전 아이디어 보호 가이드라인〉을 지속적으로 개정 및 배포하고 있다.

  (tip. 실제로 부정행위를 저지르지 않았다고 하더라도 공모전에 제출한 작품에 대하여 표절 의혹을 받는 경우를 대비해야 한다. 준비 단계에서부터 포트폴리오를 작성하는 작업을 염두에 두고 세부적인 제작 과정을 기록한다 면 오해의 소지를 피할 수 있을 것이다.)

▶ **연습문제 30 (부록 321쪽)** ◀

종강

축하해요

모두 정말 고생 많았어요!

참고문헌

단행본

김돈 외,『대학 글쓰기와 커뮤니케이션』, 아카넷, 2013.

김성진·조용근·최미화·김홍석·장철한·김혜경·권효식·오현선·구향모·강희정·김대준·이
　　진우·류형근·문무현·이유진·유명익,『중학교 과학 3』, 미래엔, 2020.

김은정·윤정화·정종진·최지녀,『논리적 사고와 글쓰기』, 태학사, 2022.

나상무·렛유인연구소,『이력서 자소서 면접 관통하기』, 렛유인북스, 2021.

남형두,『표절론』, 현암사, 2015.

대학글쓰기 교재 편찬위원회,『대학 글쓰기』, 충북대학교 출판부, 2018.

리처드 앨런 포스너, 정해룡 옮김,『표절의 문화와 글쓰기의 윤리』, 산지니, 2009.

마종기,「바람의 말」,『안 보이는 사랑의 나라』, 문학과 지성사, 1980.

박장호,『취업의 신 자소서 혁명』, 성안북스, 2022.

옴스,『스펙을 뛰어넘는 자소서』, 원앤원북스, 2022.

이민호,『기술문서작성법』, 역락, 2011.

이윤진,『글쓰기 윤리와 자료 사용』, 경진, 2015.

이인재,『연구윤리의 이해와 실천』, 동문사, 2015.

이준희,『자소서 바이블 2.0』, Alivebooks, 2022.

Grant, James, *The Critical Imagination*, Oxford University Press, 2013.

Greetham, Bryan, *How to Write Your Literature Review*, Red Globe Press, 2021.

Van Eemeren & Grootendorst, *Fundamentals of Argumentation Theory*: *A handbook of* Historical
　　Backgrounds and Contemporary Developments, NJ : LEA, 1996.

논문 및 보고서

계승균,「표절과 유사개념」,『법학연구』59, 부산대학교 법학연구소, 2018.

김기준,「공모전에 관한 몇몇 생각들」,『건축과 사회』31, 새건축사협의회, 2018.

김병필,「대규모 언어모형 인공지능의 법적 쟁점」,『정보법학』26(1), 2022, 185~186쪽.

김수영·전종우, 「공모전 속성이 공모전에 대한 태도 및 기업 이미지, 기업태도, 행동의도에 미치는 영향」, 『공공정책과 국정관리』 6(1), 단국대학교 사회과학연구소, 2012.

김예진, 「인공지능에 의한 자동화된 의사결정의 위험성 -장애인 채용을 중심으로-」, 『LAW & TECHNOLOGY』 18(1), 2022, 37~57쪽.

김정상, 「시사초점 — 첫걸음 인쇄관련 공모전 품질향상 기회로 삼아야」, 『프린팅코리아』 51, 대한인쇄문화협회, 2006.

김현지, 「공모전 요인이 태도와 참가의도에 미치는 영향」, 『한국콘텐츠학회논문지』 23(5), 한국콘텐츠학회, 2023.

두경일, 「빅데이터의 효과적 시각화를 위한 인포그래픽 연구」, 『커뮤니케이션 디자인학 연구』 55, 2016, 152~161쪽.

민병곤, 「신문 사설의 논증 구조 분석」, 『국어국문학』 127, 국어국문학회, 2000.

박경철·정선미, 「콘텐츠 관련 공모전의 저작권 소유와 저작권 침해 분석」, 『만화애니메이션연구』 29, 한국만화애니메이션학회, 2012.

박성준, 「마블 서사 활용 자기소개서 쓰기 교안 연구」, 『한국문학이론과 비평』 제23권 1호, 한국문학이론과 비평학회, 2019.

박한나·김운한·최홍림, 「광고 PR 공모전 연계 수업에 대한 인식 연구」, 『한국광고홍보학보』 23(3), 한국광고홍보학회, 2023.

박혜림, 「대학 교양교육과정의 평가 준거 개발 연구」, 『교육과정연구』 25, 한국교육과정학회, 2007.

성진우, 「인공생명체 체외배양을 준비하다」, 『과학동아』 2023년 1월호, 107쪽.

우치·우동구·송만용, 「'지속 가능한 발전'(SDGs)과 융합 생태디자인 공모전 출품작 분석 연구 ―「SDGs 디자인 국제공모전」 수상작품을 중심으로」, 『한국과학예술융합학회』, 한국전시산업융합연구원, 2022.

윤철민, 「대학글쓰기 교재 분석 연구」, 『한국어문교육』 17, 고려대학교 한국어문교육연구소, 2015.

이인재, 「중복게재의 유형과 판단 기준」, 『감정평가학논집』 20, 한국감정평가학회, 2021.

이일호·김기홍, 「역사적 관점에서 본 표절과 저작권」, 『법학연구』 19, 연세대 법과대 법학연구소, 2009.

장운근, 「공모전을 통한 공학 교육적 산학 협력 모델」, 『공학교육연구』 111(2), 한국공학교육학회, 2008.

정승원·장현수·김세준, 「한국교양기초교육원의 표준모델을 적용한 4년제 대학 교양기초교육의 현황과 시사점」, 한국교양교육학회, 『교양교육연구』 14.

정희모, 「대학 글쓰기 교재의 분석 및 평가 준거 연구」, 『국어국문학』 148, 국어국문학회, 2008.

조은환, 「디자인 대학과 공모전 연계 교육 관련 연구 : 국내외 주요 공모전 관련 연구를 통한 대학 교육」, 『상품문화디자인학연구』 37, 한국상품문화디자인학회, 2014.

지인영·김희동, 「대형 사전학습 언어모델 연구에 대한 고찰」, 『담화와 인지』 28(4), 2021, 145~146쪽.

하승용, 「UCC 영상 콘텐츠 공모전 수요자 이해분석을 통한 공모지침 개선방안 연구」, 『영상문화콘텐츠연구』 23, 동국대학교 영상문화콘텐츠연구원, 2021.

허재영, 「대학 작문교육의 역사와 새로운 방향」, 『어문학』 104, 한국어문학회, 2009.

허재영, 「대학 작문교육의 현실과 정체성에 관한 연구」, 『교양교육연구』 6, 한국교양교육학회, 2012.

Coxhead, Averil, "A New Academic Word List", *TESOL Quarterly*, 34, 2000, pp.213-238.

Hammett, Hugh B., "How to Write a Book Review: a A Guide for Students", *The Social Studies*, 65(6), 1974, pp.263-265.

Hartley, James, "Reading and Writing Book Reviews Across the Disciplines", *Journal of the American Society for Information Science and Technology*, 57(9), 2006, pp.1194-1207.

Jaakkola, Maarit, *Joining the Scholarly Conversation*, NordMedia Network, 2022. 〈https://gupea.ub.gu.se/bitstream/handle/2077/74108/academicbookreview.pdf〉, 2024.01.22.

Watson, James Dewey & Crick, Francis Harry Compton, "Molecular Structure of Nucleic Acids: A Structure for Deoxyribose Nucleic Acid", *Nature*, 171, 1953, pp.737-738.

기사 및 자료

교육부·한국교육개발원, 『교육통계분석자료집 — 유초중등교육통계편』, 한국교육개발원, 2022.

김주원·장기정·여창민, 「백신 플랫폼 기술」, 『KISTEP 기술동향브리프』, 2021. (출처: https://kess.kedi.re.kr/, 검색일: 2023.04.20)

신수민, 「"기계가 왜 떨어트렸지" AI면접 잣대 몰라 취준생들 한숨」, 『중앙SUNDAY』, 2022. 8. 20.

이종현, 「"구글의 시대 끝났다" 평가 나온 Chat GPT… AI 대화가 검색 대체할까」, 『사이언스조선』, 2022. 12. 6. (기사 출처: https://biz.chosun.com/science-chosun/science/2022/12/06/3GXWJJI6WNGCPJGBLBDQCEA6OI/)

지웅배, 「우주에도 '해파리'가 있다?!」, 『비즈한국』, 2019. 6. 5. (기사 출처 : https://www.bizhankook.com/bk/article/17908)

Hermann Maurer, Frank Kappe, and Bilal Zaka, "Plagiarism-A Surevey", *Journal of Universal Computer Science*, Vol.12, No.8, 2006, pp.1050-1051 ; 이인재(2017.05.30.), 「표절을 판단하는 기준은 무엇인가」, Copy Killer EDU, 재인용. http://edu.copykiller.com/edu-source/faq/?category1=%ED%91%9C%EC%A0%88&mod=document&pageid=1&uid=29 (2023.02.09.).

https://www.donga.com/news/article/all/20090703/8751254/1

- 그래프 자료 – 서울연구데이터서비스(https://data.si.re.kr/data)
- 인포그래픽 사례 1 – 「내가 좋아하는 아메리카노 카페인 함량」 – SBS 뉴스, 2014년 7월 14일, (기사 출처: https://news.sbs.co.kr/news/endPage.do?news_id=N1002508221)
- 인포그래픽 사례 2 – 「친환경차 시대로, 친환경차산업 글로벌 리더로」, 『나라경제』, 2022년 10월호. (출처 : 경제정보센터 https://eiec.kdi.re.kr/issue/infographic.do)
- 인포그래픽 사례 3 – 「서울, 글로벌 스타트업 생태계 20위 진입」, 『나라경제』, 2021년 1월호. (출처 : 경제정보센터 https://eiec.kdi.re.kr/issue/infographic.do)
- 장애인차별금지법 법률 제4조(2021) – 국가법령정보센터(https://www.law.go.kr/) 참조

부록 –
연습문제

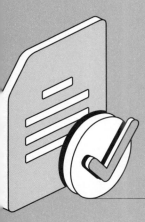

1. 다음 중 '좋은 글'의 요건에 해당하지 않는 것을 고르시오.

① 독자층

② 시대적 상황

③ 장르의 특성

④ 글의 목적

⑤ 작가의 나이

2. 작문교과 독립기(2000년대 이후)의 대학 교양필수 과목으로서 작문교육에 대한 설명 중 틀린 것을 고르시오.

① 많은 대학들이 신입생 대상 교양필수 교과로 운영하고 있다.

② 대학별로 다른 글쓰기 교재를 사용한다.

③ 한 대학 내에서도 전공이나 계열에 따라 다른 교재를 사용하는 경우도 있다.

④ 대학교양교육협의회에서 제시한 공통의 작문 교육과정이 존재한다.

⑤ 어떤 대학이든 글쓰기 교재에는 '논증' 관련 내용을 필수로 포함시킨다.

3. 다음은 글쓰기 윤리 위반 행위의 예이다. 어떤 위반 행위인지를 쓰고, 위반하지 않으려면 어떻게 하면 좋겠는지를 생각해 보시오.

1)

> 몇 년 전, 책을 읽는데 마음에 드는 구절이 있었다. 이번에 보고서를 작성하면서 그 구절을 이용하였다. 그런데, 그 구절이 어느 책에 있는지 알 수 없어서 누가 한 말인지를 밝히지 않았다.

_____

_____

_____

2)

A과목을 수강할 때 작성하여 제출한 a보고서가 있다. 다음 학기에 B과목을 수강하다 보니 내용이 관련이 있어서 a보고서의 아이디어를 가져다가 사용하였다. 당연히 a보고서도 내가 작성한 것이니 출처를 밝힐 필요가 없다고 생각했다.

_____

_____

_____

3)

답사 보고서를 쓰기 위해 여러 사이트를 검색했다. 그 결과 적당한 사진과 설명을 찾았고, 내가 찍은 사진과 함께 인터넷에서 찾은 사진을 사용하여 보고서를 작성했다. 사진에는 출처를 표시했지만, 설명은 공공기관 자료실에 있는 내용을 내가 다시 정리했기 때문에 출처를 표기하지는 않았다.

_____

_____

_____

4. 다음은 아직 공부하지 않은 내용이지만 글쓰기 윤리 위반 행위임에는 분명하다. 어떻게 해야 글쓰기 윤리에 부합할지를 생각해 보시오.

나는 B논문에 수록되어 있는 자료를 인용하였는데, 그 자료는 A논문의 것이었다. 내가 인용한 것은 B논문이기 때문에 출처에는 B논문만 표기한다.

1. 다음 문장에서 적절하지 못한 어휘를 골라 고치시오.

> 　그는 부지런하다. 그러므로 성적이 좋다. 생각컨대 그는 밥을 제대로 챙겨먹지 안을 만큼 시간을 아꼈다. 더우기 잠자는 것조차 웬지 죄스러웠다. 그런 점에서 그의 풍모는 내노라하는 사회지도층 못지않다. 나의 바람은 청춘을 짜집기하지 말라는 것이다. 그리고 나서 성공을 꿈꾸었으면 한다.

2. 다음 중 틀린 부분에 밑줄 긋고 바르게 표기하시오. 단, 틀린 부분이 없으면 그대로 두시오.

① 네 사정이 어떠튼 나는 집에 갈 거야

② 아지랑이가 피어오르는 봄날 교정

③ 운전에 익숙치 못해 일어난 사고야

④ 내일은 돌아가신 할아버지의 제사날이다

⑤ 윗어른이니 당연히 인사드려야 한다.

⑥ 바둑에 취미를 부치다

⑦ "제가 원하는 사람은 당신뿐이예요."

⑧ 그런 행동이 떳떳지 못하다는 건 스스로 알 수 있잖아.

⑨ 그렇게 살다가는 언젠가 댓가를 치르고 말 거야.

⑩ 어제 민수가 날 보고도 못 본 채 하더라.

다음 문장을 다듬으시오.

1. 수해로 인한 피해가 막심하다.

   _____

2. 홍수가 낙엽처럼 방주를 흔들었다.

   _____

3. 참 연구자로 살아 왔음을 그의 연구물이 잘 대변해 주고 있습니다.

   _____

4. 요즘 대중문화가 자본을 등에 업고 학생들의 그릇된 욕망을 부추기고 있다는 여론이다.

   _____

5. 국가가 자본가의 도구라는 주장과 국가가 자본가의 이해에 반해서 노동자를 보호한
   다는 주장은 모순이다.

   _____

   _____

6. 그녀는 자기의 일을 계속해 나갈 수 있는 것이 고작이었다. 해가 바뀌고 나자 그들 사
   이의 통화가 점점 줄어들기 시작하였다.

   _____

   _____

7. 스트로브는 갑작스런 급습에 방어할 여지도 없었다.

   _____

8. 이러한 인식론적 성찰을 통해 여성학자들은 연구자들이 표준적이고 '남성 중심적인' 개념 틀에서 벗어나야 일상적 여성의 경험을 볼 수 있다고 주장한다.

_____

_____

9. 그가 태어난 곳은 도쿄의 교외였다. 1948년 봄 아직 전쟁이 끝난 지 얼마 되지 않았을 무렵이다. 형이 한 명 있고, 나중에 다섯 살 아래의 여동생이 태어났다.

_____

_____

10. 비록 신라 자신은 이치에 맞지 않아 무너졌지만, 그 안에서 다음 시대를 이끌어 갈 주도세력을 키워 냈다는 점에서, 건강한 사회변동의 역사적 책무를 완결적으로 수행해 냈다.

_____

_____

_____

11. 요즘 대중문화가 자본을 등에 업고 학생들의 그릇된 욕망을 부추기고 있다는 여론이다.

_____

12. 국가는 여성들이 사회활동에 적극 참여할 수 있도록 그들에게 기회를 주어야 한다.

_____

13. 우리는 넓은 관용을 보이신 김구 선생이 구세주라는 것과 우리의 인도자라는 것을 믿는 조선인이라는 것입니다.

---

14. 오늘날 장애인의 인권을 생각한다면 장애인 인권에 관한 입법을 더 이상 미룰 수 없음이다.

---

15. 내가 그의 친구가 되기로 한 건 그가 이름을 두 개나 가지고 있어서였다.

---

16. 국방부는 국방정보 공개제도 발전과 대국민 소통 강화 차원에서 국방정보 공개 모니터단을 최초로 구성하고, 김윤석 기획조정관 주관으로 21일 초청 설명회를 가졌다.

---

17. 성공에 대한 욕구는 과도한 경쟁심을 불러옵니다. 경쟁은 좋은 성과를 내는 데 긍정적 영향을 미칠 수도 있지만 오히려 노력할 가치가 없는 부분에 대해서 지나치게 에너지를 쏟아 붓게끔 만들기도 하지요.

---

18. 두 면접관과 나는 미래의 시장을 정확하게 예측할 수 있게 만들어 주는 '현자의 돌' 같은 것이 존재한다고 믿는 사람들이 상당히 많다는 이야기에 관해 각자의 의견을 내놓고 있었다.

_____

_____

_____

19. 한산했던 거리에는 가족과 연인들이 하나둘 모습을 드러내고 동네에는 아이들의 웃음소리가 가득해진다.

_____

_____

20. 민 선생은 교장 선생이 결코 자신의 우방이 될 수 없다는 것을 알고 있었을 것이다.

_____

21. 이 지역은 무단 입사자에 대하여는 자연공원법 제60조에 의거하여 처벌을 받게 됩니다.

_____

_____

22. 그녀는 자신과 하등 상관도 없는 일에 열을 내고 쫓아다니는 어리석은 작자들을 경멸할 줄 아는 현명한 여자였다.

_____

_____

23. 민간인 불법사찰 문제는 대선 때까지 계속 뜨거운 이슈가 되어 시민들의 분노를 키울 것이다.

_____

_____

24. 하나 남았던 좌석은 그보다 바로 한 먼저 차에 오른 젊은 여인에게 점령당했다.

_____

25. '윈도우'와 같은 운영체제 프로그램을 설치하고, 여기에 추가로 여러 가지 응용프로그램을 설치해야만 비로소 우리가 유용하게 사용할 수 있는 컴퓨터가 되는 것이다.

_____

_____

26. 출산 장려를 위한 다양한 시책 추진에 160억 원을 투입했다.

_____

27. 우리들의 대부분은 이러한 사실을 잘 모르고 버릇처럼 쓰고 있다.

_____

28. 우리는 박건하와 염동일이 누가 장준혁 곁에 더 가까이 앉을까 다투었다는 얘기를 들었다.

_____

_____

29. 이 실험은 구리와 질산은이 반응하여 은과 질산구리를 생성한 다음 반응물과 생성물의 질량을 측정하고 이러한 질량의 데이터로부터 화학반응식의 계수를 구한다.

_____

_____

30. 보통 '요약'이라는 말에 두 가지 편견을 가지고 있다. 하나는 요약본을 읽으면 책을 읽지 않게 된다는 것이고, 다른 하나는 중요한 문장을 연결하는 작업이 요약이라고 생각한다는 점이다.

_____

_____

_____

1. 다음 내용을 요약하시오.

> 나혜석은 낯선 자신을 앞에 두고 진정 내가 사람이냐 묻고 있습니다. 이 세상 여자의 일생이 그렇고 그런 것이 아니냐 그냥 생긴 대로 살자고 누군가의 인형처럼 위안이 되는 것도 나쁘지 않다고 귀에 못이 박혔을 소리 거둬 내고 입센의 노라가 되어 뛰쳐나가려 합니다. 그때부터 칠흑 같은 '암흑'이 '횡행', 앞을 가로지를 것이라는 것을 그는 알고 있습니다. '견고'한 '장벽'을 넘는 일은 미움 받기 십상입니다. 가혹한 형벌이 뒤따릅니다. 그래도 '폭풍우'를 무릅쓰지 않는다면 결코 사람으로서 살 수 없을 것 같다고 소리 높여 외칩니다.

---

2. 다음은 두 문단으로 나눌 수 있다. 두 번째 문단의 첫 문장을 쓰시오.

> 한때 우리는 광장에 있었습니다. 이 세상을 뒤엎을 만큼 뜨겁게 타오르는 바람이 있었기 때문입니다. 그러나 어두워지면 광장은 쓸쓸하기 그지없습니다. 함께 불렀던 노래도 높이 울려 퍼졌던 함성도 막다른 골목에 다다랐습니다. 그래서 "기다림에 지친 사람들은 / 산으로 갔어요 / 그리움은 회올려 / 하늘에 불붙도록. / 뼈섬은 썩어 / 꽃죽 널리도록(신동엽, 『진달래산천』에서)" 참담한 광장을 떠난 사람들이 있습니다. 우리 시는 광장 속에서 빛나지 않았습니다. 아프기도 하며 부끄럽기도 하여 어디론가 사라진 시가 아직도 깊은 산 속 어딘가에서 눈을 밝히고 있습니다. 백석 시편은 고향에 묻어 둔 이야기입니다. 쉽게는 돌아갈 수 없는 장소로 언제든 우리를 이끌고 갑니다. 저 먼 북쪽 나라에서 들리는 눈 내

리는 소리입니다. 눈은 벌판에 내려 짓밟히지만 숨은 산속 눈은 높고 외롭고 쓸
쓸할 뿐입니다. 아무도 어쩌지 못할 마음을 간직하고 있습니다. '산골로 가는 것
은 세상한테 지는 것이 아니다 / 세상 같은 건 더러워 버리는 것이'라고 속삭입니
다. 그렇게 이 시는 백석의 얼굴을 온전히 드러냅니다. 그가 사랑하는 '나타샤'는
연인 '자야'여도 좋습니다. 그러나 나타샤가 아름다운 건 톨스토이 소설 『전쟁과
평화』에 나오는 나타샤의 마음 씀씀이 때문입니다. 책 같은 건 버리고 어서 부상
병을 태워요. 나직하게 속삭이는 아름다움 옆에 흰당나귀가 있었을 겁니다.

---

3. 다음 글에는 괄호 안에 들어갈 핵심문이 빠졌다. 내용을 잘 읽고 쓰시오.

  (   ) 가람이 구축한 세계는 한국 근대인으로서
보기 드물게 총체적 인간 형상을 띠고 있다. 나아가 읽기를 끝낸 정적 텍스트가
아니라 지금도 고현학적 위상을 지니며 변모를 거듭하고 있다. 옛사람이며 현대
인이고 동시에 미래를 사는 아바타로서 경계 너머 우리 곁에 살고 있다. 곳곳에
서 그를 만날 수 있는 신비로움은 꿈꾸는 사람들의 덕목이 아닐 수 없다. 한국학
속에 '가람학'이라고도 불릴 만큼 그의 문학과 학문과 정신의 요체가 자못 궁금
하다. 그만큼 그의 면모는 단일하지 않고 다양하다.

4. 괄호 안에 알맞은 내용을 쓰시오. 적어도 2개 이상의 문장으로 문단을 완성하시오.

인터넷은 많은 장점을 갖고 있다고 생각합니다. 하지만 걱정스런 부분도 적지 않습니다. (_____

_____

_____

_____) 인간애가 줄어들 것이라고 생각합니다.

다음 문장을 보고 연역논증인지 아닌지를 판단하시오.

1. 중력(重力)은 우주의 탄생 이래로 모든 물질에 작용되어 왔다. 그러므로 중력은 미래에도 모든 물질에 작용할 것이다.

_____

_____

2. 대부분의 남성은 온라인게임을 경험한 적이 있다. 따라서 민수도 온라인게임을 경험해 보았을 것이다.

_____

_____

다음 문장을 보고 연역논증과 귀납논증을 구분하시오.

1. 시력이 좋지 않은 모든 사람은 안경을 쓴다. 민수는 안경을 끼지 않았다. 그러므로 민수의 시력은 나쁘지 않다.

_____

_____

2. 내일은 내일의 해가 뜰 것이다. 오늘도 어제도, 그리고 과거에도 해가 떴기 때문이다.

_____

_____

3. 비가 오면 교통사고의 수가 증가한다. 오늘은 비가 왔다. 그러므로 오늘은 교통사고의 수가 증가할 것이다.

_____

_____

다음 문장을 보고 해당하는 오류를 쓰시오.

1. 운동을 하면 체중은 감소한다. 민수는 최근 운동을 하지 않았다. 그러므로 민수의 체중은 증가했을 것이다.

2. 이 다이어트 약은 날씬한 연예인들이 실제로 구매하는 것이다. 나도 이 다이어트 약을 먹으면 저 연예인들처럼 날씬해질 것이다.

3. 모든 사람은 자신의 의견을 피력할 수 있다. 그러므로 나는 게시판에 악플을 써도 괜찮을 것이다.

4. 사람과 컴퓨터는 여러 측면에서 유사한 점이 있다. 그러니 컴퓨터도 감정을 느낄 수 있을지도 모른다.

5. 정부는 대학입시 전형을 개편해야 할 것이다. 왜냐하면 모든 학생들이 대학입시 전형 개편을 원하기 때문이다.

_____

_____

6. 우리는 담배가 폐암의 원인이라고 믿는다. 그러나 흡연을 하면서도 폐암에 걸리지 않는 사람들도 많다. 그러므로 폐암은 담배로 인한 것이 아닐 것이다.

_____

_____

7. 신문에서는 우리 사회의 불안 요소가 청년실업 문제와 고령인구 증가 문제라고 말한다. 그러나 내 주변에는 오직 청년실업 문제만 겪고 있다. 따라서 고령인구 증가 문제는 큰 사회 위협 요인이 아니다.

_____

_____

8. 사장님, 제발 저를 해고하지 마세요. 제 아내도 지난달 실직을 당했습니다.

_____

_____

평소 관심이 있었던 화젯거리로부터 가주제와 참주제, 주제문 및 가제를 발전시켜 나가는 과정을 본문(80~82쪽)의 예시와 같이 제시해 보자.

• 화젯거리 예시 : 학교 축제, 노키즈존 또는 카공족 관련 갈등

• 가주제

• 참주제

• 가제

• 주제문

절
취
선

아래 제시문의 자료를 읽고, 이를 각각 한 문단씩의 발췌문과 요약문의 형태로 작성해 보시오.

제시문

병원, 정신병자 수용소, 감옥, 병영, 공장으로 이루어진 푸코의 규율사회는 더 이상 오늘의 사회가 아니다. 규율사회는 이미 오래전에 사라졌고, 그 자리에 완전히 다른 사회가 들어선 것이다. 그것은 피트니스 클럽, 오피스 빌딩, 은행, 공항, 쇼핑몰, 유전자 실험실로 이루어진 사회이다. 21세기의 사회는 규율사회에서 성과사회로 변모했다. 이 사회의 주민도 더 이상 '복종적 주체'가 아니라 '성과 주체'라고 불린다. 그들은 자기 자신을 경영하는 기업가이다. 정상적인 것과 비정상적인 것을 갈라놓는 규율 기관들의 장벽은 이제 거의 고대의 유물처럼 느껴질 지경이다. 권력에 대한 푸코의 분석은 규율사회가 성과사회로 변모하면서 일어난 심리적┌공간구조적 변화를 설명하지 못한다. 자주 사용되는 '통제사회'와 같은 개념 역시 이러한 변화를 이해하는 데 적절한 것이 못 된다. 그런 개념 속에는 지나치게 많은 부정성이 담겨 있기 때문이다.

규율사회는 부정성의 사회이다. 이러한 사회를 규정하는 것은 금지의 부정성이다. '~해서는 안 된다'가 여기서는 지배적인 조동사가 된다. '~해야 한다'에도 어떤 부정성, 강제의 부정성이 깃들어 있다. 성과사회는 점점 더 부정성에서 벗어난다. 점증하는 탈규제의 경향이 부정성을 폐기하고 있다. 무한정한 '할 수 있음'이 성과사회의 긍정적 조동사이다. "예스 위 캔"이라는 복수형 긍정은 이러한 사회의 긍정적 성격을 정확하게 드러내 준다. 이제 금지, 명령, 법률의 자리를 프로젝트, 이니셔티브, 모티베이션이 대신한다. 규율사회에서는 여전히 'No'가 지배적이었다. 규율사회의 부정성은 광인과 범죄자를 낳는다. 반면 성과사회는 우울증 환자와 낙오자를 만들어 낸다.

규율사회에서 성과사회로의 패러다임 전환은 하나의 층위에서만큼은 연속성을 유지한다. 사회적 무의식 속에는 분명 생산을 최대화하고자 하는 열망이 숨어 있다. 생산성이 일정한 지점에 이르면 규율의 기술이나 금지라는 부정적 도식은 곧 그 한계를 드러낸다. 생산성의 향상을 위해서 규율의 패러다임은 '성과의 패러다임' 내지 '할 수 있음'이라는 긍정의 도식으로 대체된다. 생산성이 일정한 수준에 도달하면 금지의 부정성은 그 이상의 생산성 향상을 가로막는 걸림돌로 작용하기 때문이다. 능력의 긍정성은 당위의 부정성보다 훨씬 더 효율적이다. 따라서 사회적 무의식은 당위에서 능력으로 방향을 전환하게 된다. 성과 주체는 복종적 주체보다 더 빠르고 더 생산적이다. 그렇다고 능력이 당위를 지워 버리는 것은 아니다. 성과 주체는 규율에 단련된 상태를 유지한다. 그는 규율 단계를 졸업한 것이다. 능력은 규율의 기술과 당위의 명령을 통해 도달한 생산성의 수준을 더욱 상승시킨다. 생산성 향상이란 측면에서 당위와 능력 사이에는 단절이 아니라 연속적 관계가 성립한다. (중략)

성과 주체는 노동을 강요하거나 심지어 착취하는 외적인 지배기구에서 자유롭다. 그는 자기 자신의 주인이자 주권자이다. 그는 자기 외에 그 누구에게도 예속되어 있지 않은 것이다. 그 점에서 성과 주체는 복종적 주체와 구별된다. 그러나 지배기구의 소멸은 자유로 이어지지 않는다. 소멸의 결과는 자유와 강제가 일치하는 상태이다. 그리하여 성과 주체는 성과의 극대화를 위해 강제하는 자유 또는 자유로운 강제에 몸을 맡긴다. 과다한 노동과 성과는 자기 착취로까지 치닫는다. 자기 착취는 자유롭다는 느낌을 동반하기 때문에 타자의 착취보다 더 효율적이다. 착취자는 동시에 피착취자이다. 가해자와 피해자는 더 이상 분리되지 않는다. 이러한 자기 관계적 상태는 어떤 역설적 자유, 자체 내에 존재하는 강제 구조로 인해 폭력으로 돌변하는 자유를 낳는다. 성과사회의 심리적 질병은 바로 이러한 역설적 자유의 병리적 표출인 것이다.

— 한병철, 「규율사회의 피안에서」, 김태환 역, 『피로사회』, 문학과지성사, 2012, 23~29쪽.

발췌문

_____

_____

_____

요약문

제시된 자료 가운데 일부를 '직접인용' 또는 '간접인용' 방식 가운데 하나를 택해 인용하면서, 인공지능의 윤리 문제의 중요성을 주장하는 한 문단의 글을 써 보시오.

> 이처럼 인공지능은 학습한 그대로 반응하고 행동한다. 쓰레기를 학습하면 쓰레기가 나오는데 이것을 'GIGO(Garbage In, Garbage Out)'라고 부른다. 따라서 학습 데이터의 품질을 사전에 검증하지 못하고 학습 데이터의 특성을 파악하지 못할 경우, 인공지능이 장차 어떻게 반응할지에 대해서 개발자도 속수무책이다. 그렇다고 해서 개발자에게 책임이 없는 것이 아니다. 오히려 '이루다'의 차별과 편견 현상에 대한 책임은 개발자에게 일차적으로 물을 수밖에 없다. 인공지능이 사람에 편견을 가지지 않게 하고 사람을 차별하지 않도록 하려면, 그리고 인공지능이 사람을 공정하게 대하도록 하려면 무엇을 더하게 해야 하는지는 인공지능의 기획 및 설계 초기 단계에서부터 중요한 숙제가 되고 있다. 이 숙제를 제대로 풀지 못하면 인공지능의 신뢰성에 대한 의문은 계속 커질 수밖에 없다.
>
> ― 김명주, 『AI는 양심이 없다』, 헤이북스, 2022, 190~191쪽.

직접인용

간접인용

_____

_____

_____

_____

_____

_____

_____

1. 다음의 자료들을 외각주의 형식으로 제시하시오.

가. 김명주가 2019년에 쓴 '인공지능 윤리의 필요성과 국내외 동향'은 한국통신학회지에서 발간하는 정보와 통신 34권 10호에 실렸으며, 그중 45~54쪽을 인용하려 한다.

_____

_____

나. 변상섭이 쓴 '철학하는 인공지능'은 2021년에 현람출판사에서 출판되었다. 그중 32면을 인용하려 한다.

_____

_____

다. 이브 해롤드의 '아무도 죽지 않은 세상: 트랜스휴머니즘의 현재와 미래'는 한국에서 강병철의 번역으로 2016년 꿈꿀자유라는 출판사에서 출판되었다. 그중 5~6쪽을 인용하려 한다.

_____

_____

_____

라. '나'에서 인용했던 변상섭 저서의 56면을 한 번 더 인용하려 한다. 바로 위의 각주는 이브 해롤드의 책이다.

_____

_____

마. 이중원을 비롯한 여러 저자들이 2018년 쓴 '인공지능의 존재론'은 한울에서 출판되었는데, 그중 117쪽을 인용하려 한다.

바. 2021년 3월 1일 경향신문에 실린 'AI, 인간의 친구가 될 수 있을까?'라는 기사의 한 대목을 인용하려 한다. 최유진 기자가 작성하였다.

사. 이종찬은 '초등학교 인공지능 리터러시 교육을 위한 블렌디드 러닝 모형 개발'이라는 제목의 논문으로 2022년 서울대학교에서 석사학위를 받았다. 해당 논문의 56~57쪽을 인용하려 한다.

아. 고등과학원에서 2020년 발간한 과학 전문 웹진 Horizon에 신상규가 '포스트 휴먼과 포스트 휴머니즘 그리고 삶의 재발명'이라는 기사를 실었다. 해당 기사의 일부를 인용하고자 한다. 기사를 열람한 날짜는 2023년 12월 24일이다.

자. Mark Coeckelbergh가 2020년에 'AI Ethics'라는 책을 MIT Press에서 출간했는데, 그
　　중 10쪽을 인용하려 한다.

　　_____

　　_____

차. '자'에서 인용했던 'AI Ethics'의 50쪽을 바로 뒤이은 각주에서 또 한 번 인용하려 한다.

　　_____

　　_____

카. Michael Kearns와 Aaron Roth가 함께 쓴 'The Ethical Algorithm : The Science of
　　Socially Aware Algorithm Design'은 2019년도에 뉴욕에 있는 옥스퍼드대학출판사에
　　서 출판되었다. 그중 37쪽을 인용하려 한다.

　　_____

　　_____

　　_____

2. 외각주로 제시한 자료들을 참고문헌의 양식에 맞추어 작성하시오.

　　가. _____

　　나. _____

　　다. _____

　　라. _____

　　마. _____

바. _____

사. _____

아. _____

자. _____

차. _____

카. _____

쟁점이 명확한 주제를 하나 선택해 제목과 주제문, 그리고 5장 2절 체제의 개요를 작성해 보자.
(논증 후보 예시 : 안락사, 소년법, 민식이법, 동성결혼 등)

· 제 목 :
· 주제문 :
_____

· 개 요 :

_____

_____

_____

_____

_____

_____

_____

정월대보름에는 재미있는 풍습이 많이 있다.

대보름 전날 밤에는 잠을 자지 않는다. 잠을 자면 눈썹이 하얗게 센다고 하여 아이들은 졸린 눈으로 보름날이 되기를 기다린다. 참지 못해 잠이 든 아이들이 아침에 눈을 떠 보면 정말 눈썹이 하얘져 있는 경우가 있다. 어른들이 장난으로 아이들의 눈썹에 밀가루를 묻혀 놓기 때문이다.

대보름날 아침에는 부럼을 까먹는다. 부럼은 밤·잣·호두·땅콩 등 단단한 껍데기가 있는 열매를 말하며, 대보름날 부럼을 까먹으면 일 년 내내 부스럼이 나지 않는다고 한다.

1. 중심문장에 밑줄을 긋고 쓰시오.

_____

_____

2. 뒷받침문장에서 중요한 문장을 두 개 골라 쓰시오.

_____

_____

_____

_____

_____

_____

3. 위 글의 내용을 요약해서 쓰시오.

1. 토끼와 거북이가 다시 시합을 한다면 누가 이겼으면 좋을지, 그 이유와 함께 쓰시오.

① 누가 이겼으면 좋겠는가?

_____

② 그 이유는 무엇인가?

_____

_____

_____

_____

_____

2. 달리기 시합은 사실 토끼에게 유리한 시합이다. 토끼와 거북이가 달리기 말고 어떤 시합을 한다면 정정당당하게 시합을 할 수 있겠는가? (예 : 눈싸움)

_____

_____

_____

_____

_____

_____

3. 토끼와 거북이가 2번에서 쓴 새로운 시합으로 다시 경기를 하고 있다. 어떤 일들이 벌어질지 정정당당한 본인의 생각을 쓰시오.

_____

_____

_____

_____

_____

_____

_____

_____

_____

_____

_____

_____

_____

_____

먹을 것을 찾아 헤매던 여우가 포도송이가 주렁주렁 열린 포도덩굴을 발견했다. 잘 익은 포도송이가 햇빛에 반짝거리는 것이 몹시 먹음직스러워 보였다.

'맛있는 포도를 실컷 먹어야겠다!'

여우는 포도덩굴을 바라보며 군침을 흘렸다.

그러나 포도송이는 아주 높은 곳에 달려 있어서 여우의 손에 닿지 않았다. 여우는 발돋움하여 손을 뻗어 보았지만 어림도 없었다. 여우는 포도송이를 향해서 힘껏 뛰어올랐다. 손가락이 포도알 가까이까지 갔지만 딸 수 없었다.

'더 힘껏 뛰어 봐야지.'

여우는 숨을 크게 들이쉰 후, 포도송이를 향해 있는 힘을 다해서 뛰어올랐다. 드디어 포도송이가 손가락 끝에 닿았다. 그렇지만 이번에도 닿았을 뿐이지 딸 수는 없었다.

'다시 한번!'

여우는 안타까운 마음에 또다시 뛰어올랐으나 이번에는 포도송이에 닿지도 못했다.

'다시 한번!'

여우는 안타까워 몇 번이고 다시 뛰어올랐다. 그러나 간신히 포도송이에 손가락 끝을 대 보았을 뿐, 단 한 알의 포도도 따지 못했다.

마침내 여우는 지쳐 버렸다. 그리고 화를 내면서 포도덩굴 아래를 떠나며 다음과 같이 말했다.

"흥, 시어 빠진 포도는 공짜로 줘도 안 먹을 거야."

이 이야기의 문제 상황은 무엇인가?

_____

_____

_____

_____

다음은 전세 사기 확산 문제와 해결책을 촉구하는 글이다. 다음 글을 읽고 논리 전개 흐름과 글의 흐름을 보여 주는 표지에 유의하여 단락의 순서를 올바르게 배열해 보시오.

(가) 주택도시보증공사는 12일 전세보증금을 2억 원 이상 떼먹은 악성 임대인 신상을 연말 인터넷에 공개키로 했다. **그러나 때늦은 감이 없지 않다.** 고의적인 전세 사기 일당에 대해서는 엄정한 처벌이 마땅하다. 자본력 없이 대출로 규모만 키워 보증금을 돌려주지 못할 처지인 부동산 법인에 대한 실태 조사 후 선제적 관리에 나서는 것도 시급하다. 공인중개사들에 대한 책임을 강화하는 건 기본이다. 전세 사기 피해자 지원에 대한 특별법을 보완하는 것도 숙제다. 전세 사기 깡통전세 5가구 중 3가구는 피해 인정을 받지 못하고 있다는 조사도 나왔다. 법으로 모든 전세 피해자를 구제할 순 없고 바람직하지도 않지만, 구멍이 있다면 보완해 젊은 임차인들의 눈물을 닦아 줘야 하는 건 사회적 책무다.

(나) 서울 종로구의 한 모텔에서 빌라왕 김 모 씨가 숨진 채 발견된 게 딱 1년 전이다. 당시 피해자는 1,200여 명. 피해액은 2,300억 원이나 됐다. 이어 서울 강서구와 인천 미추홀구에서 전세 사기 사건이 터졌다. 보증금을 떼인 세입자가 사망한 채 발견되는 안타까운 일도 있었다. 정부는 대책을 다섯 차례나 발표했다. **그럼에도 또다시 전세 피해가 발생한 건** 유감이 아닐 수 없다.

(다) **수원에서도** 피해 임차인 대부분은 20대와 30대로 파악된다. 강서구와 미추홀구에서 가장 큰 피해를 떠안은 이들 역시 2030이었다. 전 재산이나 다름없는 전세보증금을 잃은 피해자들은 결혼도 출산도 꿈도 포기하고 있다. 전세 사기는 우리 사회의 미래에도 먹구름을 드리우는 중대 범죄인 셈이다.

(라) 경기 수원시에서 수백 명이 전세 계약 만료에도 보증금을 돌려받지 못하는 **전세 피해가 발생했다.** 연락이 끊긴 임대인 정 모 씨 부부와 아들, 이들이 세운 부동산 법인과 관련된 신고는 이미 340건을 넘어섰다. 경찰에 접수된 고소장도 90여 건이다. 임차인들이 자체 조사한 정 씨 일가 소유 건물 51개 동 가운데 확인이 가능한 11곳의 보증금 합계는 333억 원에 달한다. 나머지 건물까지 합치면 전체 보증금은 1,000억 원도 훨씬 웃돌 가능성이 높다.

밑줄 친 부분의 의미를 표현하기에 적절한 학술 어휘를 찾아 문장을 수정하시오.
(밑줄 친 부분을 수정하면 주변의 조사나 어미가 변화할 수도 있음)

> 고려하다, 방해하다, 재고하다, 등장하다, 미흡하다, 습득하다, 검토하다,
> 전망하다, 경량화, 긍정적, 부정적, 변화하다

1. 이 설계는 기계의 무게를 가볍게 하는 것을 가장 중요하게 생각한 것이다.
   → 이 설계는 기계의 (   )를 중요하게 (   ).

2. 다음은 디지털화된 교육의 좋은 사례이다.
   → 다음은 디지털화된 교육의 (   ) 사례이다.

3. 그 계획은 다음과 같은 이유로 다시 생각해야 한다.
   → 그 계획은 다음과 같은 이유로(   ).

4. 한국의 전기 요금은 매우 싼 편이다.
   → 한국의 전기 요금은 다른 나라에 비해 (   ).

5. 그러나 완전한 자율주행을 위한 기술은 제대로 이루어지지 못하고 있다.
   → 그러나 완전한 자율주행을 위한 기술은 (   ).

6. ChatGPT가 생겨나며 바뀐 점들을 생각하며 앞으로의 사회에 대해 생각해 보았다.
   → ChatGPT의 (   ) 앞으로의 (   ).

7. 조기 영어 교육은 모국어를 배우는 것을 어렵게 한다.
   → 조기 영어 교육은 모국어 (   )에 (   )가 된다.

다음 표의 내용을 검토하고 적절한 제목을 붙여 보시오.

- 시각 자료에 제목을 붙이기 -

- 논의와 직결되는 중요한 정보를 포함할 것
- 해당 시각 자료를 통해 부각하고자 하는 사항을 정확히 표현할 것
- 독자가 쉽게 이해하도록 정할 것

- 명사를 주요 요소로 활용할 것
- 장황한 수식이나 글쓴이의 주관적 감정을 피할 것
- 부제목이 필요한 경우, 괄호 안에 넣고 제목 아래와 가운데에 기입할 것

2.1. 주요 백신 플랫폼별 특성

◈ 전통적으로 사용되던 생백신, 사백신 외에도 아단위 백신이나 차세대 백신인 mRNA/DNA/바이러스벡터 백신 등 각 플랫폼별로 장단점이 상이

- 코로나19 팬데믹 상황에서도 단일 플랫폼이 아닌 다양한 플랫폼을 적용한 백신 개발이 이루어지고 있어, 생백신·사백신 등 기존 플랫폼도 여전히 중요함

- 또한 세균, 바이러스 등 감염원의 종류와 특성에 따라 보다 적합한 백신 플랫폼이 달라질 수도 있어 다양한 플랫폼 기술을 보유하고 이를 적용하는데 꾸준한 연구가 필요

〈표 2〉 코로나19 대응 주요 백신 플랫폼별 장단점

플랫폼	장점	단점
mRNA 백신	· 직접 감염원을 다루지 않아 안전성이 높음 · 신속한 개발 및 생산이 가능 · 소규모 GMP 시설로 저비용 생산 가능	· 생체 내 전달 비효율성과 인체 반응으로 인해 별도의 전달기술 필요 · RNA 및 지질 나노입자의 불안정성으로 운송·관리 어려움
DNA 백신	· 직접 감염원을 다루지 않아 안전성이 높음 · 신속한 개발 및 생산이 가능 · 소규모 GMP 시설로 저비용 생산 가능 · 열에 대해 안정 · 기존 연구로 인체 안전성 검증	· 생체 내 전달의 비효율성 · 세포핵 내로 이동 필요
바이러스벡터 백신	· 메르스 등 신종 바이러스에 대한 우수한 전임상/임상 데이터 확보	· 벡터 자체가 면역원성을 일으킬 우려
아단위(서브유닛) 백신	· 직접 감염원을 다루지 않아 안전성이 높음 · 면역형성을 높이기 위한 면역증강제(adjuvant) 사용 가능	· 일부 부위만 발현되어 항원 또는 항원결정 부위(epitope)의 구조 손상 가능성 · 생산 시 고수율 확보가 필요 · 대량 배양시설을 필요로 생산능력 제한
생백신(약독화)	· 기존 cGMP급 백신 생산 인프라 활용 가능	· 약독화 바이러스를 확보하기 위해 장기간 개발 배양 필요 · 감염성이 없는 살아있는 바이러스를 사용하여 감염성 있는 재조합 우려
사백신(불활성화)	· 기존 cGMP급 백신 생산 인프라 활용 가능 · 면역형성을 높이기 위한 면역증강제(adjuvant) 사용 가능	· 불활성화 과정에서 항원 또는 항원결정부위(epitope)의 구조 손상 가능성

— 김주원·장기정·여창민, 「백신 플랫폼 기술」, 『KISTEP 기술동향브리프』, 2021.

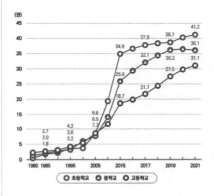

〔그림 Ⅳ-6-1〕을 통해 연도별 학생 1인당 장서 수를 살펴보면, 2022년 초등학교의 학생 1인당 장서 수는 41.3권, 중학교는 36.5권, 고등학교는 32.2권으로 나타나 초등학교의 학생 1인당 장서 수가 가장 많게 나타났다.

— 교육부·한국교육개발원, 『교육통계분석자료집-유초중등교육 통계편』, 2022, 127쪽.

절취선

1.1. 연습문제 3(243~248쪽) 가운데 문장 1개를 골라 ChatGPT가 수정하게 해 보시오.

1.2. 우리가 알고 있는 고칠 점을 발견할 수 있는가? 동료와 나의 질문 및 결과를 비교해 보시오.

2.1. 연습문제 12(271쪽)에서 내가 작성한 개요를 수정하도록 지시해 보시오.

2.2. 3장 1절 2)에서 설명한 '주제를 확정하는 과정'(81~84쪽)을 이해하지 않고 수정한 결과는 목표에 부합하는가? 만약 부합하지 않는다면, 2. '주제를 확정하는 과정'의 작성 의도를 프롬프트에 어떻게 반영하면 좋을까?

1. 수업에서 제출한 과제를 골라 3장 4절 3) '본론 쓰기'에서 배운 방법이 어떻게 활용되었는지 스스로 점검하여 표시해 보시오.

2. 작업을 마친 후 ChatGPT에게 수정을 요구해 보시오. 자신이 점검하여 표시한 것과 어떻게 다른지 비교해 보고, 무엇이 더 나은 선택인지 평가해 보시오.

3. 다른 동료 학생에게도 의견을 구해 보고, 어떤 기준에서 더 나은 선택을 평가해 볼 수 있는지 생각해 보시오. 이른바 'ChatGPT 역설'이 발생하는가?

본문 172~175쪽의 (1)과 (2)를 읽고 알게 된 문제를 서론의 일반 구조에 따라 정리해 보시오.

구조	내용	적용
1. 공감대	독자와 저자가 공유하는 확립된 이해	• ChatGPT는 초안에 들이는 수고를 줄이고 개선에 집중하게 함으로써 글쓰기의 효과적인 도구가 된다.
2. 교란	확립된 이해의 오류나 불완전성	•
3. 해결	교란 요인에 대한 저자의 해결책	•

- '장애인 에티켓'을 소재로 글을 쓰되, 다음의 15가지 에티켓을 활용하려고 한다.
- 4장 2절 1)에서 장애인차별금지법 제4조의 차별 행위를 정리한 표(146쪽)를 참고하여 다음 장애인 에티켓 15개를 분류해 보시오.
- 학습한 프롬프트 엔지니어링의 방법을 여러 가지 적용해 보고, 동료와 결과물을 비교한다.

---

1. 장애인 인권에 관심을 가집니다.
2. 장애인도 다양한 사람 중 한 명입니다.
3. 자기 결정권은 존중되어야 합니다.
4. '장애를 앓다'가 아닌 '장애를 갖다'가 바른 표현입니다.
5. 주춤하거나 힐끗거리며 바라보지 않습니다.
6. 동정 어린 격려나 호기심 어린 질문은 하지 않습니다.
7. 지나친 관심은 오히려 부담을 줄 수 있습니다.
8. 무조건 칭찬하는 것도 편견일 수 있습니다. 정당하고 합리적인 시각으로 봐야 합니다.
9. 장애인에 관련된 용어는 정확하게 사용합니다.
10. 장애인의 반대말은 비장애인입니다.
11. 무조건적 도움보다 필요한 부분에 지원하며, "제가 어떻게 해 드리면 될까요?" 하고 먼저 물어봅니다.
12. 행사 진행 시 장애인과 비장애인이 함께 할 수 있는 내용으로 구성합니다.
13. 도와줄 때 신체적 접촉은 줄이고 피치 못할 신체적 접촉 시 미리 양해를 구합니다.
14. 부모가 장애인이라고 그 자녀도 장애인일 것이라는 편견을 갖지 않습니다.
15. 음식점에 갈 때는 출입구, 화장실 등의 이동 동선과 좌석 배치를 생각하여 선택합니다.

1. 3장 3절 '개요 작성'(102~108쪽)에서 작성한 개요를 개선해 보시오. 앞에서 배운 프롬프트 작성 방법을 참고하되, 프롬프트 횟수를 최소화해 보시오(1~3회).

프롬프트박스	
목표	
프롬프트	
답변	
프롬프트	
답변	

2. 5장에서 작성한 글 가운데 택1하여 개선해 보시오. 앞에서 배운 프롬프트 작성 방법을 참고하되, 프롬프트 횟수를 최소화해 보시오(1~3회).

프롬프트박스	
목표	
프롬프트	
답변	
프롬프트	
답변	

1. 아래의 상황에 맞는 내용의 이메일을 작성하여 직접 교수자에게 보내시오.

> 오후에 강의가 있는 날인데, 아침에 눈을 뜨니 몸 상태가 몹시 안 좋아 강의에 출석할 수 없을 것 같다. 오전에 병원에 가서 진료를 받았고, 병결을 인정받는 데 필요한 진료확인서를 발급받았다. 오늘 수업에 결석한다는 사실을 교수자에게 이메일로 알리고, 해당 서류를 첨부해 병결을 인정받고자 한다.

2. 아래의 상황에 맞는 내용의 이메일을 작성하여 직접 교수자에게 보내시오.

> 교양대학에서 주최하는 '서평 공모전'에 참가하고자 한다. 참가를 원하는 사람은 교양대학 이메일로 참가 신청서 서식 파일과 서평 파일을 첨부해 제출하면 된다. 첨부파일 이름 양식은 따로 지정되지 않았다. 주최 측에서 제대로 접수가 되었는지 확인 이메일을 보내 주는지 여부는 공고문에 안내되어 있지 않다.

시작을 반복하는 방법

천정환, 『숭배 애도 적대』, 서해문집, 2021.

혁명 과정은 점진적인 진보가 아니라 반복적인 운동, 다시 또다시 시작을 반복하는 운동이라고 슬라보예 지젝은 강조한다. 천정환은 2013년에 펴낸 『자살론』에서, 근대라는 국면을 통과하면서 한국에서 자살이 어떻게 경험되고 해석되어 왔는지 역사를 탐구한 바 있다. 저자의 『숭배 애도 적대』는 1991년 봄, '거리의 학생' 중 하나였던 저자가 자신의 출발점으로 돌아간 책이다. 1991년 5월의 정념은 죽음이었다고 회고하며, 이 책에서 저자는 자살의 프리즘을 통해 한국 사회를 분석한다. 1부에서 1980년대 중반부터 새롭게 정치적 의미를 부여받은 노동자 자살이 2000년대 이후 신자유주의 질서 속에서 재배치되는 모습을 탐구하고, 2부에서 2000년대 지배계급에 속한 중장년 남성 자살의 함의를 살펴본 다음, 마지막 3부에서 2000년대를 지나면서 한국 사회에 형성된 잔인성 체제를 연예인 자살을 통해 들여다본다. 이러한 세 가지 자살의 현상을 통해 이 책이 목표로 삼는 바는 "한국 사회를 지배하는 죽음 문화의 가장 분명한 형식"인 무반응에 정면으로 맞서는 것이다.

이 책의 1부는 노동운동의 감성적·윤리적 자원이었던 열사의 정치학에 대한 긴 애도문이라 할 수 있다. 열사의 죽음은 다른 노동자 계급 동료와 시민을 각성케 하는 추동력이었으나, 2000년대로 들어오면서 노동자의 자살에 대한 무관심이 두드러진다. 이 책이 노동자의 자살에 대한 사회적 무관심의 원인으로 "이념과 정동의 불가분리성"을 들고 있다는 점이 흥미롭다. "인간 해방의 이념과 '대서사'가 실종되고 대안 사회에 대한 전망이 사라지자, 다른 인간 존재에 대한 연민도 급격하게 소진"되었으며, "'노동'에 대한 추방과 배제는 이러한 과정의 정치적·정서적 효과의 하나"라는 것이다. 그러나 공산주의 이념이 사라진 것처럼 보이자 정동도 사그라들었다는 저자의 통찰에 대해, 이념과 정동이 과연 분리될 수 없는 것인지 논점을 제기해 볼 수 있다. 공산주의 이념의 저변에 흐르고 있던, 인간 해방을 향한 열망과 타자에 대한 연민 등의 정동은 현재 다른 영역이나 층위로 일부 이동한 것으로 보인다. 집합적·정치적 정동이 이제 페미니즘, 퀴어, 포스트 휴머니즘 등으로 분산되고 있고, 그런 점에서 지금 우리가 서 있는 자리는 암울한 것만은 아니다.

이 책 전체를 관통하는 정동이 '애도'라면, 1부는 숭배, 3부는 적대의 정동과 긴밀하게 관련을 맺고 있고, 2부는 애도에서 파생될 수 있는 숭배와 적대라는 두 가지 극단적 정동이 충돌하는 양상을 다룬다. 자살자의 삶과 죽음을 숭고한 것으로 여기며 '숭배'하는 이들이 있는 반면, 이에 대한 반작용으로 애도는커녕 '적대'하는 이들이 존재한다. 바로 이 대립이 한국의 권력정치에 내재한 감정 구도를 만들어 내는 힘이다. 한국 정치가 죽음 문화의 주요한 기여자가 되었다는 점을 분석하며, 2부에서 저자는 "정치이념과 패당은 타인의 죽음에 대한 인간으로서의 연민과 애도를 가로막는 현실의 힘"이라고 지목한다. 2000년대 들어 잦아진 이른바 '사회 고위층' 즉 지배계급에 속하는 중장년 남성 자살의 주요 원인은 '명예'와 '조직'이다. 이들은 '세속의 승리자들'에 속한다고 할 수 있으나, 장삼이사나 '루저'와 마찬가지로 취약한 존재이다. 그러나 저자에 따르면 이들의 죽음은 잔인성의 체제에 의해 야기되는 노동자나 연예인의 자살과 달리, 체제와 일종의 공모 관계를 맺는다. 2010년대 이후 한국에서는 자살을 예방하기 위한 정책이 강조되지만, 한국의 현실 정치는 감정 정치와 진영 정치에 매몰되어, 잔인성 체제에서 야기되는 자살을 막을 능력도 의지도 없어 보인다. 삶을 저열한 것으로 환원하고 일상적 삶에 필요한 것들을 타자의 노동으로 충족하는 논리를 근본적으로 반성하지 않는다면, 국가의 예방 정책 또한 근본적인 한계를 지닐 수밖에 없을 것이다.

이 책의 3부는 연예인의 자살을 우리 사회의 잔인함을 보여 주는 사례로서 분석한다. 자본주의는 정동을 납치하여 잉여-가치를 뽑아내고, 우리가 손익계산의 차원에서 우리의 활력, 정동적 능력, 삶 전체를 따져 보게 만든다. 결국 우리는 얻을 수 있는 이득이 없으므로, 노동자의 자살에 정동되지 않기로 결정하는 것이다. 이러한 사회적 잔인성의 체제가 연예인에게는, 그들의 활력, 정동적 능력, 삶 전체에 대한 집요한 소비와 갈취로 이어지고 있다는 저자의 지적은 예리하다. 연예인 역시 '노동자'이며, 1970~80년대 여공이나 남성들의 성공 신화와 크게 다르지 않은 최진실, 21세기 한국의 일종의 새로운 '산업 전사'인 아이돌들의 자살은, 1부에서 다룬 노동자들의 자살과 멀지 않은 거리에 있다. 더 나아가, SNS와 유튜브를 사용하는 사람들은 연예인과 마찬가지로 자신의 질병이나 죽음까지 콘텐츠화하는 관심경제에 사로잡혀 있다. 우리 모두가 노동자라는 사실을 다시 일깨우는 저자의 발상은 기발하면서도 섬뜩하다.

『숭배 애도 적대』는 자살을 통해 한국 사회를 추리해 내고 있는 매우 독창적인 형식의 하드보일드 에세이라고 할 수 있다. 저자는 현재 한국 사회의 맥락에서 '자살'을 다룸으로써 한국적 특수성을 여실히 드러냈다. 기존의 사회학 내지 심리학에서 인간과 사회를 이해하는 방식과 언어로는 담아 내지 못했던, 자살자들의 삶을 충실히 재현해 낸 이 책은, 나아가 그 자체로 '간(間)학제적인' 자살학을 정립함으로써 후학들이 자살을 연구 대상으로 접근할 수 있는 길을 터놓았다는 값진 성과가 있다. 이러한 결실들에도 불구하고 저자는 출발점으로 돌아가 처음부터 다시 시작하기 위해 시작을 반복해야 한다고 말한다. "자살에 관한 근본적인 사고방식과 태도를 바꾸고 사회 전체를 개혁하는 데까지 나아가야 한다"라고 역설하면서도, "과연 가능할까?"라고 저자는 묻는다. 그러나 이는 비관적인 질문이 아니라, 처음부터 시작하는 사람의 질문일 것이다.

— 이소영, 「시작을 반복하는 방법」, 『상허학보』 67, 상허학회,

2023, 469~491쪽 (발췌 및 재구성).

예문 2

중산층 내부의 분열과 욕망을 조명하다

구해근, 『특권 중산층』, 창비, 2022.

구해근 하와이대 사회학과 명예교수가 최근 출간한 『특권 중산층: 한국 중간계층의 분열과 불안』은 1974년 박사학위 취득 후 반세기 동안 학문의 길을 걸어온 노학자의 저작이라곤 믿을 수 없는 어떤 특별한 면을 갖고 있다. 적잖은 학자들이 이른 나이에 자신의 학문을 결산하려는 경향을 보이는 것과 달리, 그는 이

책에서 여전히 자신의 연구 관심사를 발전시키며 계급과 불평등에 관한 최근 세계학계의 쟁점들과 치열하게 대화하고 있기 때문이다.

한글로 된 그의 저작으로 가장 잘 알려진 것은 『한국 노동계급의 형성』(Korean Workers, 2001, 신광영 옮김, 창비, 2002)이다. 그래서 이번 『특권 중산층』을 접한 독자들은 어쩌면 그의 관심사가 노동계급에서 중간계급으로 바뀌었거나, 이론적 입장이 계급에서 계층으로 바뀐 것이 아닌가 하는 인상을 받을지도 모르겠다. 하지만 그가 발표한 수십 편의 논문들을 돌아보면, 동아시아와 한국에서 자본주의와 산업화, 불평등과 계급·계층, 그리고 국제 환경과 정치·문화의 영향을 이해하려는 집념을 느낄 수 있다.

구해근은 학문적 삶의 초기부터 몇 가지 커다란 사회학적 질문을 던지고 평생에 걸쳐 그 대답을 모색했으며, 한국과 세계의 시대적 변화에 따라 새로운 문제의식을 거기에 결합시켰다. 1970년대 중반 그의 최초 연구 주제는 발전도상국 또는 제3세계에서의 이농과 사회이동, 특히 자본주의 산업화 과정에서의 '프롤레타리아화'였다. 그는 이후 1990년대까지 한국·대만·필리핀 등 여러 아시아 나라에서 나타나는 이 같은 사회변동과 사회계급의 궤적을 추적했다.

이후 그는 그 연장선상에서, 한편으로 불평등과 계급구조, 계급 형성과 계급 갈등에 관한 연구를, 다른 한편으로는 그것의 정치경제적 환경인 세계 체제와 동아시아 국가들의 발전 전략에 관한 연구를 이어갔다. 1990년대, 그리고 특히 2000년대 이후에는 시대 변화를 이해하기 위한 연구 주제들이 중요하게 다뤄졌다. 중간계급의 특성과 형성, 민주화 과정에서의 역할, 노동계급의 내적 분화와 균열, 세계화와 '글로벌 중간계급'의 등장과 같은 주제들이 그것이다. 이러한 그의 오랜 학문적 여정의 맥락 속에서 두 한국어 저작을 이해한다면, 더 깊고 풍부한 의미를 읽어 낼 수 있을 것이다.

『한국 노동계급의 형성』의 초점은 한국에서 산업노동자 1세대가 무엇을 경험했고, 그것이 어떻게 문화와 정치에 의해 매개되어 투쟁과 계급의식으로 이어졌는가였다. 여기서 구해근은 젊은 노동자들이 공간적으로 집중된 노동·주거 환경, 그리고 유사한 사회·인구학적 특성 및 숙련 수준을 배경으로 하여, 가부장적·전제적인 노동 체제에서 겪은 착취와 차별의 경험을 공유하는 가운데 민주화 운동 및 교회·학생·민중운동 등과 교류하면서 집합의식을 형성하는 과정을 세밀하게 그려 냈다. 이 책의 후반부에서 그는 민주화 이후 대기업 중심의 강력한 조직 노동이 성장하면서 노동계급 내에 격차가 확대되는 '딜레마' 또는 '아이러니'를 고민하고 있었다. 계급 내적 분화와 이질성 증대, 계급 관계의 다변화라는 문제를 제기한 것이다.

『특권 중산층』에서도 동일한 문제의식이 관통하고 있다. 이 책은 한국에서 중간계급 또는 중산층이 형성된 정치경제적 맥락과 과정 위에서, 2000년대 이후 중간층 계급 내 양극화를 집중 조명한다. 저자는 1990년대 후반의 국내외적 환경 변화 및 금융위기 이후의 불평등 심화 과정에서 중산층의 규모가 감소했을 뿐아니라 중산층 내의 질적 변화가 진행되었음을 주목한다. 중산층의 중·하층은 상황이 악화된 데 반해, '특권 중산층' 또는 '부유 중산층'은 그들과 구분되는 상류 집단을 구성했다는 것이다. 이들은 전문기술직, 관리직, 경영자, 글로벌 엘리트 같은 집단으로, 부동산 등 불로소득과 더불어 학벌·국제경험 등에 기초한 능력주의 이데올로기로 특권을 정당화하기도 한다.

이 같은 중산층의 구조적 변화 과정을, 저자는 1980년대 이후 노동집약형에서 기술·지식집약형으로 변화한 경제체제, 1997년 금융위기 이후 대기업들의 성과기반 체제 강화, 세계화 과정에서 고소득 전문직 및 신흥 부자의 증가, 그리고 부자 감세나 부동산 부양책 등 정책 환경의 영향으로 설명한다. 2000년대 이후 중산층의 분화가 '현상'이라면, 그 저변에는 국내외에서 진행된 거시적 사회변동이 있다는 것이다.

한편, 미시적 수준에서 구해근은 특권 중산층이 여타의 계층들과 '구별짓기'하는 실천들을 주목한다. 주거 공간의 분리를 통한 계층화, 소비·생활양식에서의 신분 경쟁, 교육 측면에서 학벌과 영어 능력, 그리고 문화자본으로서 코즈모폴리터니즘적 하비투스(habitus)가 대표적이다. 일반 중산층은 하층으로의 추락을 두려워하면서 특권 중산층을 '준거집단'으로 삼아 비교하고 욕망하는 경향이 있으며, 특권 중산층은 자식 세대에서 부모의 특권적 지위가 유지되지 못할 것을 두려워한다.

『특권 중산층』은 이처럼 중산층 내부의 양극화와 구별·욕망·불안의 역동성을 보여줌으로써 2000년대 이후 한국 사회 계급 관계 전반의 변화로 우리의 관심을 확장하도록 자극한다. 한국 사회는 1950~60년대에 농민과 자영업자가 대다수를 차지했지만, 1970~80년대에 노동계급이, 1990년대에는 고학력 신중간계급이 급증했다. 2000년대 이후로는 기업 규모와 고용 형태에 따른 노동계급 내 격차, 중산층의 양극화, 그리고 새로운 '프레카리아트(precariat)'의 확대가 계속되고 있다.

이러한 변화에 따라 계급 간, 계급 내의 동맹과 갈등, 그리고 다양한 이해관계를 접합하는 헤게모니 투쟁의 조건 역시 새롭게 이해되어야 한다. 또한 한국 사회 불평등 구조의 지배 블록이 어떤 계급들로 구성되며, 현실을 변혁할 주체들은 누가 될 것인가라는 실천적 질문이 우리 앞에 있다. 계속해서 분화하고 변해 가는 오늘날의 계급 현실에서, 라끌라우(E. Laclau)가 말한 바와 같이 부유하는 정체성들을 끊임없이 새롭게 연결시키는 '국면적 접합'의 정치는 과연 어떤 문화와 관계를 만들어 내야 할 것인가.

— 신진욱, 「중산층 내부의 분열과 욕망을 조명하다」, 『창작과비평』 199, 2023년 봄, 409~412쪽.

위 서평 예문들의 구성과 논리를 참고하여, 자신이 인상 깊게 읽은 도서 한 권을 선정하여 비평하는 글을 A4 1~2페이지 분량으로 써 보시오. 이를 위해 아래 표를 완성해 보시오.

선정한 책의 서지 사항 〔작가, (번역자, 편자), 책 제목, 출판사, 출판연도.〕	
저자에 대한 소개	
저자의 여타 저술들과 선정한 책의 관계	

책의 목적	
책이 다루는 핵심적인 주제들	
책을 이해하기 위해 알아야 할 배경지식 및 책의 대상 독자	
책의 대략적 구성과 각 장절의 핵심 내용	
책의 주장과 근거	

책의 논리의 장점	
책의 논리의 한계	
나에게 특별히 인상 깊었던 부분	
나에게 의문스러운 점	

책이 가지는 주제적/시기적/지역적/ 문화적 의의	
책에 대한 나의 전반적인 평가	

절
취
선

향후 자기소개서의 골격이 될 수 있는 내용임을 고려하여, '인생기술서'[10]의 항목 중 3가지를 골라 4줄 이내로 작성하시오.

1. 성장과정(유년 시절, 가정교육, 인생의 철학, 지켜 온 신념 등)

_____

_____

_____

_____

2. 학창 시절(중학교·고등학교 시절 학습활동, 관심사, 각종 교내외 활동 등)

_____

_____

_____

_____

10 옴스, 『스펙을 뛰어넘는 자소서』, 원앤원북스, 2022, 45~46쪽.

절
취
선

3. 대학 생활(교환학생, 프로젝트, 동아리·학회, 대외 활동 등)

_____

_____

_____

_____

_____

_____

_____

4. 연수(해외 어학연수, 교육연수 등)

_____

_____

_____

_____

_____

_____

_____

5. 봉사활동

_____

_____

_____

_____

_____

_____

6. 인턴(인턴 생활 동안 경험했던 모든 업무와 상황, 프로젝트, 배운 점 등을 상세하게)

_____

_____

_____

_____

_____

_____

7. 취미와 특기(개인적인 취미, 특기, 관심사, '덕질' 등)

_____

_____

_____

_____

_____

_____

8. 그 외(존경하는 인물, 인생 멘토, 좋아하는 글귀, 재밌게 본 책과 영화 등 자유롭게)

_____

_____

_____

_____

_____

_____

자신이 실제 채용을 희망하는 분야의 공고를 찾아 정리하고, 미래의 자신을 상상하여 가상 이력서를 작성하시오.

> **tip.**
> (1) 채용 공고는 잡코리아(www.jobkorea.co.kr), 사람인(www.saramin.co.kr) 등 웹사이트를 참고하여, ① 기업(창업) 정신, ② 근무조건 및 처우, ③ 자격요건, ④ 담당 업무 및 직무 역량, ⑤ 우대사항 순으로 정리한다.
> (2) 선정한 직군의 직무 상황과 고려하여 '가상의 나'의 이력을 설정하고, 이를 토대로 이력서를 작성한다.
> (3) 현재의 나는 '검은 펜'으로, 가상의 나는 '파란(색깔 있는) 펜'으로 작성한다.

〈장래 취업 희망 기관〉

취업 공고	
기업명	
모집 직무	
세부 업무	
근무조건 및 처우	
자격요건 우대 사항	

〈가상 이력서 작성〉

이력서 양식

지원	지원 구분	지원 부문	희망 연봉
	신입( )/경력( )/인턴( )		만원

	성 명	(한 글)　　　　(영 어)	
	주민번호		나이
	주 소	우편번호( )	
	연락처		이메일

학력사항	기 간	학 교 명	전 공	소재지	학점
	–	고등학교			/
	–	대학교			/
	–	대학원			/
	–	대학원			/

경력	근 무 기 간	직 장 명	직위	담 당 업 무	퇴직 사유

병역	복 무 기 간	군별	계급	병과	군 필 여 부	보훈대상
					필( )/미필( )/면제( )	대상( )/비대상( )

수상/활동	기 간	활 동 내 용	비 고

어학능력	외국어	시험명	점수(등급)

자격면허	종 류	취득일	발급기관

상기 내용은 사실과 다름없음을 확인합니다.

20　　년　　월　　일

작 성 자 :　　　　　(인)

다음 예제는 한국토지주택공사 실제 자기소개서 출제 문항과 합격 사례 자기소개서[11]를 제시한 것이다. 5가지 예제 문항 중 하나를 택해, 미래의 자신을 상상하여 가상 자기소개서를 작성하시오. (연습문제 27에서 기술한 가상 이력서를 바탕으로 기술하는 것을 권장합니다.)

〈한국토지주택공사 2020 NCS기반 신입 사원 자기소개서〉

1. LH 경영 목표 중 어떤 부분에 관심이 있으며 입사 후 어떻게 기여하고 싶은지, 본인의 주요 직무 역량 및 강점을 기반으로 기술해 주십시오.(500자 이내)

"20년간 꾸준한 도시 발전 예측, 결혼/출산 문제 해결의 실마리"

한글을 지하철 역명으로 배웠습니다. 지하철에 자연스럽게 관심을 두게 되면서 이후 관심 분야가 인프라로 확대되었고, 20년간 꾸준히 지도를 보며 어느 지역에 신도시가 들어섰는지 확인하는 것이 취미가 되었습니다. 10년 전만 해도 논밭이었던 양주, 미사강변, 동탄, 김포한강, 운정 지역을 보고, 포화 상태인 서울 거주자들이 인근 지역으로 이동할 것으로 예측했었는데, 실제로 한국토지주택공사에서 국민의 주거 생활 향상을 위해 많은 아파트 단지들을 건설해 왔다는 사실을 확인하였습니다. 거주할 수 있는 지역은 확대되었지만, 이런 노력에도 불구하고 무주택자로 살아가는 사람들이 주변에 많습니다. 저렴한 비용으로 집을 마련할 수 있는 한국토지주택공사의 분양, 임대 청약의 요건이 해당하는 사람은 일부분에 지나지 않습니다. 이런 상황에 있는 대다수 청년은 주거비 부담에 결혼과 출산을 포기하고 있습니다. 청년들이 집 걱정 없이 사랑하는 사람과 결혼해 아이를 낳을 수 있는 환경을 만들고 싶습니다. [497자]

2. 본인의 학교생활 또는 사회생활 전문성 향상 또는 역량 개발에 가장 도움이 되었던 경험, 경력, 활동을 먼저 기술하고, 귀하가 지원한 업무를 수행하는 데 어떻게 활용(도움)이 될 수 있는지 기술해 주십시오.(500자 이내)

"○○잡지사 인턴, 자료 취합 녹취와 인터뷰까지 섭렵"

11 박장호, 『취업의 신 자소서 혁명』, 성안북스, 2022, 280~286쪽.

휴학 중 월간 경영·경제잡지사 ○○에서 인턴 활동을 하며 기사에 필요한 자료 갈무리 업무와 선배 기자들을 따라 자산관리를 주제로 한 대담에서 녹취하는 업무를 수행했습니다.

잡지사에서 한국의 셀러브리티 50인을 선정하는 데 있어 자료 조사를 맡았습니다. 연예·스포츠 분야 유명인들의 영향력에 대한 우열을 가리기 위해서는 방대한 자료를 취합해야 했습니다. 관련 홈페이지에서 일 년치 분량의 방송 시청률과 영화 흥행수익을 확인하기도 하고, 뉴스 기사와 구글 검색을 통해 유명인들의 수입 등을 조사하기도 했습니다. 또한, 한국의 CEO 50인을 선정하기 위해 상장기업의 주가와 내부 지분율을 확인하고, 이를 토대로 재벌 총수들의 재산을 예측하여 산출했습니다. 이와 같이 지리 분야에 대한 제 관심은 수요 맞춤형 도시 조성, 지역균형개발 선도 등 전략과제의 업무를 수행하는 데 있어 큰 도움이 될 것입니다. 〔479자〕

3. 본인보다 나이나 경험이 아주 많은 사람에게 내 의견을 전달하고, 소통했던 경험을 아래 순서에 따라 기술해 주십시오.(가족 제외) (600자 이내)
   ① 당시 의견 전달 및 소통해야 했던 상황과 이유에 대해 기술
   ② 사용한 방법과 그 방법을 선택한 이유에 대해 기술

"관객 만족도 10점 만점에 9점, 성공 비결은 고객 중심 사고"

연극을 준비하며 저와 임원들은 무대를 언출하는 역할을 하였고, 후배들은 무대 위에서 연기를 맡았는데, 준비 과정에서 언극에 대한 해석 차이 때문에 갈등이 발생했습니다.

동아리 회장은 연극이 패러디 없이 FM 정석대로 가길 원했지만, 후배들은 재미를 위해 웃음 코드들을 넣기 원했습니다. 갈등이 심각해지고 있었기에, 중재를 위해 짧은 부분을 각각 연기해 보고, 어떤 것이 좋을지 비교해 보자고 제안했습니다.

예측하지 못하는 상황에서 다들 웃음을 터트렸고, 긍정적인 반응을 보였습니다. 중요한 것은 연극의 완성보다 관객의 즐거움이 우선이라는 추가적인 설득 끝에, 재미 요소를 부각한 연극을 준비하는 것으로 합의하였습니다. 연극이 끝

난 후 설문조사 결과 10점 만점에서 9점을 받았고, 몇몇 관객분들은 연극이 정말 재미있었다고 따로 인사를 하러 오기도 했습니다. 이처럼 여럿의 의견을 듣고, 고객 중심의 사고를 통해 합의점을 찾아내는 신입 사원 ○○○가 되겠습니다. 〔481자〕

4. 주변 지인과 원만하지 못한 관계를 회복하기 위해서 노력했던 사례를 아래 순서에 따라 기술해 주십시오.(가족 제외) (600자 이내)
　① 원만한 대인관계를 유지하기 위해 평소 견지하고 있는 원칙이나 좌우명 기술
　② 주변 지인과의 평소 관계를 간단하게 기술하고, 그 사람과의 관계가 소홀해졌던 계기 또는 이유에 대해 기술
　③ 원만하지 못한 관계를 회복하기 위해 본인이 취한 노력 및 성과에 대해 기술

"제한 시간 7시간, 언어의 장벽을 뛰어넘는 ○○○의 소통 비결"

　국제하계학교에서 조교 활동을 할 때 한국 문화 체험 활동 당시 관광 안내사와 함께 외국 학생들을 인솔했고, 공통 관심사를 어필하여 최우수 인솔자로 뽑혔습니다.

　체험 활동 당시 제가 맡았던 수업과 관계없이 학생들이 무작위로 관광버스에 탑승했기 때문에, 조교와 학생들 간에는 친분이 없었습니다. 체험 활동은 강제가 아닌 직접 신청해야 하는 수업이었기 때문에 모두가 한국 문화에 관심이 있다는 점을 알았습니다.

　게다가, 다들 고국으로 돌아가야 하니 한국에 대해 배울 기회가 앞으로는 많이 없을 것이라 판단했습니다. 20대들이 공통으로 흥미를 가질 만한 한국의 음식 문화와 놀이 문화에 대한 이야기로 분위기를 풀어 나갔고, 그러면서 저와 학생들과의 공통점을 찾으며 대화를 이어갔습니다. 그 결과 제가 맡은 외국 학생들은 적극적으로 따라 주었고, 저는 최우수 인솔자로 뽑혔습니다. 말하지 않고 행동으로 보여 주더라도 고객의 요구사항을 정확하게 파악하는 한국토지주택공사 신입 사원 ○○○가 되겠습니다. 〔493자〕

5. 지원자 개인의 편의와 공공의 이익 사이에서 고민했던 경험을 아래 순서에 따라 소개해 주십시오.(500자 이내)
   ① 고민되었던 상황을 기술
   ② 당시 대처 방안과 그 이유를 기술

"부정수급자를 막기 위한 박장호의 업무 비결"

국민연금관리공단에서 퇴직연금 관련 판례 수집으로, 공정하고 신속한 법 집행이 가능하도록 시스템을 구축하는 데 기여했습니다. 관련 사업을 시작한 지 얼마 되지 않아 퇴직연금 관련 판례가 수집되어 있지 않았고, 법에 저촉되는 복잡한 지급 건에 대한 신속한 업무 처리가 어려웠고, 명확한 기준이 없어서 부정수급자로 의심되어도 제재할 방법이 없는 답답함이 있었습니다. 국민들의 세금이 투명하게 운영될 수 있도록 업무를 수행하기 위해서는 저부터 제대로 알아야 한다고 생각했습니다. 금융상품과 관련 법에 대한 전문성 향상이 필요함을 느꼈습니다. 근로자 퇴직급여보장법 및 세법을 공부했으며, 펀드 투자상담사 등 자격증 취득을 통해 금융상품에 대한 전문성을 높였습니다. 그 결과 정확한 업무 집행으로 부적격자에게 부당한 이익이 돌아가는 것을 막을 수 있었습니다. 이런 경험을 바탕으로 공정한 업무 처리가 가능하도록 전문성을 강화하는 신입 사원이 되겠습니다. [495자]

선정 자기소개서 항목 :

_____

자기소개서 내용 :

_____

_____

_____

공모전과 친해지기

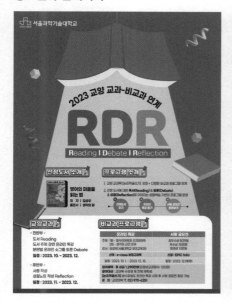

서울과학기술대학교 교양대학에서 주최하는 서평 공모전은 교양교과–비교과 연계 'RDR 프로그램'과 연동되어 있다. 에픽폴리오(EPIC folio)에서 확인할 수 있는 서평 공모전의 얼개를 파악한 뒤에 아래 양식을 채워 넣어 보시오.

참여 대상 :	
참여 요건 :	
접수 방법 :	
제출 서류 :	
제출 양식 :	
혜택 :	

유의 사항 :	
공모 전략 :	

• 이 교재에서 소개하고 있는 서평 작성 방법 파트를 참조할 것.

공모전 시도하기

본인의 전공 혹은 관심사와 연결된 공모전을 선정한 뒤 아래 정보를 채워 넣으시오.

공모전 제목	
주최 기관	
공모 주제 및 분야	
공모 대상	
공모 양식 및 분량	
심사 일정	
접수 방법	
심사 기준	
시상 내역	
기타 유의 사항	
공모 전략 (1,000자 내외)